光文社古典新訳文庫

オリヴィエ・ベカイユの死／呪われた家　ゾラ傑作短篇集

ゾラ

國分俊宏訳

kobunsha classics

光文社

Title: La mort d'Olivier Bécaille
1879
Nantas
1878
Angeline ou la maison hantée
1899
Les coquillages de M. Chabre
1876
Madame Sourdis
1880

Author: Émile Zola

目次

オリヴィエ・ベカイユの死／呪われた家

ゾラ傑作短篇集

オリヴィエ・ベカイユの死

I

ある土曜日の朝六時、僕は死んだ。三日間ずっと病気で寝込んだすえのことだった。かわいそうな妻は、そのしばらく前からトランクを開けて肌着か何かを探していた。ふと体を起こした彼女は、僕が硬直し、目を見開いたまま息もしていないのに気付いた。気絶したのだと思って、彼女は駆け寄ってきて僕の手に触り、顔を覗き込んだ。そこで恐怖に凍り付いたのだ。彼女はすっかり動転し、言葉もつかえて、泣き崩れてしまった。

「う、うそだわ、死んでる！」

僕にはそれが、全部聞こえていた。けれども音が弱々しくて、遠くから聞こえてくるようだった。左目だけが、ぼんやりと明かりらしきものを感知していた。白っぽい光の中で、物がぼやけて混じり合っている。右目は完全に見えなくなっていた。僕という存在の全体が、まるで雷に打たれて停止したかのように、失神状態に陥っていた。意志の力は何の役にも立たなかった。体の神経一本すら、自分の意のままにならない。

完全な無の中に落ち込んだかのようだ。そして、その虚無の中で、手足は完全に死んでしまっているのに、思考だけが生き残っているのだった。緩慢ではあるが、完璧に明瞭な思考だけが。

かわいそうなマルグリットはベッドの前に膝をつき、泣きながら、かすれた声でこう繰り返していた。

「死んじゃったわ。ああ。死んじゃったわ」

ということは、これが死というものなのか。体がまったく動かなくなり、頭だけがはたらき続けているこの奇妙な麻痺状態が？　僕の頭蓋骨の内部で、本当ならもう飛び立つはずの魂が、こうやってまだぐずぐずしているのか。子どものころから、僕はよく神経性の発作を起こすことがあった。小さいとき、ものすごい高熱が出てあやうく命を落としかけたことも二度ある。それからというもの、周りの人たちは、僕がいつも病弱で体調が悪いことに慣れっこになった。僕自身にしても同じことで、マルグリットと一緒に朝早くパリに着いてすぐ、このドーフィーヌ通り[1]にある家具付きの下宿屋で、具合が悪くなって寝込んでしまったのに、医者は呼ぶなとマルグリットに言いつけたくらいなのだ。少し休めば大丈夫だよ、旅の疲れが出ただけなんだから。そうは言いながらも、僕は恐ろしい不安も感じていた。ひどい貧乏の中、僕たちは急にあたふたと田舎を飛び出してきたのだから。役所の仕事をもらえるという話にはなっていたものの、最初の給料をもらうまでの一か月を過ごすお金さえろくになかった。それなのに、こんなふうに突然の発作にやられてしまったのだ！

本当にこれが死ぬということなのだろうか。僕はもっと暗い夜を、もっと重い沈黙を想像していた。ごく小さいときから、僕はすでに死ぬことを恐れていた。僕は虚弱児で、大人たちもそれをかわいそうに思ってか、甘やかして接するのが普通だった。だから、自分でも長くは生きられない、早いうちに土に埋められることになるのだ、といつも思っていた。けれども、土に埋められる、などという考えに馴染めるわけがない。地面の下を想像するだけで、僕はもう激しい恐怖に襲われた。それでいて昼も夜もそのことを考えずにはいられないのだった。大きくなってからも、僕はこの強迫観念につきまとわれた。時には、何日も考えた末に、この恐怖を克服したような気になることもあった。ええい、死んでしまえば、それで終わりさ。誰でもいつかは死ぬんだ。死に方に快適だとかましだとか、あるわけがないさ。僕はほとんど陽気な気分にさえなり、死に真正面から向かい合った。と思うそばから不意にまた身も凍るような恐怖にとらわれて、めまいを覚えるのだった。まるで巨大な一つの手が、僕を真っ暗な深淵の上でゆらりゆらりとぶら下げているみたいに。僕の思考を支配していたのは、あの土に埋められるという恐怖だった。何度夜中にびくっとして跳ね起きたことだろう。寝ているあいだにどんな虫の知らせがあったのかはわからないけれど、ただ絶望して手を合わせ、口の中でつぶやいていることがよくあった。「おお、神様！おお、神様！　死んでしまう！」不安に胸が押しつぶされ、目覚めたばかりの混乱状態の中で、死という宿命がますますおぞましいものに感じられた。一度起きてしまうと、なかなか寝付けなかった。眠るのが恐ろしかった。眠りは死にとてもよく似ているからだ。ずっと眠り続けてしまうのではないか。一度目を閉じたら、もう二度と開かないのではないか！

ほかの人がこういう苦しみを味わったことがあるのかどうかは知らない。ただ僕の人生はこの苦しみにさいなまれ続けてきた。死は、僕と僕が愛したすべてのものとの

1　パリ6区にある通り。セーヌ川にかかるポン・ヌフ（ヌフ橋）から南に向けて延びている。「ナンタス」の舞台となるリール通りにも近い。

あいだに立ちはだかった。マルグリットと過ごした最高に幸せな時間を、僕はよく覚えている。結婚した最初の数か月、彼女が夜、隣で寝ているときや、彼女のことを考えながら将来の夢をあれこれ描いたりしていたときだ。でもそんなときでも、いつか必ず別れが来るという考えが、絶えず僕の喜びを台無しにし、希望を打ち砕いてしまう。僕たちは別れなければならないんだ、もしかしたら明日、いや一時間後にでも、と。すると、不意に途方もない悲しみに襲われて、僕は、一緒にいる喜びが何になるだろう、どうせいつかは残酷な別れがくるのだから、などという考えにとりつかれてしまうのだ。そうして僕の想像力は、死に別れるときの悲しみにまで及ぶ。最初に旅立つのはどちらだろう、彼女だろうか、僕だろうか。その両方の場合を代わる代わる思い描いては、どちらであれ引き裂かれた人生を想像して、悲しくて涙が出てしまうのだ。こんなふうに僕は自分の人生の一番すばらしい時でさえ、突然、憂鬱に襲われて周囲の人に不思議がられることがあった。何か幸運に恵まれたときに、僕は逆にふさぎ込むのだから、まわりの人はびっくりする。それは実のところ、自分がこの世から消えるという考えが突然心を占めて、僕の喜びをさえぎっていたからなのだ。「こんなことが何になる」というお決まりのフレーズが、いつも弔鐘《ちょうしょう》のように僕の耳に鳴り響くのだ。この苦しみの一番つらいところは、それを誰にも言えずに、ひそかに恥じながら耐え忍ばねばならないということだった。誰だって自分の弱みをわざわざ人に打ち明けたりはしない。隣同士で寝る夫と妻は、明かりが消えると、よく同じ恐怖に震えることがあるに違いない。それでいてどちらもそれについて話したりしない。死について話したりなど、普通はしないからだ。[2] 卑猥《ひわい》な言葉をわざわざ言わないのと

2 ここで「(同じ恐怖に震えながら、死について話さない)隣同士で寝る夫と妻」の話が出てくるのは、やや唐突な感じがするが、ゾラ研究者フランソワ＝マリー・ムラの注によれば(Zola, *Contes et Nouvelles* 2 (1875-1899), présentation par François-Marie Mourad, Garnier-Flammarion, 2008)、ゴンクール兄弟の『日記』に、ゾラ自身が語った言葉としてこれと同じような体験をしたことが書かれているという。ムラが引くのは一八八二年三月六日の記述である。「ええ、死はあの日［一八八〇年のゾラの母が亡くなった日］以来ずっと私たちの頭の片隅にあります。［中略］夜、妻を見ると、彼女も起きていて、私と同じようにそのことを考えているのを感じるのです。しかし何を考えているのか、お互いに決して口にしないのです」(『ゴンクールの日記──文学生活の手記』)。ただし、本短篇が執筆されたのは一八七九年なので、ここで一八八二年の記述を引くのは順序が逆になる。ゾラが死の強迫観念に悩まされていたらしいことはよく語られているので、要するに、この短篇以前からこうした経験がゾラにはあったということだろう。

同じように。死という言葉を口にすることさえ避けるほど、死は誰にも恐ろしいのだ。人は自分の性器を隠すように、それを隠すのである。

僕がこんなことを考えているあいだも、愛しいマルグリットは泣き続けていた。僕は痛くもなんともないのだから、そんなに悲しまなくてもいいのに、そう言って慰めてやりたかったが、どうにもできないのがつらかった。死というものが、このような肉体の麻痺状態にすぎないのだとしたら、僕があんなに怖がっていたのは間違いだったということになる。僕はむしろ自己中心的な充足感すら覚え、自分の年来の恐怖も忘れてしまっていた。何よりも、僕の記憶は恐ろしいほど鮮明に働き始めていた。ものすごい速さで僕の人生の全体が目の前を流れ、僕はそれを、まったく関係のない観客の一人として、芝居のように眺めているのだ。この奇妙で不思議な感覚が僕には面白かった。まるでどこか遠くから聞こえている声が僕の物語を語っているかのようだった。

僕には、ずっと記憶につきまとって離れない、ある田舎の風景があった。ゲランド[3]に近い、ピリアックに向かう街道沿いにある辺鄙《へんぴ》な場所だ。街道は曲がりくねり、岩の多い下り斜面に沿って小さな松林が広がっていた。七歳のころ、僕は父と一緒によくそこへ行っていた。そして半ば朽ちかけたマルグリットの家でいつもクレープを食べた。マルグリットの両親は、近隣にある塩田で塩づくりの仕事をし、食べていくのがやっとの生活をしていた。それから、僕が育った町、ナントの中学校の記憶もよみがえってきた。古い壁に囲まれた退屈な毎日、ゲランドの広い地平線への憧れ、町のふもとの見渡す限りの塩田、そして空の下に広がる広大な海。[4]ところが、そんな毎日にぽっかりと、黒い穴が口を開けることになる。僕の父が死に、僕は病院の事務員として働くことになったのだ。単調な生活が始まり、唯一の楽しみは、日曜日にピリアック街道沿いのマルグリットのおんぼろ家に行くことだけだった。けれども町の暮らし向きはますます悪くなっていった。塩田の仕事ではもうほとんど稼げなくなって

3　ゲランドはブルターニュ半島南岸に位置するロワール川河口近くの町で、塩田があることで有名（「ゲランドの塩」と言えば知る人も多いだろう）。ピリアックはそこからほど近い大西洋に面した海辺の町。一八七六年七月から九月にかけて、ゾラは妻アレクサンドリーヌとともにピリアックに滞在しており、そのことが反映されていると思われるが、特にその体験が全面的に利用されているのは、本書所収の短篇「シャーブル氏の貝」である。

4　フランス西部、ロワール河口に近い都市。ゲランドより内陸に入ったところにある。ロワール＝アトランティック県の県庁所在地。

いたのだ。町は悲惨な困窮状態に陥った。マルグリットは当時まだほんの子どもだったが、僕を好いてくれていた。いつも彼女を手押し車に乗せて散歩に連れて行ってあげていたのだから。しかし、それからしばらくが経ち、ある朝、僕が彼女を妻にしたいと申し出たところ、ひどく怯《おび》えたしぐさを見せたので、僕は彼女に嫌われていることがわかった。彼女の両親は、すぐに結婚を承諾してくれた。娘が片付いてちょうどよかったのだろう。彼女は従順で、いやとは言わなかった。やがて彼女は、僕の妻になるという考えを受け入れ、もういやがる様子は見せなくなった。結婚式の日、ゲランドが滝のような大雨だったのを覚えている。家に帰ると、彼女は服を脱いでペチコート姿にならなければいけなかった。ドレスがびしょ濡れになってしまったからだ。

これが僕の青春のすべてだった。僕たちはしばらくのあいだその町で暮らした。そしてある日、帰宅した僕は、妻がさめざめと泣いているのに出くわした。彼女はうんざりしていたのだった。ここを出てどこかへ行きたい、と言って泣いていたのだ。半年間、僕はせっせと貯金した。小銭をこつこつと貯め、残業もした。そして、昔わが家と付き合いのあった古い友人が、僕のためにパリに仕事の口を見つけてくれたので、かわいい妻がこれ以上泣かなくてすむように、彼女を連れて行くことにしたのだった。

列車の中で、彼女はずっと笑っていた。三等車の座席はとても硬かったので、夜になると、僕は彼女が心地よく寝られるように、膝の上に抱きかかえてあげた。

これが、現在に至るまでの経緯だ。そしてたった今、僕は下宿屋の狭いベッドの上で死んだというわけだ。傍らでは妻がタイルの上に跪《ひざまず》き、悲しみに暮れていた。僕の左目が知覚できる白いしみのような光は、少しずつ弱くなっていた。けれども僕は部屋の様子を克明に覚えていた。左手には整理だんすがあり、右手にはマントルピースがある。マントルピースの中央には、振り子がとれて時間の狂った置き時計がのっていて、十時六分を指している。部屋の窓は開け放たれ、その向こうに真っ暗なドーフィーヌ通りが延びている。パリ中のあらゆる喧騒がこの窓の外を通りすぎて行き、窓ガラスが震える音が僕の耳に聞こえていた。

僕たちはパリに一人も知り合いがいなかった。あまりに急いで出発してきたために、勤め先に出向くには次の月曜まで待たねばならなかった。寝込んでしまってから、ずっとこの部屋に閉じ込められているので、僕は異様な感覚に陥っていた。十五時間もの列車の旅ですっかり疲れ果てた僕たちは、ようやくこの部屋にたどり着いたと思いきや、今度は外の大騒ぎに呆然《ぼうぜん》とさせられたのだ。マルグリットはやさしい笑顔で僕の看病をしてくれたが、彼女がどれほど動揺しているかは、僕にもわかっていた。時折、彼女は窓に近づき、通りにちらっと目をやった。そして真っ青になって戻ってくる。建物の石ひとつにも馴染みがないこの巨大な都市、恐ろしい騒音を立てるパリに怯えきっているのだ。もし僕がこのまま目覚めなかったら、彼女はどうするのだろう。この広い都会で、助けてくれる人もなく、たった一人で、何にも知らない彼女は、一体どうなるのだろう。

マルグリットは、ベッドの縁《へり》に力なく垂れ下がる僕の手を取り、それに口づけをした。そして狂ったようにこう繰り返すのだった。

「オリヴィエ、返事をして……。ああ、死んじゃったわ！　死んじゃったわ！」

死というのは、やはりたんなる虚無ではなかったのだ。こうして聞こえているし、考えることもできるのだから。僕が子どもの頃からひたすら恐れていたのは、虚無だった。僕は、自分の存在が消えてしまうということが、さっきまで自分だったものが完全に消えてなくなるということが想像できなかったのだ。しかもそれが永遠に続くのだ。何世紀も何世紀も。もう決して僕という存在が復活することなく。時々、新聞記事の中に次の世紀の、未来の日付などを見つけたりすると、僕は震えたものだ。

この日付が訪れるとき、僕はもう確実に生きてはいないだろうと思うからだ。そして、僕が見ることもない、生きることもない、未来のその年が、僕を不安でいっぱいにするのだ。この僕こそが、世界なのではないのか。僕が逝ってしまったら、この世界は崩れ落ちるのではないのか、と。

死んでしまっても生きている夢を見続けること。僕がずっと望んでいたのはそれだった。でもこれはおそらく死ではない。きっと僕はもうすぐ目覚めるはずだ。そう、もうすぐ僕は体を起こし、マルグリットを抱きしめるはずだ。彼女の涙が乾くまで。もう一度そうやって再会できたら、どんなにうれしいだろう！　これまで以上にもっと愛し合うことができるに違いない。僕はあと二日休息をとり、そうして役所の仕事に出かけて行くのだ。二人にとって新しい生活が始まるのだ。もっと幸福で、もっとゆったりとした新しい生活が。ただ、僕は今、少しのんびりしているだけだ。さっきはびっくりしてすっかり打ちのめされてしまった。マルグリットはこんなに絶望する必要はないのだ。僕はただ枕の上で頭を回して彼女に微笑《ほほえ》みかける力が出ないだけなのだから。もうすぐ、また彼女が「死んじゃったわ！　ああ、死んじゃったわ！」と繰り返したら、僕は彼女を抱きしめて、優しく、とても優しく、彼女を怯えさせないように、こうささやいてやろう。

「違うよ。僕は眠ってただけなんだ。ほら、見てのとおり、こうして生きていて、君を愛しているよ」

II

マルグリットが叫んだ声が聞こえたのか、扉が急に開けられた。誰かが大声で呼ぶ声がした。

「どうしたの、お隣さん！　また発作かい？」

その声には聞き覚えがあった。同じ階に住んでいるギャバン夫人だった。このおばさんは僕たちの窮状に同情して、着いたときからとても親切にしてくれた。すでに彼女の身の上話も聞かされていた。情け容赦のない家主がいて、去年の冬、家賃のカタに家具を全部売り払われてしまったというのだ。それ以来、十歳になる娘アデルと二人で、彼女はこの下宿屋に逗留《とうりゅう》しているのだった。二人してランプのシェードを切り抜く内職をしていたが、その仕事ではせいぜい四十スーも稼げればいい方だった。

「ねえ、もう収まったのかい？」夫人は声を落として尋ねた。彼女が近づいてきたのがわかった。僕を見て、体に触った。それから、不憫《ふびん》そうにこう言った。

「ああ、奥さん、かわいそうに。かわいそうに」

マルグリットは疲れ果て、子どものように泣いていた。ギャバン夫人は彼女を立たせ、暖炉の近くにある、脚のがたつくひじかけ椅子に座らせた。そうしておいて、慰めの言葉をかけ始めた。

「そりゃね、つらいのはわかるよ。でもね、あんたの旦那さんが逝ってしまったからって、あんたがそんなに絶望することはないんだよ。もちろんあたしだって亭主のギャバンを亡くしたときはあんたみたいになったよ。三日間ろくに食べ物も喉を通らなくってね。でもそんなことしたって何にもならなかったよ。逆にどんどん落ち込む一方でさ……。きっと神様が見ていてくださるから……。しっかりして」

マルグリットはだんだんとおとなしくなった。もう力尽きたのだった。それでも時折、また涙の発作がやってきて彼女の体をぶるっと震わせた。その間、おばさんはその場の指揮を執り、荒っぽく命令し始めた。

「あんたは何もしなくていいからね。ちょうどデデ［アデルの愛称］はランプシェードを届けに行ってるところだから具合がいいし。こういうときはお互い様。隣同士、助け合わなきゃ。そうそう、あんたたちまだ荷物を全部ほどいてないわね。けどシーツやなんかはタンスの中にあるわよね」

夫人がタンスを開ける音が聞こえた。タオルを取り出したらしく、それをナイトテーブルの上に広げた。それからマッチを擦ったので、暖炉の上にあった蠟燭を一つとってきて僕の近くで灯したのだろうと推測できた。祭壇の代わりらしい。僕には部屋の中を歩き回る夫人の動きが手に取るようにわかった。

「この人かわいそうだねえ！」彼女はつぶやいた。「ほんとに、あんたの叫ぶ声が聞こえてよかったよ」

その時突然、左目にまだ見えていたおぼろな光が消えた。ギャバン夫人が近づいてきて僕の両目をふさいだのだった。まぶたに指が触れる感触はなかった。そうとわかったとき、軽い寒気が僕の体の中を走った。

その時、扉がまた開いた。十歳の女の子、デデが澄んだ声で叫びながら入ってきたのだった。

「ママ！　ママ！　やっぱりここだったわ。はい、代金。三フランと四スーにしかならなかったの……。二十ダースも持って行ったのに……」

「しーっ！　静かにったら！」母親のギャバン夫人が繰り返しても無駄だった。

娘がずっとしゃべり続けているので、夫人はベッドを指さした。デデはぴたっとおしゃべりをやめた。怖がって、扉の方に後ずさるのがわかった。

「おじさん眠ってるの？」デデはか細い声で尋ねた。

「そうだよ。向こうへ行って遊んでらっしゃい」夫人は答えた。

けれども子どもは出て行かなかった。目を真ん丸に見開いて僕を見つめているに違いない。おぼろげに事態を悟って、怯えているのだろう。突然、発作的な恐怖に襲われたらしく、狂ったように椅子をひっくり返しながら飛び出していった。

「死んでる。ママ！　死んでるよ」

深い沈黙が降りた。マルグリットはひじかけ椅子に身を沈め、ぐったりとしていたが、もう泣いてはいなかった。ギャバン夫人は相変わらず部屋の中をうろついていたが、口の中でもごもごと言い始めた。

「この頃の子どもってのは、本当にませてるもんだよ。あの子だってさ、あたしはきちんと育てたんだよ。おつかいにやるときも、出来上がったシェードを届けに行かせるときも、あたしはちゃんと時間を計って、あの子が油を売ったりしないように……。けど何にもなりゃしない。何でもわかってるんだね。一目でどういうことか見抜いちゃって。一度も死人を見せたことなんてないんだけどねえ。あの子のおじさんのフランソワが死んだときには、あの子はまだ四歳にもなってなかったし……。まったく、きょうび、もう本当の子どもなんていやしないんだよ。しようがないね」

夫人はそこで言葉を切り、そのまま唐突に別の話題に移った。

「ねえ娘さん、手続きしなきゃいけないね。役所に届けを出したり、お葬式のことやなんかさ。あんた、とてもそんなことできる状態じゃないだろ。あんたを一人になんかできっこないからね。どう、よかったら、シモノーさんが家にいるかどうか、あたしが見に行ってあげるけど」

マルグリットは返事をしなかった。僕はこの一部始終を、まるで遠くから眺めるように全部見ていた。時には、自分が宙を飛んでいるような気がした。小さな炎のように、この部屋の中をふわふわと浮遊しているような感じだった。その間、自分とは別の何か重たい塊が、ベッドの上にぐったりと横たわっているのだった。けれども、僕はマルグリットがそのシモノーというやつの助けなんか断ってくれればいいのにと思っていた。僕が寝込んでいる間に、そいつは三回か四回やってきた。隣の部屋に住んでいて、ずいぶん親切に世話を焼いてくれる男だった。ギャバン夫人によれば、この男はパリには一時的に滞在しているだけで、田舎に隠居していて最近死んだ父親の古い債権を回収しに来ているとのことだった。がっしりとして背の高い、ハンサムな男だ。僕はこいつが嫌いだった。たぶんこいつが健康だからだろう。夕べもこの男はまた家に入ってきて、マルグリットのそばに座っているので、僕はいらいらしてしょうがなかった。この男と並ぶと、マルグリットはたいそう色白で、それはかわいく見えたのだ！

男の方もまじまじと彼女を見つめていた。マルグリットはこいつに微笑みかけながら、こんなに何度も主人の様子を見に来てくださるなんて本当にご親切な方、などと言うのだ。ああ！

「ほら、シモノーさんが来たよ」ギャバン夫人は部屋に戻ってきて、小さな声で告げた。

シモノーはゆっくりとドアを押して入ってきた。マルグリットは彼を見るとまたわっと泣き崩れた。彼女にとって唯一の男の友人であるシモノーの姿を目にし、苦しみがよびさまされたのだ。シモノーはマルグリットを慰めようとはしなかった。僕にはこの男が見えなかったが、暗闇の中でその顔を想像してみた。絶望に打ちひしがれた哀れな女を見て、その痛ましさに顔をゆがめている。その顔もはっきりと思い描くことができた。マルグリットは、こんな時でも、なお美しかったに違いない。ほどけたブロンドの髪、真っ青な顔、そして熱で燃えるように火照ったかわいらしい小さな手！

「私になんでも申し付けてください。奥さん」シモノーは小さな声で言った。「お役に立てることがあれば何なりと……」

マルグリットは切れ切れに答えるのが精一杯だった。その若い男が立ち去るとき、ギャバン夫人が一緒について行って、ちょうど僕の近くを通りぎわに、お金の話をするのが聞こえた。こういうのって結構かかるのよ。夫人は、マルグリットが一銭も持っていないんじゃないかと心配していた。とにかくあの子に訊いてみないとね。シモノーは夫人を黙らせた。マルグリットが苦しむのは見たくないんですよ。僕が役所に行って、葬式を頼んできましょう。

再びあたりが静かになったとき、僕はこの悪夢がまだずっと続くのだろうかと思った。僕は生きていた。自分の外で起きていることがなんでも残らず感知できるのだから。そこで僕は自分の体が正確にどういう状態にあるのか考え始めた。これはきっと強硬症《カタレプシー》というやつに違いない。以前そんな話を聞いたことがある。僕は子どものときから、例のひどい神経性の病気にやられていたので、何時間も失神してしまうことがあった。間違いなく、僕が死人のように硬直してしまっているのは、そしてまわりの人たちに死んだと思われてしまっているのは、この種の発作を起こしているからだ。そのうちまた心臓も鼓動を打ち始め、血液も循環し、筋肉の緊張も解けるに違いない。そうして僕は目を覚まし、マルグリットを慰めるのだ。そう考えて、僕は辛抱強く自分を勇気づけた。

それから何時間も経った。ギャバン夫人は自分の昼食を持って戻ってきた。マルグリットはどんな食べ物も受け付けようとしなかった。やがて午後の時間も過ぎていった。開いたままの窓からドーフィーヌ通りの喧騒が立ち上ってくる。銅の燭台が大理石のナイトテーブルに触れるかすかな音が聞こえて、蠟燭が取り替えられたのだと察しがついた。ようやくシモノーが戻ってきた。

「どうだい？」ギャバン夫人は押し殺した声で尋ねた。

「話はつけてきました」男は答えた。「葬儀屋は明日の十一時に来ます……。何も心配はいりませんから、あのかわいそうな女性の前でもうこの話はやめましょう」

それでもギャバン夫人は黙らなかった。

「検死医がまだ来てないよ」

シモノーはマルグリットの近くに来て座り、励まし、そして黙った。葬儀屋は明日の十一時に来る。この言葉が僕の頭の中で弔鐘のように鳴り響いていた。そして一向にやってくる気配のない医者。ギャバン夫人は検死医という言葉を使った。とにかく医者だ。医者が来てくれれば、すぐに僕がただの麻痺状態にあるだけだと見抜いてくれるだろう。医者は必要な処置を施し、僕を目覚めさせてくれるだろう。僕はその人物を狂わんばかりに待ち焦《こ》がれた。

しかし、その日はそのまま終わってしまった。ギャバン夫人は時間を無駄にしたくないのか、とうとう内職のシェードを持ち込んできた。それどころか、マルグリットの許しを請うたうえで、デデまで連れてきた。子どもを長い時間ひとりで放っておくのはよくないから、というのだった。

「さあ、入って」夫人は子どもに小声で言った。「バカなことをするんじゃないよ。

こっちの方を見ちゃだめだからね。見たら承知しないからね」

おばさんは、僕の方を見ないように言い聞かせているようだ。その方が礼儀にかなっていると思っているのだろう。デデはもちろん、時折ちらちらとこちらに目をやっていたに違いない。というのも、母親が子どもの腕をぴしゃっと叩くのが何度も聞こえたからだ。夫人は怒って何度もしかりつけていた。

「仕事しな。さもないと放り出すからね。そうしたら、今晩このおじさんがお前の足を引っ張りに来るよ」

母と娘は二人してテーブルの前に座っていた。ハサミでランプシェードを切り抜く音がはっきりと聞こえてくる。シェードはとても繊細で、切り抜くのに慎重さが要求されるらしい。というのも、作業があまり早く進んでいないようだったからだ。僕はどんどん大きくなる不安と闘うために、できあがったシェードの数を一つ一つ数えていたのだ。

部屋にはハサミを動かすかすかな音しか聞こえなかった。マルグリットは疲れ果てて眠ってしまったようだった。二度、シモノーが立ち上がった。この男が、マルグリットが眠っているのに乗じて、髪にそっと唇を寄せたりするのではないかというおぞましい考えが浮かんで、僕は苦痛に苛まれた。僕はこの男をよく知らなかったが、マルグリットを愛しているように感じていた。小さいデデが笑ったので、僕はますますいらいらした。

「バカだね、どうして笑ってるんだい」母親が尋ねた。「言わないとひどいよ。さあ、言ってごらん。どうして笑ったの」

子どもはしどろもどろになった。笑ってないもん、咳《せき》が出ただけだもん。僕は想像した。きっと娘はシモノーがマルグリットの方にかがむのを見たのだ。そしてそれがおかしいと思ったのだ。

ランプが灯されたとき、誰かがドアをノックした。

「ああ、医者だね」おばさんは言った。

なるほど、それは医者だった。医者は来るのがこんなに遅れたことを詫《わ》びもしなかった。おそらく今日一日たくさんの家を回ってきたのだろう。部屋を照らすランプの光がひどく弱かったので、彼は確認しなくてはならなかった。

「遺体はここに?」

「ええ、そうです」シモノーが答えた。

マルグリットは起きて、震えていた。ギャバン夫人は、小さな子がこんなことに立ち会う必要はないからと、デデを部屋の外へ出していた。さらに、マルグリットにもこの光景を見せないように、彼女を窓辺に連れて行こうとした。

けれども、もうすでに医者がすばやい足取りで近づいてきたところだった。僕には医者が疲れていることがすぐにわかった。急いでいて、じりじりしていた。僕の体に手を当てたのか、その手を僕の心臓の上に置いたのか、僕には知るすべがなかった。だが、どうやらおざなりに僕の方にかがんで見ただけのように思えた。

「もっと明るくなるようにランプで照らしましょうか」シモノーが親切に提案した。

「いや、結構です」医者は平然と言った。

何だと！　結構だって！　この男はその手に僕の命を握っているのだ。それなのに慎重に確かめてみる必要もないと言ったのだ。でも僕は死んでいない！　僕は叫びたい気持ちだった。僕は死んでいない！

「死んだのは何時ですか」医者は尋ねた。

「朝の六時です」シモノーが答える。

激しい怒りが僕の内部から湧き上ってきた。恐ろしい鎖に縛られて動かない僕の体のうちから。ああ！　これでも話せないとは、指一本動かせないとは！

医者がさらに応じた。

「この頃のうっとうしい天気はよくないからね……。春先のこういう時期が一番こたえる」

そうして、彼は遠ざかっていった。僕の命が、行ってしまった。叫び、涙、ののしりの言葉、そうしたものがあふれてきて僕は息がつまりそうになった。喉が痙攣《けいれん》して引き裂かれるようだった。とはいえ、そこにはもうまったく息が通ってはいなかったのだが。ああ！　なんというひどい医者だ。職業的習慣のためにただの機械になり下がってしまっているのだ。死人のベッドの縁にやってきても、単に手続きを済ませることしか頭にないとは！　この男は結局なんにもわかっていない。こいつの学問は全部にせものだ。そもそも生きているのか死んでいるのかの区別さえ一目でわからないのだから。そうして行ってしまうのだ。このまま行ってしまうのだ。

「どうもありがとうございました」シモノーが言った。

沈黙があった。医者がマルグリットの方に身をかがめたようだった。彼女は窓辺から戻ってきていて、ギャバン夫人が窓を閉めているところだった。それから医者は部屋を出て行った。階段を降りる足音が聞こえた。
おしまいだ。僕はもう終わりだ。僕の最後の希望はあの男とともに消えてしまった。もしこのまま明日の朝十一時までに目が覚めなければ、僕は生きたまま埋められてしまう。そう考えると、あまりの恐ろしさに、僕はまわりのものに対する意識を失った。それは死の中でさらに気絶したようなものだった。最後に僕の脳裏に刻みつけられた音は、ギャバン夫人とデデのハサミの音だった。通夜が始まっていた。誰もしゃべらなかった。マルグリットは隣の部屋で寝るよう勧められたが断った。彼女はひじかけ椅子に半ば寝そべるようにしていた。真っ青な美しい顔をして、目を閉じて。まぶたには涙が残っていた。その目の前にシモノーが座り、暗闇の中でひっそりと、彼女を見つめていた。

Ⅲ

翌日の午前中のあいだ、僕の苦悩がどんなものだったか、とても言葉では表現できない。おぞましい夢のようだった。知覚がおかしくなっていたので、自分の感じたことを正確に書き記すのは難しい。僕は相変わらず不意に目覚めるのではないかと期待していただけに、苦悶はいっそう深まった。そして、葬儀の時間が近づくにつれて、激しい恐怖がますます僕の喉を締め付けた。

朝になってからやっと、僕はふたたびまわりにいる人やものが認識できるようになった。窓のイスパニア錠がぎいっときしむ音でまどろみから覚めた。ギャバン夫人が窓を開けたのだった。七時ごろにちがいない。通りで行商人たちの叫ぶ声が聞こえたからだ。ハコベを売る小さな女の子のか細い声や、ニンジンを売るしわがれた声。こうしたパリの騒がしい朝のにぎわいは、ひとまず僕を落ち着かせた。こんな日常の暮らしのまっただ中で、僕が地中に埋められることなど、ありえないことに思えたからだ。それに、ある思い出がよみがえってきて、僕をいっそう安心させた。自分の今の状況とよく似た症例を見たことを思い出したのだ。ゲランドの病院に勤めていたころのことだった。ある男がこんなふうに二十八時間眠り続けていたのだ。あまりに昏々と眠り続けているので、医者たちも診断がつきかねていた。ところがその後、この男は不意に体を起こして、すぐに立ち上がることができたのだ。僕はもうかれこれ二十五時間眠っている。もし十時ごろに目が覚めれば、まだ間に合う。

僕は部屋にいる人たちの様子を感じ取ろうと、そして彼らが何をしているところなのかを把握しようと努めた。小さなデデは階段の踊り場で遊んでいるようだった。扉が開いていて、外から子どもの笑い声が聞こえていたからだ。たぶんシモノーはもうここにはいないだろう。それらしき音はまったくしなかった。ギャバン夫人の擦り切れた古靴の音だけがタイルの上を行き来していた。ようやく夫人が口を開いた。

「奥さん、あったかいうちに飲まなきゃだめだよ。少しは力が出るからさ」

マルグリットに話しかけているのだ。暖炉の上から、フィルターを通ってぽたぽたと液体の落ちる音が聞こえ、どうやらコーヒーを淹《い》れているところだとわかった。

「こう言っちゃなんだけどね、でも言わせとくれよ。この歳になるとね、徹夜したってなんにもいいことなんかないの……。とくに家の中に不幸があったときにはね、夜はほんとに悲しいし……。とにかくコーヒーを飲みなさいよ、奥さん。一口でいいから」

そう言って彼女はマルグリットに無理やりコーヒーを飲ませた。

「どう。熱くて、元気が出るだろ。力をつけとかなきゃ、今日一日持たないからさ……。さあ、いい子だから、あたしの部屋に来て、そこで待つといいよ」

「いやです。ここにいます」マルグリットはきっぱりと答えた。

昨夜以来、初めて聞く彼女の声に、僕はひどく心を打たれた。彼女の声は、悲しみに打ちひしがれ、変わってしまっていた。ああ！　かわいい妻！　僕は彼女がすぐそばにいるのを感じていた。最後の慰めだった。彼女が僕から目をそらしていないことはわかっていた。彼女が心の底から涙を流して泣いていることも。

けれども、時間は刻々と経過していた。扉のところで音がしたが、初めは何の音だかわからなかった。階段が狭すぎるために壁にぶつけながら、家具か何かを運び込んでいるのだと思った。それからマルグリットがまた泣くのが聞こえて理解した。それは棺桶だった。

「来るのが早すぎますよ」ギャバン夫人が不機嫌そうに言った。「ベッドの向こうに置いといてくださいな」

いったい今何時なのだ。九時か、おそらく。それなのに、もう棺桶が来たのだ。漆黒の闇の中で、僕にはその棺桶が見えていた。鉋《かんな》がけもそこそこに、仕上げられたばかりの真新しい棺桶。ああ神よ！　もうこれで何もかも終わってしまうのか。棺桶は今、僕の足元に置かれて、足の先に触れている。この箱の中に、僕は入れられて運ばれてしまうのか。

けれども、僕は至高の歓びも味わった。マルグリットが、弱り切っているにもかかわらず、最後に僕の世話をしてくれたのだ。ギャバン夫人に手伝ってもらいながら、彼女が手ずから献身的に僕に服を着せてくれたのだ。僕の体に一枚ずつ服が通されるたびに、僕は自分が彼女の腕に抱かれている感覚を味わった。感極まって、彼女は手を止め、僕をぎゅっと抱きしめる。すると、その涙が僕の体を濡らすのだった。僕も彼女をぎゅっと抱きしめたかった。「僕は生きてるよ！」と叫びながら。けれども、依然として力が出なかった。無気力な塊のように、僕はぐったりとしているしかなかった。

「そんなことしたって仕方がないよ。もう死んでしまったんだから」ギャバン夫人は繰り返し言った。

マルグリットはとぎれとぎれの声で答えた。

「いいんです。ここにある一番きれいな服を着せてあげたいんです」

結婚式の時の衣装を僕に着せてくれているのだとわかった。パリでは何か特別な晴れの日にしか着ないだろうと思いながら、僕はその服を持ってきていたのだ。その作業を終えると、マルグリットは疲れ果て、またひじかけ椅子に沈み込んだ。

その時、いきなりシモノーが話し出した。おそらくたった今入ってきたのに違いない。

「もう下に来ています」ささやくような声だった。

「そうかい。もうそろそろいいだろうね」ギャバン夫人も声を低めて答える。「上がってくるように言っとくれよ。こっちも終わりにしなきゃ」

「ただ、奥さんがものすごく悲しがると思うと、かわいそうで」

年老いた夫人は少し考えたようだった。そしてまた口を開いた。

「ねえ、こうしましょう、シモノーさん。あの人を無理にでもあたしの部屋に連れて行って下さいな。ここに残っているのはよくないと思うから……。それがあの奥さんのためだし……。そのあいだに、手早くさっさと済ませてしまうから」

この言葉に僕の心臓は衝撃を受けた。それから始まったおそろしい押し問答を聞いたときの僕の気持ちといったら！　シモノーはマルグリットに近づき、この部屋から出るように懇願し始めたのだ。

「どうかお願いですから、僕と一緒に来てください。ここにいたって、ただつらくなるだけですよ」

「いやです、いやです」妻は繰り返した。「私はここにいます。最後の瞬間までここにいたいんです。だって、私にはこの人しかいないんです。この人がいなくなったら、私は一人ぼっちなんです。どうかわかってください」

その間、ベッドのそばにいたギャバン夫人は、青年の耳にこんなふうにささやいているのだった。

「ほら、歩いて。しっかり捕まえて。腕に抱きかかえて連れて行くんだよ」

シモノーはそうやってマルグリットを連れて行こうとしているのだろうか。すぐにマルグリットが叫び声を上げた。怒りがどっと湧き上がり、僕は立ち上がりたいと思った。けれども僕の体のバネは壊れてしまっていた。硬直したまま、瞼を上げることさえできず、目の前で何が起きているのか見ることも叶わなかった。争いはさらに続いた。妻は家具にしがみついて、懇願し続けた。

「ああ、お願いですから、お願いですから。シモノーさん。放してください。いやです」

シモノーはその力強い腕でマルグリットをがっちりと捉えたに違いない。彼女はもう子どものような泣き声しか出さなくなったからだ。シモノーは妻を連れて行き、すすり泣きが遠ざかっていった。僕は二人の姿を想像していた。男の方は背が高く、がっしりとしていて、妻を胸に抱きかかえ、首に捕まらせて運んでいく。女の方も、泣きじゃくって疲れ果て、すっかりあきらめて、男が連れて行くところにはどこにでもついていく。

「やれやれ、どれだけ苦労させられたことやら」ギャバン夫人が小さくつぶやいた。「さあ、やらなきゃ。やっと行ってくれたんだし」

激しい嫉妬《しっと》と怒りの中で僕は、こんなふうにマルグリットを連れて行くなんて、おぞましい拉致を見るようだと思っていた。昨夜から、僕にはマルグリットの姿が見えていなかったが、まだ声は聞こえていた。今やそれも消えたのだ。彼女が僕から奪われてしまった。一人の男が、僕がまだ土の中に埋められてもいないのに、妻を略奪していったのだ。その男が、この壁の向こうで、彼女と一緒にいるのだ。二人きりで。彼女をなぐさめ、もしかしたらキスしているかもしれないのだ！

扉がまた開いた。重い靴音が部屋に入ってきた。

「急いで、急いで」ギャバン夫人が急《せ》かした。「奥さんがすぐ戻ってきてしまうから」

おばさんが話しかけているのは、誰か知らない人たちで、その連中はもごもごと不明瞭な答えを返すだけだった。

「あたしはね、言っときますけど、家族じゃないんですよ。隣に住んでるだけでね。こんなことしたって一文にもなりゃしないんです。純粋な善意でこの人たちの世話をしてあげてるんです。第一、こんなこと、まったくいい気持ちしませんしねえ……。ええ、ええ、夜通し起きてましたとも。本当にこの寒い時期にね、四時ごろなんて、とくに。まったく、われながらバカですよ。人がいいったらありゃしない」

ちょうどその瞬間、棺桶が部屋の中央まで引き出され、僕は悟った。目覚めがやってこなかった以上、もう僕の運命は決まったのだと。思考が明瞭さを失い、頭の中では黒い煙のようなものがただぐるぐると回っていた。あまりに疲れすぎていて、もう何も当てにできないということが、むしろ安らぎのように感じられるほどだった。

「木、もうちっとケチったってよかったのにな」棺桶を運ぶ役目の一人がしわがれた声で言った。「これじゃ箱が長すぎるだろ」

「まあな。でもホトケさんも伸び伸びできるだろうよ」もう一人が陽気に応じた。

僕は重くなかったので、二人はそれをありがたがった。何といっても、三階分を降ろさなければならないのだ。彼らは、肩と足をつかんで僕を持ち上げた。その時、不意にギャバン夫人が怒り出した。

「こら、この子ったら！　まったくどこにでも鼻を突っ込まないと気が済まないんだから……。待ってなさい。あとで隙間から見せてあげるから」

デデが扉からぼさぼさの頭を突き出して覗いていたのだった。僕が棺桶に入れられるところを見たかったのだ。きつい平手打ちの音が二回響き、そのあと、わっと泣く声が聞こえた。母親は戻ってきて、娘の話をし始めた。男たちは僕を棺桶に入れようとしているところだった。

「あの子は十歳なんですよ。いい子なんだけどねえ、好奇心が強すぎて……。毎日ぶつわけじゃないんですよ。ただ、ちゃんと言うことはきかせないとね」

「ああ、奥さん、小さい女の子ってのはみんなそんなもんですよ」男の一人が言った。「どっかで死人が出るとね、女の子がまわりに寄ってきます」

僕は楽な姿勢で横たわっていた。まだベッドにいるように思えたくらいだ。ただ左腕が横板に当たってちょっとつっかえていることだけを除けば。彼らが言ったように、小さい背丈のおかげで、僕は棺桶の中で広々と寝られた。

「ちょっと待って」ギャバン夫人が大声で呼び止めた。「この人の奥さんに約束したんだ。頭の下に枕を入れるって」

男たちは急いでいたので、僕の頭の下に乱暴に枕を押し込んだ。二人のうちの一人が、悪態をつきながらハンマーをあちこち探し回った。下に忘れてきたらしく、取りに降りなければならなかった。蓋が閉じられ、ハンマーで二度たたいて最初の釘が打ち込まれたとき、僕は体全体が震えるのを感じた。万事休す。僕の命運は尽きた。それから、すべての釘が一本ずつ、手早く打ち込まれ、そのたびにハンマーの音が一定のリズムで鳴り響いた。まるで梱包《こんぽう》係がいつもと変わらぬ何気ない調子で、ドライフルーツの箱を釘づけしているみたいだった。それが済むと、もう外の音はくぐもって間延びした、奇妙に反響するようにしか聞こえてこなくなった。あたかもこのモミの木の棺が、大きな共鳴箱にでも変わってしまったかのように。このドーフィーヌ通りの部屋で、僕の耳に届いた最後の言葉は、ギャバン夫人のこのセリフだった。

「ゆっくりと降ろしてちょうだい。三階の手すりには気をつけてね。ぐらぐらしてるから」

運ばれていくあいだ、僕は荒海の中でもまれているような感覚を味わっていた。そもそも、この瞬間からあとの僕の記憶はとてもぼんやりとしている。覚えているのは、この時、バカな話だけれども、僕はただ漠然と、墓地に着くまでの道を覚えておかなくては、とそれだけを心配していた、ということだ。僕はパリの通りを一本も知らなかったというのに。いくつか名前を聞いたことのある大きな墓地も、その正確な位置は知らなかった。それでも僕は自分の知性の最後の力を集中させて、自分が右に曲がるか左に曲がるかを感じ取ろうとしていた。霊柩車は舗石の上をがたがたと走り、僕はさんざん揺さぶられた。まわりを走る馬車や歩く人たちの喧騒が、棺の音響効果で増幅され、渾然《こんぜん》と混じり合って大騒音になっていた。初めは、道順をかなりはっきりと追うことができた。それからいったん馬車が停まり、僕は歩いて運ばれた。少しして、教会にいるのだとわかった。しかし、霊柩車が再び動き出したとき、完全に自分がどこを走っているのかわからなくなってしまった。鐘の音がしたので、どこかまた別の教会の近くを通っているのが推測できた。馬車の走りが滑らかになったので、遊歩道に沿って走っているのだろうと思った。僕はまるで刑場に連れられてゆく罪人のようだった。呆然としつつ、臨終を迎える最期の一撃を待っているのに、それはやってこないのだった。

馬車が停まり、僕は外に引き出された。ぞんざいに扱われ、あっという間だった。音は何もしなくなっていた。頭上に大きな空が広がり木々が生い繁る、人けのない寂れた場所にいるのだと感じた。おそらく何人か、下宿屋の間借り人たち、シモノーとそのほかの何人かが葬列についてきていたのだろう。というのも、囁《ささや》き合う声が僕のところまで届いていたからだ。聖書の詩篇か何かの朗読があり、司祭がラテン語で何かをもごもごと唱えた。二分間、そんなふうに特に変化のない時間が続いた。それから不意に、下に落ちる感覚があった。その間、ロープが棺の角の部分を弓のようにこすり、ひびの入ったコントラバスさながらの音を立てた。それが最後だった。大砲が発射される轟音にも似た、恐ろしい衝撃が、僕の頭のやや左の方を襲った。二番目の衝撃は足の方にやってきた。さらにもう一つ、もっと激しいのが、腹の上に落ちた。あまりの衝撃に、棺桶が二つに割れたかと思ったほどだ。そして、僕は気を失った。

Ⅳ

どれくらいの時間、そうしていたのだろう。見当もつかなかった。永遠も一瞬も、無の中では同じ長さだ。僕はもう存在していなかった。やがて少しずつ、ぼんやりとながら、自分が存在しているという意識が戻ってきた。僕はあいかわらず眠っていたが、夢を見始めた。視界をさえぎっている黒い背景の中から、一つの悪夢がくっきりと浮かび上がってくる。その夢は、かつて僕がよく苦しめられた、ある奇妙な空想と同じものだった。僕には恐ろしいことをあえて妄想する性質があって、目を開けたままでも、ぞっとするような出来事を想像して、被虐的な歓びを味わうことがあったのだ。

そんなわけで、僕はこんな空想に浸っていた。たぶんゲランドだと思うが、どこかで、妻が僕を待っていて、僕は彼女に会うために列車に乗っている。列車がトンネルの中を通っていると、突然、落雷の轟《とどろ》きとともに、すさまじい音が鳴り響く。トンネルが二か所で崩落したのだ。だが僕たちの乗っている列車には石ころひとつ当たらず、客車はまったく無傷だった。ただトンネルの両端、僕たちの前と後ろで、アーチ形の天井が崩れ落ちたのだった。つまり僕たちは山の真ん中で、岩の塊に囲まれて、閉じ込められたわけだ。長く恐ろしい苦しみの始まりだった。救助が来る見込みはまったくない。トンネルの岩をどけるには一か月はかかるからだ。しかもその作業には細心の注意が求められ、強力な機械も必要だ。僕たちは出口のない洞窟の囚人となってしまったのだ。全員が死ぬのは時間の問題だった。

繰り返しになるけれど、僕はこの恐ろしい状況について、昔からよく想像をたくましくしてきた。このドラマのバリエーションを無限に考え出し、男や女、子どもたちなど、百人以上もの登場人物を作り上げた。その大勢の人々が次々と僕に新しいエピソードを提供してくれるのだ。列車の中にはもちろん食料の備蓄があった。しかし食べ物はすぐになくなってしまう。お互いに共食いするというところまではいかないものの、極限まで腹を空かせた人たちは、最後のパンの一切れをめぐって、激しく争った。老人が殴られて押しのけられ、死にかけている。一家の母親が、雌オオカミみたいに闘って、子どものための三、四切れの食べ物を守っている。僕のいる車両では、若い夫婦が抱き合ってぜいぜい喘《あえ》いでいた。二人はもはや何の希望も持っておらず、動きもしなかった。さらに、線路を歩くのも自由だったので、人々は下に降り、まるで解き放たれた獣のように、獲物を求めて、列車のまわりをうろついていた。一等車も三等車もなく、あらゆる階層の人たちが混じり合っている。金持ちや高級官僚だという人が、労働者の首にしがみついて泣きながら、親しげに話しかけている。最初の数時間で、ランプの燃料はなくなってしまい、機関車のライトは消えてしまっていた。車両から車両へ移動するときには、ぶつからないように手探りで車輪を伝いながら歩いた。そうやって先頭の機関車までたどり着くと、連結棒が冷たくなり、巨大な横腹が眠り込んでいるのを確かめて、今やこの車体が、暗闇の中でじっと黙って動かない、無用の長物であることをかみしめるのだった。まるで生き埋めにされたかのように地中に閉じ込められたこの列車ほど恐ろしいものはなかった。乗客は、一人また一人と死んでいくのだ。

僕は細部まで想像しては、その恐怖に浸って歓びを味わった。暗闇の中を叫び声がいくつも通り過ぎる。突然、すぐ近くにいる人が肩を叩いてくる。まさかそんなところに人がいるなんて、さっきまでまったく見えていなかったのに。けれども、今、僕を一番苦しめているのは、寒さと空気の欠乏だ。これほどの寒さを経験したことはかつて一度もなかった。雪のマントが肩に降りかかり、重たい湿気が頭をぐっしょりと濡らす。それに加えて僕は窒息しそうになっていた。まるで岩の天井が僕の胸に崩れ落ちてきたように思えた。山全体が僕にのしかかって押しつぶそうとしているみたいだ。けれどもその時、救いの叫びが響き渡った。だいぶ前から、僕たちは遠くから低い音が聞こえてくるような気がしていたので、近くで救助作業が進んでいるのではないかという儚《はかな》い希望を抱いていた。救いは、しかしそこから来たのではなかった。誰かがトンネルの天井に縦穴を見つけたのだ。僕たちはみんな駆け寄って、その空洞を覗こうとした。その上方に、青い点が見えた。手紙の封緘に使う固形糊のような大きさの、丸くて青い点だ。おお！　その青い点がどんなにうれしいことか！　それは空だった。僕たちは空に向かって背伸びをして空気を吸おうとした。黒い点がいくつか動いているのがはっきりと見分けられた。僕たちを救助するために、ウインチを据え付けようとしている作業員たちにちがいない。どよめきのような叫び声が、全員の口から飛び出した。「助かった！　助かった！」そして震える両腕が、薄い青色をしたその小さな点に向かって突き上げられた。

そのどよめきの声で、僕は目を覚ました。ここはどこだ？　まだトンネルの中か、たぶん。僕は体を伸ばして横になっていた。けれども、左右から硬い仕切りが脇腹を締め付けてくるような感じがする。僕は起き上がろうとした。ところがその途端、激しく頭をぶつけてしまった。岩がこんなに全方位から僕を取り囲んでいるのか。いったいどういうことだ。それに青い点も消えてしまっている。空はもうない。はるか遠くの方にも見えない。あいかわらず息苦しい。寒さで歯がガチガチ鳴っている。

突然、僕は思い出した。恐怖で髪の毛が逆立った。頭のてっぺんから足の爪先まで、恐ろしい真実が氷のように僕の中を流れたような気がした。僕はついに失神から抜け出したのか。あんなに長い、死体のような硬直状態から？　そうだ。確かに僕は動いている。棺の板に沿って両手を動かしている。となれば、あと試すことは一つだ。僕は口を開けた。そして声を出してみた。本能的に、「マルグリット」と呼んでいた。いや、叫んでいた。おまけに僕の声はこのモミの木の箱の中で反響して、身の毛もよだつようなしわがれた音になったので、自分でもぞっとしたほどだった。何ということだ。これは現実なのか。僕は歩くこともできるし、生きてると叫ぶこともできる。なのにその声は誰にも聞いてもらえないのだ。僕は閉じ込められてしまったのだ。重くのしかかる土の下に。

僕は必死に自分を落ち着かせ、よく考えようとした。ここから出る手段はまったくないのか。ところが、僕の夢想がまたじゃまをし始める。まだ頭がしっかりと働かないのだ。縦穴とそこから見える青空の点の空想が、今窒息しそうになっているこの墓穴の現実と混じり合ってしまう。目をこれ以上無理なほど大きく見開いて、僕は闇の中を見つめた。何か穴や割れ目が見つかるのではないか。一筋の光が漏れているのではないか！　けれども、目の前で火花がちかちかするばかりだった。赤い光が大きくなっては消えていった。何もなかった。底の知れない、真っ暗な深淵が広がるばかりだった。それからしばらくして、まともな思考が戻ってきた。僕は自分の愚かな夢想を払いのけた。自分の脳を総動員しなければならない。少しでも望みを見つけたければ。

まず、一番大きな危険は、このどんどんひどくなってくる息苦しさだと思われた。おそらく、僕がこんなに長いあいだ酸素の少ない状態のまま生きていられたのは、意識を失っていたために生命活動が中断していたからだろう。しかし、今では僕の心臓は動いているし、肺も活動している。できるだけ早くここから出なければ、僕は窒息して死んでしまう。それに寒さにも苦しめられていた。雪の中で行き倒れた人たちは、体が麻痺して眠り込み、そのまま二度と起き上がることなく死んでしまう。それと同じ目に遭うのではないかと怖かった。

落ち着け、と何度も言い聞かせながらも、僕は頭の中に激しい狂気が渦巻くのを感じていた。そこで、自分を励まし、人を埋葬するときの方法について知っていることを何とか思い出そうとした。おそらく、僕が埋められたのは年限五年の区画だろう。だとすれば、希望はある。というのも、僕は昔ナントで、いくつもの棺桶を長い溝に一緒に埋めてしまう共同墓穴で、一番新しく埋められた棺桶の端が土からはみ出ているのを見たことがあったからだ。何度も掘り返してはまた新しく埋めるという作業を繰り返しているために、上の方はごく浅いのだ。ということは、板を一枚破りさえすれば、脱出できるということだ。しかし逆に、もし僕が完全に埋められた墓穴の中にいるのだとすれば、僕の上には、恐ろしい障害となる厚い土の層がたっぷりと載っていることになる。パリでは二メートルの深さに埋葬すると、以前聞いたことがあった気がする。そんな途方もない土の塊を、どうやって突き抜けられるというのだ。もし仮に蓋を割ることに成功したとしても、土が入ってきてしまうんじゃないだろうか。細かい砂のように滑り落ちて来て、僕の目や口を塞いでしまうんじゃないだろうか。そうしたら訪れるのはやっぱり死だ。泥の中で溺れるという、ぞっとするようなおぞましい死だ。

　そう考えながらも、僕は自分のまわりを丁寧に探ってみた。棺桶は大きかった。僕はやすやすと両腕を動かすことができた。蓋には割れ目の感触はまったくなかった。

右側と左側の板は、ほとんど鉋がかかっていなかったが、しっかりとしていて硬かった。僕は片腕を自分の体に沿って折り畳み、頭の上に伸ばしてみた。すると、頭上の板に、押すと軽くへこむこぶのようなものがあるのを発見した。僕はものすごい労力を費やして、ついにそのこぶを取り除いた。そしてそこに指を突っ込んでみると、向こう側に土の感触があった。ねっとりとした粘土のような、湿り気のある土だった。けれども、それ以上どうしようもなかった。今にもそこから土が入ってきそうな気がして、僕はそのこぶを取り除いたことを後悔さえした。次に、しばらくのあいだ僕は別の試みに熱中した。もしかして、右側や左側のどこかに空洞がないかと思って、棺の内部をぐるっと一回り叩いてみたのだ。どこも音は同じだった。足の方も軽く蹴っ

5　土葬による墓地の区画を使用する年限として、五年は一番短い期間で（ほかに十五年、三十年、五十年、永代）、主に金のない貧しい人々が入れられるところであることを示唆している。すぐ後に出てくる「共同墓穴」もそうで、広い区画にたくさんの遺体を一緒に埋葬するが、これも貧しい人や身寄りのない人などが入るところ。そういう区画では、埋葬の必要が出るたびに、頻繁に掘り返しては埋めるということを繰り返すため、穴があまり深くないことがあるということを言おうとしているのだろう。

てみたところ、足元の板はやや明るい音がするような気もしたが、単なる木の反響にすぎないかもしれない。

それから、僕は両腕を前に出して、蓋を拳で何度か軽く押してみた。木は硬かった。次いで、膝を使った。つま先と腰を支えに弓なりになって突っ張ってみた。みしりともいわなかった。しまいには全力を込めた。体全体で強く押した。強く押しすぎて、弱った骨が軋みを上げたほどだ。そしてその瞬間、僕はとうとう頭がおかしくなった。

それまでは、めまいがしそうなのをこらえ、時々自分のうちから憤怒の炎が上ってきて、酔いが回るようにくらくらするのに耐えていた。何よりも、叫び出すのを我慢していた。叫んだらもうおしまいだとわかっていたからだ。だが急に僕は叫びだした。わめきだした。どうしても抑えられなかった。吠え声が喉から飛び出した。自分のものとは思えない声で、僕は助けを呼んだ。叫ぶほどにますますおかしくなり、死にたくないとわめいていた。爪で木をかきむしっていた。檻に閉じ込められた狼のように痙攣し、身をよじらせていた。そうした発作がどれくらい続いただろう。わからない。だが依然として、どんなに闘っても、棺は容赦なく硬く、嵐のような叫び声とすすり泣きが、四方を囲む板の中に響くのが僕の耳に聞こえるばかりだった。わずかに残った理性で、僕は自分を抑えなければと思っていたけれど、無理だった。

それから、大きな疲労と落胆がやってきた。痛みと眠気の中で、僕は死を待っていた。この棺は石でできているんだ。僕には絶対に割ることなんかできやしない。そう敗北を確信して、僕は無気力になり、それ以上何かを試みる勇気をなくしてしまった。寒さと呼吸困難に加えて、もう一つの苦しみも襲ってきた。空腹だ。気が遠くなりそうだった。やがて、この苦痛は耐えがたいものになった。僕は自分の指で、先ほどこじ開けたこぶのところから、一つまみの土をむしり取った。そして、その土を食べた。よけいに苦しみがひどくなっただけだった。僕は自分の腕を嚙んだ。血まで飲みたいとは思わなかったが、自分の肉に惹かれ、そこに歯を突き立てたい欲望に駆られて、皮膚をちゅうちゅうと吸った。

ああ！　この瞬間、僕がどれほど死を望んでいたか！　生まれてからずっと、僕は虚無を前にして震えていた。ところがこの時、僕はその虚無を望んでいたのだ。それを要求していたのだ。もうどんな虚無だって怖くはない。夢のないこの眠りを、闇と沈黙に包まれたこの永遠を恐れていたとは、なんて子どもだったのだろう。死は一瞬で、そして永遠に、存在を消してくれるからこそすばらしいのだ。石のように眠る、土に返る、もはや存在しなくなる！　なんてすばらしいことなんだ。

僕の手は依然として機械的に、まわりの木を探っていた。ふいに、左手の親指がチクリとした。そのかすかな痛みで、僕は麻痺状態から現実に引き戻された。何だろうこれは。もう一度さぐってみた。釘があった。埋葬人が斜めに打ち込んでしまったらしく、棺の端にきちんと刺さっていなかった。とても長く、とてもとがった釘だ。頭の部分は蓋に刺さっているけれど、ぐらぐらと動くのが感じられた。この瞬間から、僕は一つのことしか考えなかった。この釘を手に入れるのだ。僕は右手を腹の上から通し、釘を揺すり始めた。なかなか抜けそうになかった。困難な仕事だった。僕は頻繁に右手と左手を替えた。左手は位置が悪くて、すぐに疲れてしまったからだ。そうやって悪戦苦闘しているあいだに、僕の頭の中には完全な計画が練り上げられていた。この釘は最後の救いだ。どうあってもこれを手に入れなければならない。でも、間に合うだろうか。空腹は拷問のようになっていた。めまいに襲われて、仕事の手を止めなければならなかった。両手は力が入らず、気力も弱っていた。気が付くと、親指の刺し傷から流れる血を吸っていた。そこで僕は自分の腕を嚙み、自分の血を飲んだ。痛みで目が覚め、その生温かくえぐみのあるワインで口を湿らすと、活力が戻ってきた。そうして僕はまた両手で釘に取り組み始め、それを引き抜くことに成功した。

この瞬間にもう、僕は自分の勝利を確信した。僕の計画は単純だった。まず釘の先端を蓋に突き刺し、まっすぐに線を引いた。できるだけ長い線を。それから切り込みの溝を入れるようにして、その線に沿って釘を何度も動かした。両手がこわばってきたが、それを執拗に繰り返した。十分に木に傷をつけたと思った僕は、うつぶせになった。そして膝と肘を支えにして体を持ち上げ、腰で押した。蓋は、みしり、と音を立てたが、まだ割れなかった。溝がまだ十分に深くなかったのだ。僕はまた仰向けになり、作業を繰り返した。ひどく疲れてへとへとになった。もう一度試してみた。すると、今度は蓋が割れた。見事に端から端まで。

もちろんまだ助かったわけではない。けれども、希望が僕の心に一気に流れ込んできた。僕は蓋を押すのをやめ、しばらくそのまま動かなかった。地崩れを起こして、埋まってしまうのが怖かったからだ。僕の計画というのは、この蓋を盾代わりにすることだった。そうしておいて、土の中に一種の縦穴をつくろうと思っていたのだ。あいにく、その仕事には大きな困難があるようだった。大きな泥の塊がぼろぼろと崩れ落ちてきて、板を動かす邪魔になるのだ。どうやっても地上にはたどり着けないような気がした。すでに少しずつ地崩れが起きていて、僕の背骨をねじ曲げ、土の中に顔をめり込ませていた。恐怖に再びとらわれそうになったとき、どこか支えになる場所を求めて体を伸ばした僕は、棺の足元の板が、押せば動くのを感じた。そこで、必死になってかかとで蹴った。その場所に、今掘られている途中の新しい墓穴があると思ったのだ。

いきなり、足元が抜けた。僕の見込みは正しかった。新しく掘られた墓穴がその先にあった。その墓穴へ転がり込むのに、ごく薄い土の仕切りをくぐり抜けるだけでよかった。ああ偉大なる神よ！　僕は救われたのだ！　しばらくのあいだ、僕は仰向けのままでいた。穴の底に横たわり、虚空を見つめていた。夜だった。空には星が瞬き、そのまわりにはビロードのようになめらかな青みが広がっていた。時折、風に乗って、春の生暖かさと木々の匂いが運ばれてきた。ああ偉大なる神よ！　僕は救われたのだ。僕は息を吸い込んだ。体が火照《ほて》っていた。そして、僕は泣いていた。何かはっきりしないことをぶつぶつと言っていた。信心深い人のように、両手を空中に伸ばしていた。ああ！　生きるとはなんて気持ちのいいことなんだ！

V

最初に考えたのは、墓守のところに行くことだった。そうして家まで送り届けてもらうのだ。けれども、漠然とながら、いくつかの考えが浮かんで、僕は思いとどまった。僕はみんなを怖がらせるに違いない。今、自分だけがこの状況を知っているのだから、どうして急ぐ必要があるだろう。僕は手足を叩いてみた。左腕に自分の歯で嚙んだ跡が少し残っているだけだった。そのためにやや熱っぽかったが、かえって興奮し、思いがけない力が生まれていた。実際、僕は助けを借りずに自力で歩くことができた。

そこで僕はじっくりと考えることにした。いろんな種類の夢想が渾然《こんぜん》となって僕の脳髄を通り過ぎていた。脱出した墓穴に墓掘り人の道具が放りっぱなしになっていた。そこで僕は、自分が生き返ったことに気づかれないように、出て来た穴を埋めて、元通りの状態にしておく必要があると感じた。この時、僕にははっきりした考えはまったくなかった。ただ、誰もが僕のことを死んだと思ったのに生きているということが恥ずかしく感じられて、自分のこれからの行動を公に知らせるのは無益だと思っていたのだ。半時間ほどの作業で、完全に痕跡を消すことができた。それから僕は、墓を飛び出した。

実に美しい夜だった！　深いしじまが墓地を支配していた。白い墓のあいだを縫って、黒い木々がじっと動かない影をつくっていた。どっちに向かおうか、方向の見当をつけようとあたりを見回すと、ちょうど空の半分が火事の照り返しのように燃え上がっているのに気付いた。あそこがパリだ。僕はそっちの方に向かった。並木道に沿って、木々の枝の暗い影の中を歩いた。ところが、五十歩ほど行ったところで、もう息切れがして立ち止まらなければならなかった。僕は石のベンチに腰かけた。その時になって初めて僕は自分の姿を確認してみた。上着もズボンもきちんと着ていた。靴さえ履いていた。足りないのは帽子だけだった。どんなにマルグリットに感謝したことだろう。彼女の信心深さのおかげで、こんなふうにきちんと服を着せてもらえたのだ。ふとマルグリットを思い出して、僕は立ち上がった。彼女に会いたかった。

並木道の突き当たりに塀があり、僕は立ち止まった。墓の上にのぼり、塀を乗り越えて向こう側にぶら下がってから、そのまま手を離した。落下の衝撃はこたえた。それから、墓地のまわりをぐるっと囲む、人けのない大きな通りを何分か歩いた。自分がどこにいるか、まったくわからなかった。けれども、僕は固定観念にとり憑《つ》かれたように、パリに帰るんだ、そしてドーフィーヌ通りを必ず見つけ出すんだ、と頭の中で繰り返していた。何人か行きかう人があったけれど、その人たちに尋ねてみようとは思わなかった。警戒心にとらわれていて、誰にも頼りたくなかったのだ。今振り返ると、すでにその時、僕は高熱のせいで頭がどうかしていたのだと思う。やっと大きく開けた場所に出たとき、まばゆさに目がくらんで、僕はばったりと歩道に倒れてしまった。

ここで、僕の人生には空白が生まれた。三週間、僕は意識不明のままだったのだ。ようやく目が覚めたとき、僕は見知らぬ部屋にいた。男の人が一人いて、世話をしてくれていた。その人の説明によると、ある朝、モンパルナス大通り[6]で僕を拾って、自分の家で預かっただけだ、ということだった。今はもう引退した、年をとった医者

6　ここから、オリヴィエ・ベカイユが埋葬されたのがモンパルナス墓地であったことがわかる。ゾラは一八六二年から一八六六年にかけてこの界隈のあちこちに住んでいたことがあり、一八六五年初頭からはモンパルナス大通りにも居住していた。

だった。僕が感謝の言葉を口にすると、彼は、興味深いケースに思えたので、研究してみたかったのだ、とぶっきらぼうに答えた。おまけに、僕が回復期に入った最初の数日間、僕は自分から彼に質問することは一切許されなかった。その時期がすぎると、彼も僕に一切何も尋ねなかった。さらに一週間、僕はベッドに寝たままでいた。頭がぼうっとして、思い出そうとする気にもならなかった。というのも、思い出すことは僕にとってただ疲労と心痛をもたらすものでしかなかったからだ。僕は恥ずかしさと恐怖でいっぱいだった。外に出られるようになったらマルグリットに会いに行こう、ただそれだけを思っていた。きっと僕は熱にうなされていた状態のとき、名前を口にしたに違いない。けれども、医者は、僕が何を言ったか、おくびにも出さなかった。彼の思いやりは、どこまでも控えめだった。

そうこうするうちに、もう夏になっていた。六月のある朝、僕はようやく短い散歩を許された。すばらしい朝だった。古いパリの街並みに陽気な太陽が若々しさを与える、そんな日だった。辻ごとに道を尋ねながら、僕はそろそろとドーフィーヌ通りに向かって歩いた。そしてたどり着いた。けれども、どれが僕たちが投宿した下宿屋なのか、見つけるのに苦労した。僕は子どものように怖がっていた。いきなりマルグリットの前に出たら、ひどく困らせてしまうんじゃないだろうか。まずは隣に住んでいるあのおばさん、ギャバン夫人に知らせるのが一番いいだろう。とはいえ、僕たちのあいだに誰かを介在させるのは気が進まなかった。僕は何も決められずにいた。僕の内部の深いところに、何か大きな空虚があった。もうずいぶん前に、取り返しのつかない何かを犠牲にしてしまったような気がしていた。

建物は、太陽に照らされて黄色く染まっていた。一階にある怪しげな小さいレストランのおかげで、ようやくそれが目当ての建物だとわかった。そこから食べる物を持ってきてもらっていたのだ。僕は目を上げ、四階の一番左側にある窓を見つめた。窓は大きく開いていた。ふいに、若い女が現れた。髪が乱れ、キャミソールをだらしなく引っかけていた。窓のところにやってきて、肘をついた。その後ろから、若い男が追いかけて来て、かがんで女の首にキスをした。マルグリットではなかった。僕はまったく驚かなかった。そういう夢を見たことがあるような気がしたし、ほかにももっといろんなことを知ることになるような気がしていた。

しばらく僕は通りに立ちつくしていた。どうしたらよいか決めかねていた。上っていって、あの恋人たちに、晴れやかな太陽のもとで今もまだ笑っているあの恋人たちに、尋ねてみようかとぼんやり考えたりした。それから、僕は一階のレストランに入ることにした。僕だと気づかれる心配はないはずだった。熱で寝込んでいるあいだに髭がぼうぼうに生え、顔が痩せこけていたからだ。テーブルにつくと、まさにギャバン夫人がカップをもって入ってくるのが見えた。安いコーヒーを買いに来たのだ。彼女はカウンターに立ち、店の女将《おかみ》と世間話に興じ始めた。僕は耳をそばだてた。

「へえ、それじゃ、あの四階のかわいそうな女の子は、やっと決心したってわけかい」店の女主人が訊いた。

「ほかにどうしようもないじゃないの」ギャバン夫人は答える。「それがあの奥さんにとっては一番いいからねえ。シモノーさんは本当に親切だったから……。シモノーさん、こっちの用事もうまく終わって、すごい遺産が入ったのよ。それであの子に、自分の田舎に来ないかって。向こうには叔母さんが住んでる家があってね、誰か頼れる人を探してるらしくて」

店の女将は少し笑った。僕は新聞に顔を突っ込んでいた。真っ青になって、手は震えていた。

「たぶん結婚することになるだろうね」ギャバン夫人は話をつづけた。「でもね、誓っていうけど、私の見たかぎり、変なことは何にもないのよ。若い奥さんは旦那さんのこと、泣いて悲しんでたし、シモノーさんも本当にきちんと振るまってたし……。で結局、昨日出発しちゃったのよ。もう喪が明けたんだからね。誰にも文句を言われる筋合いはないってこと」

その時、通りに面したレストランの扉が大きく開いて、娘のデデが入ってきた。

「ママ、まだ上がってこないの。待ってるんだから、早く来てよ」

「すぐ行くよ。うるさいね、まったく」母親が答えた。

子どもはそこに残って、二人の女の話を聞いていた。パリの街中で生まれた女の子らしい早熟な様子で。

「まあ考えてみればさ」ギャバン夫人の話は続いた。「死んだ方の旦那は、シモノーさんとはまったく比べものにならなかったからねえ……。貧弱でさあ、あんまり印象にも残ってないよ。いつも苦しんでうめいてたしさ。おまけにお金もなかったし。ああ、もう本当に、あんな旦那じゃさ、元気のいい女の人にはかわいそうだよ……。それに比べりゃシモノーさんはお金持ちだし、力も強くてがっしりしてるからね……」

「うん！　私見たことあるよ」デデが割って入った。「あのおじさんが顔を洗ってるとき。腕にいっぱい毛が生えてた！」

「あっち行ってなさいってば」母親が叫んで子どもを押しやった。「本当にお前はいつも余計なところにばっかり鼻を突っ込むんだから」

それからこう言って話を締めくくった。

「とにかく、あの旦那は死んでよかったね。本当に願ってもない幸いよ」

再び通りに出たとき、僕は足ががくがくと震えて、ゆっくりとしか歩けなかった。けれども、それほどつらくはなかった。太陽に照らされた自分の影を見ながら、笑いを浮かべてさえいた。なるほど、僕はまったく虚弱だった。それなのに、マルグリットを妻にしようなどと、突拍子もないことを考えたのだ。ゲランドにいた頃の彼女の退屈や我慢を、僕は思い出した。彼女の生活は陰鬱で苦労が多かった。かわいい妻はよくしてくれた。でも僕はけっして彼女の愛する恋人であったことはなかったのだ。彼女は、兄を亡くして泣いたのだ。どうして今さら彼女の人生をじゃますることがあるだろう。死んだ人間は、嫉妬したりしない。顔を上げると、リュクサンブール公園[7]が目の前にあった。僕はそこに入り、太陽の下に座った。とても穏やかな気持ちだった。マルグリットのことを考えると、今度はしんみりと優しい気持ちになった。僕は彼女がどこか田舎の小さな町の婦人になっているところを想像した。とても幸せそうで、とても愛されていて、とても大切にされていた。ずっときれいになり、子どもは男の子が三人と女の子が二人。さあ、僕は善良な正直者で、立派に死んだんじゃないか。生き返るなんて残酷で愚かなことをするのはやめよう。

それからというもの、僕はたくさん旅をし、いろいろなところで暮らした。僕はみんなと同じように働き、食べる、平凡な男だ。死は、もう怖くない。けれども、死神の方が僕を望んではいないようだ。今の僕には、もう生きる理由がまったくないというのに、死神は、ひょっとして僕を忘れているんじゃないだろうか。

7　パリ6区の大きな公園。セーヌ川左岸に位置し、ソルボンヌ大学などのあるカルチェラタンに近い。オリヴィエとマルグリットの下宿があるドーフィーヌ通り（11頁の注1参照）からは、まっすぐ南に進むと行き当たる。

ナンタス

I

マルセイユからやってきて以来、ナンタスは、リール通り[1]にある家の屋根裏に住んでいた。隣は国務院判事であるダンヴィリエ男爵のお屋敷だった。ナンタスの住む家はこの男爵の持ち物で、男爵がかつて召使部屋などのあった敷地に建てさせたものである。ナンタスが下をのぞき込むと、立派な木々が影を落とすお屋敷の庭園の一角が目に入った。目を上げると、緑の屋根の向こうには、パリの眺めが広がっている。建物のあいだからはセーヌ川、チュイルリー宮殿にルーヴル宮殿、さらに河岸の道がいくつも重なり合うのが見えた。その向こうには、たくさんの屋根が海原のように、視界のとぎれるはるか遠く、ペール゠ラシェーズ墓地[2]まで続いていた。ナンタスの狭い屋根裏部屋には、スレートの屋根に窓が一つくりぬいてある。そこにナンタスが持ち込んだ家具といえば、ベッドとテーブルと椅子だけ。いつかそれなりの境遇になるまでと心に決め、ただ安さを求めて、そこに仮の居を定めたのだった。壁紙は汚れ、天井は真っ黒、暖炉もないこの小さな部屋のみすぼらしさとそっけなさも、ナンタスにはまったく気にならなかった。ルーヴルとチュイルリーの目の前で眠るようになって以来、ナンタスは自分を一人の将軍になぞらえていた。明日襲撃をかける予定の巨大な富み栄える都市を目の前に、街道のわきのみすぼらしい宿屋で眠る将軍に。

ナンタスのこれまでの人生は、短いものだった。マルセイユの石工の息子だったが、わが子をひとかどの紳士《ムッシュー》にしたいと夢見る母親の野心と愛情のないまぜになった思いに後押しされ、地元の高校に進学することを許された。両親はナンタスを大学にまでやろうと血のにじむような思いで働いていたのだった。

ところが、その母親が死んでしまった。彼はとある卸売商のところで、ささやかな

1　パリ7区にある通り。セーヌ河岸のヴォルテール通りの一本南に走っている。76ページに出てくるサン＝ペール橋（現カルーゼル橋）からすぐ近く。「オリヴィエ・ベカイユの死」で主人公が住むドーフィーヌ通りからもそう遠くない。

2　パリの東端20区にある大きな墓地。有名人の墓が多いことで知られているが、ここでは特に、後で出てくるように（87頁の注5参照）、バルザックの『ゴリオ爺さん』との関連を示しているのだろう。

職に就くほかなくなった。ナンタスはそこで十二年間、単調な生活を送り、すっかり嫌気がさしてしまった。もし息子としての義務がナンタスをマルセイユにとどめておかなかったら、彼は二十回でも逃げ出したことだろう。父親が足場から落ちて体が不自由になってしまったので、そばにいなければならなかったのだ。何から何まで世話をしなければならない生活が続いた。ところがある夜、ナンタスが家に帰ってくると、父親が死んでいた。すぐそばに、まだ火の入ったパイプを残したままで。三日後、ナンタスはわずかばかりの家財道具を売り払い、ポケットに二百フランをつめこんで、パリに出発した。

ナンタスには、成功を望むあくなき野心、母親譲りの野心があった。素早い決断力と冷たい意志を持っていた。ごく若いころから、自分には力があるというのが口癖だった。ナンタスはよく夢中になって自分の胸の内を打ち明け、「僕には力がある」とお気に入りのフレーズを繰り返したので、みんなから笑われていた。ナンタスの着ている薄っぺらいフロックコートは肩のところが両方とも破れ、袖が寸詰まりだったから、このフレーズは滑稽でしかなかったのだ。そのうちに少年は、少しずつ強さへの信仰、力への信仰にのめりこんでいった。この世の中には力しかないと思うようになり、強い者がとにかく勝つのだ、と確信するようになった。彼に言わせれば、意志と能力だけがすべてであり、ほかのものは重要ではなかった。

マルセイユで、毎週日曜日、灼けつく郊外を一人で散歩しながら、ナンタスは自分には天分があるのだと感じていた。魂の奥底に、彼を前へ前へと駆り立ててやまない本能的な衝動があったのだ。そして、体の動かない父親と一緒にジャガイモだけの粗末な食事をとるために家路につくとき、ナンタスはいつもこう繰り返していた。この社会で、自分は三十にしていまだ何者にもなっていない、けれどいつかきっとのし上がってみせる。それは決して低俗な欲望でもなければ、快楽を求める卑しい願望でもなかった。むしろ、知性と意志の力から湧き出る、とてもはっきりとした感覚とでもいうべきものだった。その知性も意志も、本来あるべき場所に置かれていないがために、ごく自然な論理的欲求として、その場所まで上りつめることを当たり前のように望んでいたのだった。

パリの敷石を踏むやいなや、ナンタスは、ただ手を伸ばしさえすれば、自分にふさわしい地位が転がりこむかのように思った。その日からさっそく売り込みを開始した。紹介状をいくつかもらってあったので、その住所を一つ一つ訪ねてみた。支援してもらえるのではないかと期待して、何人かの同郷の人間のドアもたたいてみた。けれど、ひと月がすぎても、何の成果もなかった。今は時期が悪くてね、と誰もが言った。たまに、何か約束をしてくれる人があっても、その約束が守られることはなかった。そうこうするうちに、ナンタスの小さな財布は空っぽになり、残りがせいぜい二十フランほどになってしまった。この二十フランでさらにまだ一か月は過ごさねばならない。ナンタスはパンだけを食べ、朝から晩までこのパリの町と闘い、そうして疲れ切った体で、あいかわらず手ぶらのまま、明かりもない部屋に寝に帰って来た。ナンタスは、決してくじけたわけではない。ただ、彼のうちに静かな怒りがこみあげてきた。運命は、彼には理不尽で不公平に思えた。

ある夜、ナンタスは何も食べずに帰ってきた。最後の一かけらのパンも前の日に食べてしまっていた。金もなく、二十スー貸してくれる友人もいなかった。雨が一日中降り続いていた。パリに特有の、あの凍るように冷たい灰色の雨の一日だった。水が泥の川となって通りを流れていた。ナンタスは骨までびしょ濡れになりながら、求人があると教えられて、まずはベルシーに、それからモンマルトルに行ってみたのだった。けれども、ベルシーでは、もうその仕事はほかの人にとられてしまっていて、モンマルトルでは、ナンタスの字がきれいではないといって断られてしまった。彼にとって、最後に残っていた二つの希望だった。自分はどんなことでも引き受けるつもりでいたのに。与えられたその場所がどんなところでも、必ずそこで一財産を築き上げてみせる自信があったというのに。彼はただ手始めにパンを望んでいただけだった。このパリで生きていくのに必要な最低限のものを、これから石をひとつひとつ積み上げていくためのささやかな場所を。ナンタスは、モンマルトルからリール通りまで、苦い思いで胸を満たしつつ、ゆっくりと歩いた。いつしか雨はやんでいた。忙しく歩道を行きかう人々の一団が、彼を突き飛ばしていった。しばらくのあいだ、彼は両替商の店先に足を止めた。五フランあれば、もしかしたら、いつかここにいる者たち全員に指図する主人となることができるかもしれない。五フランあれば一週間は生きられる。そして一週間あればかなりのことができる。そんなふうに夢想しているとき、一台の馬車がナンタスに泥をひっかけていった。額にまで跳ね飛んだ泥を、ぬぐわなければならなかった。それから歯を食いしばり、早足で歩いた。拳を振り回して、通りをふさぐこの群衆に殴りかかりたい、そんな凶暴な気持ちにとらわれた。そうすればこんな馬鹿げた運命に仕返しができるかもしれない。リシュリュー通りでは、あやうく一台の乗合馬車にひかれそうになった。カルーゼル広場の真ん中で、ナンタスはチュイルリー宮殿にねたむような一瞥《いちべつ》を投げた[3]。サン＝ペール橋[4]を渡っているとき、ずいぶんと身なりの良い小さい女の子がいて、猟犬の群れに追われるイノシシさながらまっすぐに突進してきたナンタスも、道を譲らざるをえなかった。脇に寄るというこの行為が、彼にはまたこれ以上ない屈辱に思えた。子どもまでが自分の行く手を阻むとは！　やっとのことで、まるで傷ついた獣が死ぬためにねぐらに帰るように部屋に逃げ込み、どさりと椅子に座りこんだ。すっかり打ちひしがれていた。ズボンに泥がこびりつき、すり減った靴からぽたぽたと水が浸み出してタイルの床に水たまりを作るのを、じっと眺めていた。

今度こそ、本当に終わりだ。ナンタスはどうやって死のうかと考えた。自尊心はまだしっかりと残っていたので、自分が死ぬことが、パリを懲らしめることになると考えていた。力はあるのに、自分の中に能力があると感じているのに、それを見抜いてくれる人が、必要な最初の一エキュをくれる人が誰もいないなんて！　それが恐ろしく馬鹿げたことに思えた。魂の奥底から怒りが湧き上がってきた。やがて、とてつもない無念さにとらわれ、彼は自分の役に立たない両腕を虚《むな》しく見つめた。どんな仕事だって恐れはしない。小指の先で世界をそっくり持ち上げてみせることだってできる。それなのに、こうして自分の小さなねぐらに追いやられ、じっとしているしかないのだ。手も足も出なかった。ただ檻の中のライオンのように、己の肉を食《は》み、責めさいなむしかない。けれども、しばらくすると気持ちが落ち着いてきて、死ぬということが、もっと大きな企てに思えてきた。ナンタスは小さい頃、ある発明家の物語を聞いたことがあった。その発明家は、自分でつくったすばらしい機械を世間に無視され、ハンマーでたたき壊したのだという。なるほど、自分はまさにその男だ。ナンタスは自分のうちに新たな力を感じた。知性と意志を備えた一つの貴重な装置、その機械を今、自分は破壊しようとしているのだ。通りの敷石に、その頭蓋骨を叩きつけて。

3　この物語の時代である第二帝政期、チュイルリー宮殿はナポレオン三世によってふたたび皇帝の住まいとなっていたため、ナンタスは「ねたむような一瞥を投げ」るわけだが、これはのちの展開への伏線となっている。なお、チュイルリー宮殿は、第二帝政崩壊後の一八七一年五月、パリ・コミューン鎮圧の「血の一週間」の際に、コミューン側の主導者たちの手によって放火され全焼した（焼け落ちた建物の撤去は一八八三年）。したがって、ゾラのこの短篇執筆時（一八七八年）には、チュイルリー宮殿は残骸しか存在していなかったことになる。

4　現在のカルーゼル橋の前身。一九三五年に取り壊され、架け替えられた。

ダンヴィリエ男爵の屋敷の大きな木々の向こうに、太陽が沈もうとしていた。黄色くなった葉を黄金の光の筋で照らす秋の太陽だった。ナンタスは、その天体の別れのあいさつに惹きつけられたかのように立ち上がった。自分は今死のうとしている。自分には光が必要だ。一瞬、彼は下をのぞき込んだ。これまで何度か分厚い葉叢《はむら》を通して、庭の一角に一人の若い金髪の娘がいるのを見かけることがあった。娘はとても背が高く、お姫様然とした様子で歩いていた。ナンタスはもう幻想を抱くような年齢ではない。上流社会の令嬢が屋根裏に住む若い男に恋い焦がれ、激しい情熱と莫大な財産をもたらしてくれるなどという夢は見ていなかった。それでも、これから死のうとする最後の瞬間になって、彼は突然あの美しい、気高いブロンド娘のことを思い出したのだった。あの子の名前はなんというんだろう。けれども、そう思うと同時に、彼は拳を握りしめた。その屋敷の人たちに、ナンタスは憎しみしか感じていなかったからだ。屋敷のいくつもの窓の向こうに見える光景は、贅沢《ぜいたく》な暮らしの一端を容赦なく彼に突き付けてきた。激情に駆られて、彼はつぶやいた。

「ああ！　僕が将来築く財産の、最初の百スーだけでもくれる人があったら、僕は自分のこの身を売ってもいい！」

自分の身を売るというこの考えが、しばらくのあいだ彼をとらえた。もしどこかに、意欲と馬力を担保にとって金を貸してくれる質屋があったら、契約しに行ったかもしれない。彼はそういう市場を想像した。政治家が彼を買って道具として使う。銀行家が彼を買ってその知恵を四六時中使い続ける。そして彼はそれを黙々と引き受けるのだ。名誉や体面など気にかけず、自分さえ強くあればいい、そしていつか勝利すればいい、と念じながら。それから、彼は笑みを浮かべた。自分の身を売るなんて、果たして可能なことだろうか。虎視眈々《こしたんたん》と機会を狙っているやくざな連中は山ほどいるが、結局買い手を見つけられずに、みじめに死んでいくのだ。彼は自分が腰抜けになった気がした。自分はただ気休めのためにあれこれ思い描いているだけだと思った。そして、また座りなおした。夜になったら、窓から飛び降りようと心に決めた。

とはいえ、さすがにひどく疲れていたために、彼は椅子の上で眠り込んでしまった。突然、声がして起こされた。管理人の女性が一人の婦人を連れてやってきたのだ。

「すみません」管理人はナンタスに話しかけた。「勝手に上がってきてしまって……」

ところが、部屋に明かりがないのに気づいて、管理人は大急ぎで蠟燭を取りにまた下に降りていった。彼女は連れてきた婦人とは知り合いのようだった。ずいぶんと丁寧に、しかも愛想よく接していた。

「さあ」戻って来た管理人は言った。「これで誰にもじゃまされずにお話ができると思います」そう言って、彼女は立ち去った。

寝ているところをいきなり起こされたナンタスは、びっくりしてその婦人を見つめた。婦人は帽子のヴェールを上にまくり上げていた。背が低く、ぽってりと太っていて、色白の丸い顔をしている。年は四十五歳くらいで、ずいぶん信仰に厚い女性のように見えた。ナンタスは一度もこの女性に会ったことがなかった。一つしかない椅子を勧めながら、目で問いかけると、彼女は自己紹介した。

「老嬢《マドモワゼル》シュアンと申します。ここに参りましたのは、実は、あなたに重要なお仕事のお話をしたいからでございます」

ナンタスは思わずベッドの端に座りなおした。シュアン嬢という名にまったく心当たりはない。向こうから説明してくれるのを待つことにした。けれども、相手はなかなか言葉を継ごうとせず、狭い部屋の中をぐるっと見渡した。どんなふうに話すべきか、迷っているように見える。ようやく、婦人は話し出した。とても穏やかな声で、言いにくい内容を、笑顔で包みながら語った。

「わたくしは、あなたの友人として、ここに参りましたのです……。ええ、あなたの境遇について、本当に胸が痛むようなお話を伺っております。いえ、もちろん、あなたをスパイしていたなんて思わないでくださいね。あなたのお役に立ちたいと、それだけを切に願ったゆえのことなのですから。これまであなたの人生がどんなにつらいものだったか、存じ上げております。あなたが地位と身分を得るためにどれだけ力強く闘ったかも、そして、その多大なご努力にもかかわらず、今日にいたるまで、その結果が大変はかばかしくないということも……。もう一度申し上げますが、お許しくださいね、こんなふうにあなたの人生に勝手に入り込むようなまねをして。誓って、わたくしにはあなたへの同情と好意しか……」

ナンタスは好奇心に駆られて、口を挟まずにただ耳を傾けていた。こうした細かい情報は、きっと管理人が教えたに違いないと思った。シュアン嬢はそのまま先を続ければよいのに、なおも迷って、ますますお世辞やお愛想のまじった言い方を探し続けていた。

「あなたは立派な将来を約束された若者ですよ。ええ。わたくしはあなたの努力する姿をずっと見させていただいておりました。そして、不運な境遇にもくじけない、すばらしい意志の強さに打たれたのです。必ずや、あなたは将来えらくなられるとお見受けいたします。もし誰かがあなたに手を差し伸べさえすれば」

ここでまた婦人は口を閉ざした。彼女はある言葉を言い出しかねている。ナンタスは、この女性が自分に勤め口をもってきてくれたのではないかと思った。そこで、どんなことでもお引き受けします、と答えた。ところが、こうして沈黙が破られた途端、シュアン嬢は、いきなりこう尋ねた。

「あなたは、ご自分が結婚するということに、何か強い嫌悪を感じておられますか」

「僕が結婚することに、ですか！」ナンタスは大声を出した。「いやいや！　そんな……、一体何をおっしゃっているのですか、あなたは……。貧しい女の子の一人さえ、僕には養う力がありませんよ」

「いえ、とても美しくて、とても裕福な、若い女性のことなのです。すばらしいお家柄で、あなたは一気に、最も高い階級にまで上りつめるための資力と手段を手に入れることになるでしょう」

ナンタスはもう笑っていなかった。

「それは一体、どういう取引ですか」彼は本能的に声を低くして尋ねた。

「その女性は妊娠しているのです。その子どもを、認知する必要があるのです」シュアン嬢はきっぱりと言った。先ほどまでの持って回った言い回しをやめ、ずばりと用件に切り込んだ。

ナンタスが最初に思いついたのは、この婦人をドアからたたき出すことだった。

「あなたが今おっしゃったことは、おそろしく破廉恥なことです」彼はつぶやいた。

「まあ、破廉恥だなんて！」シュアン嬢は、また甘ったるい声に戻って叫んだ。「そういうけがらわしい言葉は承服できませんわ……。むしろ、あなたは一つの家族を絶望からお救いになる、というのが正しいのでございますよ。お父上はまだ何も知りません。妊娠はまだごく初期なのです。できるだけ早くこのかわいそうな娘さんを結婚させ、その夫を子どもの父親ということにするのがいい、と考えたのはこのわたくしなのです。わたくしはお父上を存じ上げておりますけれど、こんなことを知ったら死んでしまうでしょう。わたくしの方策は、その衝撃を和らげるためなのです。結婚すれば、お父上は少なくともいくらかの名誉は回復されたとお考えになるでしょうし……。不幸なことに、その娘さんを誘惑した相手は、結婚しているのですよ。ああ！　あなた、世の中には本当にモラルを持ち合わせない殿方がいるものです……」

彼女の話は、こんな調子でまだまだ続きそうだった。ナンタスはもう聞いていなかった。考えてみれば、どうして断る理由があるだろうか。ついさっき、自分の身を売ろうと思っていたのではなかったか。そこへまさに、買い手が現れたのだ。ギブ・アンド・テイク。自分は名前を与え、向こうは地位をくれる。どこにでもある契約と何も変わりはしない。彼はパリの泥がこびりついた自分のズボンを見つめた。昨日から何も食べていないことを思い出し、この二か月の職探しと屈辱の日々がよみがえって、怒りが一気に胸にこみ上げてきた。ついに今、自分を拒絶し、自殺にまで追い込もうとしたあの世界に足を踏み入れることができるのだ！

「引き受けましょう」彼はぶっきらぼうに言った。

それから、もう少し詳しく説明してほしいと要求した。この仲介の見返りにあなたは何をお望みなのですか。彼女は反発して大きな声を上げた。何も望んでなどおりません。けれども最後には、いずれ若者が手にすることになる財産の中から、二万フランをもらいたいと申し出た。ナンタスがまったく値切ろうともしなかったので、彼女は急にざっくばらんになった。

「ねえまあ、聞いてくださいな、あなたのことを思いついたのはわたくしなんですよ。

お嬢様はね、わたくしがあなたの名前を出したとき、嫌とは言いませんでしたよ……。もう本当に、これはいいお話ですわ。あなたもいずれきっと感謝してくれます。爵位のある男の方を見つけることもできたんですよ。わたくしの手にキスをして喜んでくださりそうな方も一人知っています。でもね、あのかわいそうな子とは違う世界の人を選びたいと思ったんです。その方が……ロマンチックでしょう。それに、わたくしはあなたが気に入ったんです。優しくて、頭もしっかりしていますし。ああ！　あなたはきっとえらくなりますよ。わたくしのことを忘れないでくださいね。何なりとお役に立ちますから」

それまで、相手の具体的な名前は一切口にされていなかった。ナンタスが問いただすと、老嬢は立ち上がり、あらためて自己紹介した。

「わたくしはマドモワゼル・シュアン……、ダンヴィリエ男爵家で、奥様がお亡くなりになられて以来、家政婦として働いております。男爵のお嬢様、フラヴィ様をお育ていたしましたのはわたくしでございます……。ただいまお話しいたしました若い女性とは、フラヴィお嬢様のことなのです」

そう言って彼女は立ち去った。テーブルの上には五百フランの入った封筒がそっと残されていた。準備費用を賄うために彼女が置いていった前金だった。ナンタスは一人になると、窓のところに歩み寄った。外は真っ暗で、濃い夜の闇の中に、わずかに大きな木々の塊が見分けられるだけだった。屋敷の暗い壁面に、輝く窓が一つあった。なるほど、あの背の高いブロンドの娘のことだったのか。女王のような足取りで歩き、こちらに気づきもしないあの娘。もっとも、彼女だろうと、ほかの誰だろうと、そんなことは構いはしない！　これは女を目的とした取引ではないのだから。そうして、ナンタスは目を上げた。暗闇の中で不気味にどよめくパリを見た。ガス灯の炎に照らされて輝く河岸や、通りや、左岸の交差点を見渡した。そして、パリに親しげに話しかけた。パリはもう彼の仲間であり、従者だった。

「さあ、今や、お前は俺のものだ」

Ⅱ

ダンヴィリエ男爵は、執務室として使っている居間にいた。時代物の家具をしつらえ、壁を革張りにした、天井の高い厳粛な雰囲気の部屋だった。昨日の晩以来、男爵はシュアン嬢から娘のフラヴィの不名誉な一件を聞かされて、雷に打たれたように茫然自失していた。シュアン嬢は、できるだけ遠回しに、事実をぼかして伝えたのだが、その努力もむなしく老男爵はショックで倒れんばかりになった。唯一、その誘惑した男が最低限の責任をとるつもりだということだけが、老人をかろうじて支えていた。この朝、男爵はその男の訪問を待っているのだった。自分のまったく知らない男、娘をこんな形で奪っていく男を。彼は呼び鈴を押した。

「ジョゼフ、若い男が一人やってくるから、私の部屋に通しなさい。それ以外は誰にも会わん」

そして彼は慣れ親しんだ一人きりの場所で、聞かされた事実を苦々しく反芻《はんすう》した。石工の息子で、まともな職もない食い詰め者だとな！　シュアン嬢は前途有望な若者だと言っておったが、それにしても何という恥さらしだ。これまで一つの汚点もな

5　ここは明らかに、バルザック『ゴリオ爺さん』（一八三五年）の終幕部でラスティニャックがペール＝ラシェーズ墓地（71頁の注2参照）からパリを見下ろして叫ぶ有名なセリフ（「さあ、今度はお前と俺の一騎打ちだ！」）を思い起こさせる。ゾラは長篇『獲物の分け前』でも、主人公のサッカールがモンマルトルの丘からパリを見下ろす似たような場面を描いている。

かったこの家に！　フラヴィはすべて自分のせいだと言って、激しく自らを責め、シュアン嬢をかばった。この痛ましい報告をした後、フラヴィはずっと自分の部屋に閉じこもっている。男爵も彼女の顔を見るのを拒否していた。娘を許す前に自分でこのおぞましい一件の決着をつけておきたかったのだ。もう手はずはすべて整っていた。ただ、彼の髪はとうとう残らず真っ白になってしまい、老いからくる震えで頭がぶるぶると揺れていた。

「ナンタス様です」使用人のジョゼフが告げた。

男爵は立ち上がらなかった。ただ顔を向けて、こちらに進んでくるナンタスをじっと見つめた。若者の方は、新品の服を着たいという欲望を抑えるだけの知恵を持っていた。清潔ではあったが、ひどく擦り切れたフロックコートと黒いズボンを買ったのだ。その格好のおかげで、貧しいながらもきちんとした学生、といったふうに見える。女を誘惑する不埒《ふらち》な男だという印象は微塵も感じさせなかった。彼は部屋の真ん中まで進み、待った。まっすぐに立ち、卑屈な様子はまったくなかった。

「あなたが、そうなのだね、お若い方《ムッシュー》」老人は口ごもりながら言った。けれども、高ぶる感情で胸が詰まって、それ以上続けることができなかった。何か暴力的なことをしてしまいそうで怖かった。沈黙の後、ただこう言った。

「お若い方、あなたは間違ったことをした」

ナンタスが謝罪しようと頭を下げると、彼はもっと大きな声で繰り返した。

「間違ったことだ……。だが、私は何も知りたくない。どうか私の前で説明しようとはしないでくれたまえ。私の娘があなたに首ったけになったのかもしれない。それでもあなたの犯した罪は変わらない……。家の中にこんなふうにひどいやり方で入ってくるのは泥棒しかいない」

ナンタスはまた頭を下げた。

「やすやすと持参金を勝ち取ったわけだ。見事な罠《わな》を仕掛けて、娘と父を手に入れたのだ……」

「お聞きください、男爵」若者はたまらず口をはさんだ。

だが、老人は激しい身振りを見せた。

「何だと！　私に何を聞けというのだ！　いいかね。私はあなたに話しているのではない。私は、自分が言わなければならないことを、あなたが聞かなければならないことを話しているだけだ。あなたはここに、罪を犯した者としてやってきたのだから……。あなたは、私を辱《はずかし》めたのだよ。見たまえ、この家を。私たちの一家は、ここで三世紀以上、なんの汚点もなく生きてきたのだ。感じないかね。数世紀にもわたる名誉を。尊厳と気高さに満ちた伝統を。それがなんと、あなた《ムッシュー》、あなたがすべて踏みにじったのだ。私はあやうく死んでしまいそうだったよ。今でも私の手は震えている。急に十歳も歳をとったようだ……。黙って、私の話を聞きなさい」

ナンタスは真っ青になっていた。まったくもって重い役目を引き受けたものだ。それでも、情熱ゆえに自分を見失ってしまったのだという言い訳をしてみようとした。

「僕は度を失っていたのです」彼は何かしらの恋物語をでっちあげようとして、もごもごとつぶやいた。「フラヴィお嬢様を見ると……」

娘の名前が出てくるや、男爵は立ち上がり、雷のごとく吠えた。

「黙りなさい！　言ったはずだ、何も聞きたくないと。娘からあなたに近づいたのであろうと、あるいは、あなたから娘に近づいたのであろうと、私にはどちらでもいいことだ。娘には何も尋ねていない。あなたにも何も尋ねるつもりはない。あなた方の告白は、二人だけの秘密にするがいい。そんな汚れた物の中に、私は立ち入ろうとは思わない」

老人はまた座りなおした。体は震え、消耗しきっていた。ナンタスはうなだれていた。今まさに彼は帝国を手に入れたというのに、心の奥は深くかき乱されていた。長い沈黙のあと、老人はまた仕事の話をする人のような乾いた声で言った。

「申し訳ない。最後まで冷静でいようと心に決めていたのだが。私があなたをどうこうする話ではない。あなたが私をどうするかという話なのだ。私の運命は、あなたの口の堅さにかかっているのだから。あなたはここに、示談の必要があって来られたわけだ。和解の話し合いをしよう」

そして男爵は、それ以後、まるで何か恥ずべき訴訟を、自分が手を触れるのもけがらわしいと思いながら、円満に解決へと導く代訴人のように話し始めた。彼はごく機械的にこう言った。

「フラヴィ・ダンヴィリエ嬢は、その母親の死により、二十万フラン[6]という金額を相続しており、これは彼女の結婚の日に、彼女の手に入ることになっている。この金額

6　フランソワ＝マリー・ムラ校注のゾラ短編集（出典は13頁参照）には、約七十六万ユーロとの注がある。レートの変動はあるが、日本円にして大体一億円前後か。

はすでに利子を生んでいる。ここに、私が後見人として管理している口座がある。これをあなたにお伝えしておかなければならない」

彼は書類を開き、数字を読み上げた。ナンタスは止めようとしたが、無駄だった。今、この老人を前にして、ナンタスはある感動にとらわれていた。老人が落ち着きを取り戻して以来、どこまでも率直で飾らないこの人物が、ナンタスにはとても偉大に思えた。

「最後に」老人は付け加えた。「今朝、私の公証人が作成した契約書の中で、あなたに私から二十万フランの援助をすることが決められている。あなたが無一物であることはわかっているのだ。この二十万フランは、結婚の翌日に私の銀行で受け取りたまえ」

「待ってください、男爵」ナンタスは口を挟んだ。「私はあなたのお金がほしいのではありません。私が望んでいるのは、ただお嬢様を……」

男爵はぴしゃりとさえぎった。

「あなたには断る権利はないのだ。私の娘が自分より貧しい男と結婚することなどできようはずがない……。娘に与えるつもりだった持参金をそのままあなたにお渡しする、それだけです。もしかしたら、もっともらえると期待なさっていたかもしれないが、実際には、私は世間が思っているほど金持ちではないのだよ」

若者はこの最後の残酷な皮肉に傷ついて、すっかり口をつぐんでしまったので、男爵は会見を打ち切り、使用人を呼んだ。

「ジョゼフ、娘に私が待っているからすぐ執務室に来るように言いなさい」

彼は立ち上がった。もう一言も発さず、ゆっくりと部屋の中を歩き回っていた。ナンタスは棒立ちのまま動けなかった。自分はこの老人をだましているのだ。この人物の前では、自分が小さく無力に感じられた。ようやくフラヴィが入ってきた。

「娘よ」男爵が口を開いた。「ここにその男がいる。結婚は、法で定められた必要な期間を経て、執り行われることになる」

そう言って老人は立ち去り、彼らを二人きりにした。男爵にとっては、もう結婚は片付いたかのようだった。扉が閉まると、沈黙が支配した。ナンタスとフラヴィは見つめ合った。これが初めての出会いだった。フラヴィの顔は青白く、尊大で、その大きな灰色の目は伏せられることなくまっすぐ前を向いていた。とても美しい、とナンタスは思った。きっと彼女は部屋に閉じこもっていたこの三日間、泣き通しだったろう。けれどもその頬の冷たさに、涙も凍りついてしまったに違いない。最初に口を開いたのは彼女だった。

「では、これで話し合いはお済みになりましたのね」

「はい、奥方殿《マダム》」とだけナンタスは答えた。

彼女は思わずいやな顔を見せたが、すぐに彼をじっと見つめて嫌悪を押し隠した。目の前の若者の中に卑しさを見つけ出そうとしているように見えた。

「そう、よかったわ」彼女は続けた。「こんな取引に応じる人なんて、誰も見つからないんじゃないかと思っていたから」

その声の調子で、ナンタスは娘が自分を軽蔑《けいべつ》しきっているのを感じた。けれども、顔をしっかりと上げて前を見つめた。あの父親の前で震えていたのは、だましている意識があったからだ。だが今、娘の前では、平然としていようと思っていた。彼女は共犯者だからだ。

「申し訳ありませんが、マダム」彼は、最大限の礼儀正しさで、穏やかに言った。

「どうやら状況がよく飲み込めていらっしゃらないようですね。今、あなたがまさに正しく取引と呼ばれたものが僕たちに課しているこの状況は、僕たち二人に同等に与えられているものです。つまり、今日から、僕たちは対等の立場になると思うのですが……」

「まあ！ 本気なの」フラヴィは軽蔑するような笑みを浮かべてさえぎった。

「ええ、完全に対等の立場です……。あなたは過ちを隠すために誰かの名前を必要としている、その過ちについて僕が判断することは差し控えますが、ともかく僕はあなたに僕の名前を差し上げるのです。一方、僕は、大きな事業を成功させるための、元手となるお金、ある種の社会的地位を必要としている。そしてあなたはその資金をくださるわけです。僕たち二人は今日から、お互い対等なパートナーです。僕たちはただお互いに、相手がもたらしてくれる貢献に対して感謝すればよいだけです」

彼女はもう笑っていなかった。自尊心が傷つけられて苛立《いらだ》ったしるしに、額に真一文字の皺が浮かんでいた。けれども何も言い返さなかった。長い沈黙のあと、また口を開いた。

「私の条件はご存じかしら」

「いえ、マダム」ナンタスは、完璧に落ち着き払ったまま答えた。「どうぞそれをおっしゃってください。どんな条件でも従うことを、あらかじめお約束いたします」

　すると、彼女はまったくためらわず、顔を赤らめることもなく、きっぱりとこう宣言した。

「あなたは金輪際、ただ名前の上でだけ私の夫であるにすぎません。私たちの生活は、完全に別々のままです。あなたは、私に関する一切の権利を放棄してください。私は、あなたに対してどのような義務も負うことはありません」

　一つ一つのフレーズを聞くごとに、ナンタスは承諾のしるしにうなずいた。それこそ、まさに彼が望んでいたことだった。彼は答えた。

「もし僕が女性への礼儀をわきまえた振る舞いをすべきだと思っていたなら、そのような厳しい条件に僕は絶望してしまいます、と申し上げたところでしょう。けれども、僕たちにはそのような白々しい社交辞令など必要ありません。あなたが、僕たちのお互いの状況をしっかり見すえる勇気を持っていらっしゃることをうれしく思います。僕たちは二人とも、いわば誰も花を摘みに行くこともない小道を通って、これから人生に乗り出そうというのです。僕があなたに望むことはたった一つです。あなたが何をしようと自由ですが、どうかその自由をいいことに、僕が解決に乗り出さなければならないような事態を起こすことだけは、なさらないように」

「何ですって！」フラヴィは激しく反発して言い返した。

けれども、彼は恭《うやうや》しくお辞儀をして、どうか気になさらないでくださいと懇願するのだった。僕たちの状況はデリケートです。ややぶしつけな点に触れることもお互いに許容しなければ、よく理解しあうことはできないでしょう。ナンタスはそれ以上言うことは避けた。二度目にシュアン嬢に会ったとき、ナンタスはフラヴィの過ちについて聞いていた。誘惑した男は、デ・フォンデット氏とかいう名で、彼女の寄宿女学校時代の友達の夫だった。田舎にある夫妻の家で一か月過ごしていたとき、彼女はある晩、どうしてそんなことになったのかわからぬまま、気がつくとその男の腕の中に抱かれていたのだという。彼女自身どれくらい合意していたものかどうか。シュアン嬢は、お嬢様はほとんど手籠《てご》めにされたようなものです、と語った。

突如として、ナンタスは親しげなそぶりを見せた。自分の力を意識している人間が誰でもそうするように、彼も愛想のいい人間になろうとした。

「ねえ、奥《マダム》さん！」彼は声を大きくした。「僕たちはお互いに相手を知りません。でも、こんなふうに初めて会ったときから憎みあうのは間違っているのではありませんか。もしかしたら僕たちはよく理解しあえる者同士かもしれないのに……。あなたが僕を軽蔑していることはよくわかります。でもそれはあなたが僕の生い立ちを知らないからです」

そういって彼は熱っぽく話し始めた。野心に燃えていたマルセイユでの日々を、パリで甲斐もなくあがき続けたこの二か月の怒りの日々を。さらに、ちまちまと暮らしている一般大衆が守っている社会の制度、それを彼は社会的慣習と呼び、軽蔑を露《あら》わにした。大衆がどう思おうがかまうものか。自分はその大衆を踏みつけるのだ。自分はその上に君臨するのだ。万能の権力があれば、どんなことでも許される。そうして、自分がこれから送ることができるであろう支配者としての生活を、ざっと描いてみせた。今、彼はどんな障害も恐れることはなかった。権力に勝るものは何もない。自分は強くなる、そして幸福をつかむのだ。

「僕を単なるお金目当ての男だとは思わないでください」彼は付け加えた。「僕はあなたの財産がほしくてこの身を売ったのではないのです。あなたのお金を手に入れたのは、もっとずっと高いところへ上る手段にすぎません……。ああ！　僕の中でうなりをあげて燃えているこの情熱のすべてをあなたが知ってくだされば！　毎晩同じ夢を見て焼けつくような夜を過ごしては、次の日に現実にぶち当たってまたかっとなる、そんな僕を知ってくだされば！　そうすれば、あなたもきっと僕のことを理解してくださるはずです。そして僕の腕に寄りかかることを誇りに思ってくださるはずです。僕がついに何者かになれるチャンスを与えたのは自分だという思いをかみしめながら！」

彼女はまっすぐ立ったまま彼の話を聞いていた。眉一つ動かさなかった。ナンタスは、この三日間ずっと頭にあった問いをまた思い出した。もちろん答えが見つかるわけではなかったが、それはこんな問いだった。彼女はかつて、窓から僕の姿を認めたことがあっただろうか、僕を知っていたからこそ、シュアン嬢が自分の名前を出したとき、その提案を即座に受け入れたのだろうか。それから不意に、もし僕がシュアン嬢の申し出を憤然として断っていたら、彼女はもしかしたら、ロマンチックな感情に突き動かされて、自分を愛するようになったのではないかという突飛な考えが、彼の頭に浮かんだ。

彼は言葉を切って押し黙った。フラヴィは凍りついたままだった。やがて、彼の告白などまるでなかったかのように、彼女はそっけなく繰り返した。

「では、あなたは名前だけの夫で、私たちの生活は完全に別々、まったくの自由です」

「結構です。マダム」

そういって彼は暇乞《いとまご》いをした。自分にやや腹が立っていた。どうしてあの女にわかってもらおうなどというばかな誘惑に打ち勝てなかったのだろう。彼女はとても美しい。二人のあいだに、何一つ相通じるものなどない方がいい。そうでなければ、彼女は自分の人生のじゃまになるかもしれないのだから。

Ⅲ

十年の歳月が流れた。ある朝のこと、ナンタスは、かつてダンヴィリエ男爵が初めての対面のときに自分をひどく冷淡に迎えたあの執務室にいた。その部屋は、今では彼のものになっている。男爵は娘とその夫への態度を和らげて和解し、屋敷の本宅を二人に譲って、庭の反対側の隅にある、ボーヌ通りに面した別邸に引き下がったのだった。十年のあいだに、ナンタスは財界と産業界で、最も高い地位の一つを占めるまでになっていた。鉄道関係[7]の大企業には一つ残らず関与し、帝政初期に発展を遂げたあらゆる分野での投機買いに乗り出し、あっという間に巨万の富を築き上げた。だがナンタスの野望はそこにとどまらず、政界でも一役買うことをねらっていた。そして、自分がすでに農場をいくつも所有していたある県から立候補し、国会議員となることに成功したのだった。立法院に足を踏み入れたナンタスは、たちまち将来の財務大臣候補と目されるようになった。専門的な知識とすぐれた弁舌の才によって、彼は日に日に重要な地位を占めるようになっていった。おまけに、皇帝への絶対的忠誠を巧みに示す一方で、財政に関する独自の理論を主張して、大きな話題をさらった。彼は、皇帝が財政問題を深く憂慮していることを知っていたのだ。

その朝、ナンタスは仕事に忙殺されていた。屋敷の一階にしつらえさせた広大ないくつもの事務所は、どこも目を見張るような活気に満ちていた。大勢の従業員が部屋を埋め、ある者たちは窓口の後ろに陣取ってじっと動かず、ある者たちはたえず行ったり来たりを繰り返して、開け閉めのたびにドアをばたばたと鳴らしていた。ひっき

7　一八三〇年代から小規模に始まっていたフランスの鉄道は、一八四二年に本格的に国が関与する事業となり、一八六〇年ぐらいまでにかけて主要幹線が整備された。第二帝政は一八五二〜一八七〇年だから、ここでの記述は、ほぼ史実に一致する。

りなしにじゃらじゃらと金貨の音が響き、テーブルの上を口の開いた袋が次々と流れていく。レジスターは鳴りやまぬ音楽のように音を立て続け、その音の奔流は表にもあふれ出し、通りを呑みつくさんばかりだった。待合室に目を転じれば、大勢の人でごった返している。陳情に来た者たち、実業家たちに政治家たち。パリ中がこの強大な力の前にひれ伏しているのだった。名士や有力者たちが、ここで辛抱強く一時間待つことも珍しくなかった。そしてナンタスの方は、自分の執務室に座り、地方や外国と手紙のやり取りを繰り返していた。その広げた両腕に世界を抱きしめる力を手に入れ、とうとうかつての夢を実現したのだった。ナンタスは、自分があらゆる王国と帝国を揺り動かす巨大な機械の、知性を持ったエンジンになったように感じていた。

ナンタスはベルを鳴らして、ドアに張り付いている連絡係を呼んだ。何か心にひっかかることがあるようだった。

「ジェルマン」彼は尋ねた。「奥方《マダム》がもうお帰りになっているかどうか、知っているかい」

連絡係は知らないと答えたので、ナンタスは、奥方の小間使いを上から連れてくるように命じた。だが、ジェルマンは動かなかった。

「申し訳ありませんが、ご主人様」彼は小さな声でささやいた。「立法院の議長様が、先ほどから再三部屋へ通せとおっしゃって、あちらでお待ちです」

するとナンタスは不機嫌なしぐさをして、こう言った。

「わかったよ。お通ししなさい。その代わり今命じたことをするんだ、いいね」

昨夜、予算にかかわるある重大な事柄について、ナンタスは演説をおこなった。その演説がたいへんな反響を巻き起こしたものだから、そこで問題とされた法律の条文が委員会に送られて、ナンタスが示唆した方向で修正される見通しとなったのだった。議会が閉会したあと、財務大臣が辞任するらしいとのうわさが広まり、どの会派のあいだでも、すでにこの新進の議員こそが後任にふさわしいという声が高まっていた。ナンタスは肩をすくめるだけだった。まだ何も決まっていないのだ。皇帝には専門的な案件で一度謁見したことがあるだけなのだから。とはいえ、立法院の議長がわざわざ訪問してくるというのは、大きな意味を持ちうるものかもしれなかった。彼は自分の気がかりを振り払うかのように立ち上がり、立法院議長に歩み寄って手を握った。

「ああ、これは公爵閣下。お許しください。いらっしゃっているとは存じ上げなかったもので……。このような栄誉を賜れるとは、まことに感激至極です」

しばらくのあいだ、二人は友好的な調子でとりとめのないおしゃべりをした。それから議長は、明確な言葉はたくみに避けながら、皇帝から遣わされて彼の意向を探りに来たのだと、それとなく匂わせた。ナンタスに果たして財務大臣の職を受け入れる意向があるかどうか、あるとしたらどういう計画をお持ちか。するとナンタスは、こちらも見事な冷静さで、自身の条件を提示した。しかし、その無表情な顔の下では、勝利の雄叫《おたけ》びがこみあげてくるのを抑えていた。とうとう、彼は最後の階段を上ったのだ。頂点に立ったのだ。あと一歩で、自分はすべての人の頭を見下ろすことになるのだ。では、今話し合った計画を伝えに、この足ですぐ皇帝のところへ参ります、と議長が言い、話が終わろうとしていたその時、住まいの方に通じる小さな扉が開いて、奥方の小間使いが姿を見せた。

途端にナンタスはまた真っ青になり、言いかけた言葉もそのままに、小間使いの方に走り寄りながら、もごもごと口の中でつぶやいた。

「申し訳ありません。公爵閣下……」

そして、低い声で小間使いに問いただした。では奥方《マダム》は朝早くにお出かけになったのだね。どこへ行くかは言っていなかったかね。いつ帰ってくるのかね。小間使いは言葉を濁した。賢い娘で、関わり合いになるのを避けているのだった。自分の尋問の幼稚さに気づいて、ナンタスは最後にこう言って切り上げた。

「奥方が戻られたら、すぐに私から話があると伝えてくれ」

公爵は事の成り行きにびっくりしながら、窓の一つに近づいて、庭を眺めているところだった。ナンタスは公爵のところへ戻り、あらためて謝罪した。しかし、もう冷静さは失っていて、たどたどしい言葉遣いになり、相手を驚かせた。

「ああ、失敗した」ナンタスは、議長がいなくなってから、大きな声で口に出した。

「これで大臣の椅子もふいになりそうだ」

怒りのさめやらぬ彼は、それからずっと不快なままだった。何人もの訪問客が入れ替わり立ち替わり部屋にやってきた。鉱山開発で莫大な利益が見込めるという報告書をもってきた技師や、近隣のある大国がパリで公債を発行したがっているという話をしにきた外交官もいた。大勢の人間が列をなして彼のもとを訪れ、二十ほどのきわめて重要な話をもちかけてきた。最後に、国民議会の大勢の議員たちの訪問を受けた。誰もが前夜の彼の演説に惜しみない賛辞を贈った。彼はひじかけ椅子に深々と腰かけてそのお世辞をにこりともせずに聞いていた。隣の事務所ではあいかわらず金貨の音が鳴り響き、工場の振動が壁を震わせている。まるでそのじゃらじゃらと音を立てる金貨が今まさにそこで製造されているかのようだった。彼がペンをとってごく短い知らせを書き送るだけで、ヨーロッパ中の市場が一喜一憂する。もちかけられた借款《しゃっかん》を支援するか反対するかで、戦争をふせぐことも早めることもできる。フランスの国家予算をその手に握っているとさえ言ってよかった。まもなく彼は、皇帝を支持するか、皇帝に反対するかさえ決められるようになるだろう。まさしく勝利だった。彼という一個の人格が、今や桁外れに巨大なものとなり、一つの世界が彼を中心に回っているのだった。ところが、彼はこの勝利を、かつて必ず手に入れてみせると固く心に誓ったこの勝利をまったく味わうことができなかった。むしろ倦怠《けんたい》を感じていた。心はよそにあり、ほんの小さな物音にもびくりとした。自分の野心がかなえられたという満足感の炎が頬をぼうっと熱くしても、すぐさま青ざめるのだった。まるで後ろから不意に冷たい手でうなじを触られたかのように。

二時間が過ぎても、フラヴィはまだ姿を見せなかった。ナンタスはジェルマンを呼び、ダンヴィリエ男爵が家にいれば、迎えに行くように言いつけた。もう今日は誰の訪問も受けないと言って一人きりになると、執務室の中を歩き回った。だんだんと動きが激しくなっていった。妻は誰かしらとの逢瀬に出かけたに決まっている。半年前からやもめに戻った、あのデ・フォンデット氏とよりを戻したに違いない。むろんナンタスは嫉妬の感情を持つことを自らに禁じていた。この十年間、彼は厳格に取り決めを守ってきたのだ。ただ、と彼は独りごちた。自分は滑稽な男にはなりたくないのだ、妻のために自分の立場が悪くなり、みんなの笑い物になることだけは、決して受け入れるわけにはいかないのだ、と。ところが、そんな強い意志は、すぐに萎えてしまった。単に夫としての体面を汚されたくないだけだ、と自分に言い聞かせようとしても、ますます困惑が大きくなるばかりなのだ。これまで味わったことのないような感情だった。裕福になって自分の資産ができ始めた頃に、カードの賭けで大胆な手に出たときにも、こんなに心が乱れたことはなかった。

フラヴィが入ってきた。まだ街から帰ってきた外出着のまま、帽子と手袋をとっただけの格好だった。ナンタスは震える声で、帰ってきたことを知らせてくれれば、自分が部屋に上がっていったのに、と言った。けれども、彼女の方は座りもせず、まるで急いでいる客のように、ナンタスに早く用件を、と急かすようなしぐさをした。

「われわれのあいだに」ナンタスは口を切った。「説明を要する事柄ができたのではないですか……。今朝はどちらに行かれていたのです」

夫の震える声とその質問のぶしつけさに彼女は不意打ちをくらった。

「どこって」冷たい声で彼女は答えた。「自分の行きたかったところへですわ」

「その行きたいところが、今や僕にとっては都合がよくないのです」彼は真っ青になって言い返した。「以前僕があなたに言ったことをお忘れではないですか。あなたが何をしようと自由ですが、僕の名を汚すようなことだけは許さないと」

フラヴィは勝ち誇ったように軽蔑の笑みを見せた。

「あなたの名を汚すですって？　それはあなたのご都合でしょう。私には関係ありませんわ」

すると、ナンタスは我を忘れて逆上し、今にも殴りかからんばかりにフラヴィに近づいて、つっかえながらこう言った。

「ぬ、ぬけぬけと、よくも……。あなたはデ・フォンデット氏の腕に抱かれてきたんだ……。あなたには愛人がいる。知っているんだ」

「それは違います」彼女は、ナンタスの勢いには一切動じず言った。「私はあれ以来デ・フォンデット氏にお目にかかったことなど一度もありません。それに、たとえ私に愛人がいたとしても、あなたに非難される筋合いはありません。それがあなたにとって何だというのです。私たちの契約をお忘れになったのですか」

彼は狂おしい目で一瞬フラヴィを見つめた。それから、急に身を震わせて嗚咽《おえつ》し、長いあいだ抑えていた感情を爆発させ、フラヴィの足元にひざまずいて叫んだ。

「おお！　フラヴィ、あなたを愛しているのです！」

フラヴィはまっすぐ突っ立ったまま、後ろにさがった。ナンタスがドレスの裾に触れていたからだった。しかし、不幸な男は、ひざでにじり寄って、腕を前に伸ばしながら、彼女を追いかけた。

「愛しているんだ、フラヴィ、おかしくなりそうなくらいに……。どうしてこうなったのかわからない。もう何年も前からなんだ。そして、だんだんと、ほかのことは考えられないくらいになってしまったんだ。もちろん、自分を抑えようと闘ったよ。僕にはこんな情熱を持つ資格はないと、僕たちの初めての会話を思い出して……。でももう無理だ。苦しすぎる。どうか言わせてほしい……」

長いあいだ、彼はしゃべり続けた。それは彼の信仰の崩壊と言ってよかった。この男は力のみを信じ、意志だけが世界を持ち上げることのできる梃子《てこ》だと信じてきたのだ。それが今、すっかり打ちひしがれ、一人の女の前で、子どものように無防備で弱々しい存在になっているのだった。ついに手に入れた巨万の富も、高い地位も、もしこの女が額にキスして自分を立ち上がらせてくれるなら、なにもかも投げ出したって惜しくなかった。彼女がいなければ、この勝利も無価値だった。彼にはもう隣の仕事場で響く金貨の音も聞こえなかった。ご機嫌伺いに来る客たちの長い列も頭になかった。今この瞬間、皇帝がもしかしたら自分を権力の座に呼び寄せようとしているかもしれないことも忘れていた。そうしたものは一切存在しなかった。彼はすべてを手に入れていたが、欲しいのはフラヴィだけだったのだ。もしフラヴィが受け入れてくれないのなら、何もないのと同じだった。

「聞いてください」彼はしゃべり続けた。「僕がこれまでにしたこと、それはすべてあなたのためなのです……。初めは確かに、あなたのことは念頭にありませんでした。僕は自分の自尊心を満たすために働いていたのです。ですがしばらくして、あなたは僕の唯一の目標となりました。僕はあなたのことだけを考え、あなたのためだけに努力してきたのです。あなたにふさわしい男になるために、僕は可能な限り高い地位まで上りつめよう、そう思いました。僕の全権力をあなたの足元に差し出す日がくれば、あなたの心を動かすことができるのではないかと期待したのです。こんにち僕がどういう場所にいるか、どうかご覧ください。あなたのお許しをまだ勝ち取れないのでしょうか。お願いです。どうかもう僕を蔑《さげす》まないでほしいのです」

彼女はそれまで一言も口にせず黙っていた。静かにこう言った。

「立ってください。人が来ますわ」

彼は聞かなかった。なおも懇願し続けた。もしデ・フォンデット氏への嫉妬に駆られていなければ、ナンタスはまだ打ち明けずに我慢していただろう。けれども嫉妬の苦しみが彼を半狂乱にしたのだ。それから、彼はひどく卑屈になり始めた。

「なるほど、あなたはまだ僕を軽蔑していらっしゃるのですね。いいでしょう！　もう少しお待ちください。誰にもあなたの愛をお与えにならないでください。僕はあなたにもっと大きな、とてつもなく大きなものをお約束します。そしてあなたの心をやわらげてみせます。先ほどはつい乱暴になってしまいました。どうかお許しください。頭がどうかしてしまっているのです。ああ！　せめていつかは、あなたが僕を愛してくれる日が来ると、その希望だけは持たせてください！」

「金輪際ありません！」彼女は力を込めて叫んだ。

それでもナンタスが床に這いつくばったまま動かないので、フラヴィは出て行こうとした。しかし、気が動転した彼は、かっとなって立ち上がり、彼女の手首をつかんだ。世界がその足元にひれ伏すほどの男に対して、こんなふうに逆らう女がいるなんて！ 自分はどんなことでもできるのだ。世界中の国家を転覆させることも、フランスを自分の思い通りに動かすことも。それなのに、自分の妻の愛を勝ち取ることすらできないとは！ これほど有能で、これほどの権力を持つ男、ほんの小さな望みを持つことすら、まわりの人にはたちまち命令となってしまうこの男が、今ではたった一つの望みしか持っていない。それなのに、この望みは決してかなえられることがないのだ。子どものようにか弱い一人の女性が拒んでいるという、ただそれだけの理由で！ 彼は彼女の腕をぎゅっとつかみ、かすれた声で繰り返した。

「お願いだ……僕は……」

「いやです」フラヴィは真っ青になりながら、頑なに意志を曲げなかった。

もみ合いが続くうち、ダンヴィリエ男爵が扉を開けた。義父の姿を見て、ナンタスはフラヴィを放し、叫んだ。

「お義父さん、あなたの娘は今、愛人のところから帰ってきたのです……。言ってやってくれませんか。夫の名誉を守るのは妻の務めだと。たとえその夫を愛していなくとも。たとえ自分自身の名誉は投げ捨ててもいいほど夢中になっているとしても」

すっかり老いさらばえた男爵は、このすさまじい場面に出くわして、扉のところに呆然と立ちつくしていた。彼にとっては予期せぬ悲しい事態だった。夫婦は仲睦まじくやっていると思っていたのだ。よそよそしく格式ばった二人の関係も、単なる礼儀作法によるものと考え、好意的に見守ってきたのだった。娘婿と彼とでは、世代が違う。若い婿の堅実とは言いがたい投資活動に鼻白むことがあっても、向こう見ずとしか思えない事業の数々を非難することがあっても、その強い意志の力と頭のよさだけは、男爵も認めないわけにはいかなかったのだ。ところが今、突然、老人は思いもかけない深刻な場面に遭遇することになったのだった。

ナンタスが、「フラヴィには愛人がいると言って糾弾したとき、男爵は、老いたとはいえ堂々とした足取りで、娘の方に歩み寄った。彼は今もまだ、嫁いだ娘に対して、彼女が十歳だった頃と同じ厳粛な態度で接していた。

「彼女が愛人のところから帰ってきたことは間違いありません」ナンタスは繰り返した。「おまけに、ご覧になったでしょう。彼女は私に逆らうのです」

フラヴィは軽蔑するように顔をそむけ、夫が乱暴につかんでくしゃくしゃにした袖のところを直していた。その顔には一筋の赤味もさしていなかった。父親が話しかけた。

「娘よ。どうして弁解しようとしないのだ。お前の夫の言うことは正しいのか。この年老いた父にこんな最後の苦しみを用意しておいたのか……。この侮辱は私への侮辱でもあるのだよ。一家の中では、たった一人の過ちが、家族全員を汚すことになるのだからな」

すると、彼女はいらだったそぶりを見せた。これほど長い時間が経っても、父はなお娘の過去の過ちを決して許していなかったのだ！　さらにもうしばらく、彼女は我慢して沈黙を守った。恥ずべき弁解を父に聞かせずに済ませたいと思ったのだ。けれども、彼女が黙ったまま反抗的な態度をとっているのを見て、今度は父の方がいららし始めたので、ついに娘も口を開いた。

「ああ！　お父様。この人のことは放っておいてくださいな。自分の役を演じているだけなんですから。お父様はこの人をご存じないのよ。私に無理に話をさせようとしないでください。お父様自身の名誉のために」

「彼はお前の夫だろう」老人は答えた。「お前の子どもの父親じゃないか」

フラヴィは昂然と背筋を伸ばして顔を上げた。震えていた。

「いいえ。いいえ。この人は私の子どもの父親じゃありません……。こうなったら、もうすべてお話しするわ。この人は私に言い寄ったことさえないのです。私を愛していたなんて、ただのもっともらしい口実にすぎなかったのよ。この男はただ単に自分の身を売ったのです。そして、別の男の人の過ちを引き受けることに同意したのです」

男爵はナンタスの方を向いた。ナンタスは後ずさった。顔が鉛色になっていた。

「ねえ、お父様！」フラヴィはさらに力を込めて叫んだ。「この人は自分の身を売ったのよ。お金のために自分を売ったのよ……。私はこの人を愛したことなど一度もありません。この人は私の体に指一本触れたこともないのよ……。お父様にひどい苦しみを味わわせたくなかったから、お金でこの人を買って、嘘をついてもらったの……。この人を見て。私の言っていることが本当かどうか、わかるでしょう」

ナンタスは手で顔を覆った。

「そして今日になって」娘は続けた。「この人は私に、自分を愛してほしいと言うのよ……。ひざまずいて、涙まで流して。きっと何かのお芝居よ。お父様をだましてしまったことはごめんなさい。でも、本当のところ、私はこの人のものなの？　もうすべてお知りになったのだから、私をお父様のもとへ連れて行ってください。この人はさっき私に乱暴したのよ。もう一分だってここにいたくありません」

男爵は曲がっていた背をまっすぐに伸ばした。そして、黙ったまま娘に腕を差し出した。父と娘は、そうして部屋を横切っていった。ナンタスにはそれを止める身振りもできなかった。それから扉のところで、老人はぼそりとこんな言葉をつぶやいた。

「お別れだ《アデュー》。若いの《ムッシュー》」

扉が閉められた。ナンタスは一人きりになり、じっと動かなかった。打ちひしがれ、自分のまわりの何もない空間を狂ったように見つめていた。連絡係のジェルマンが入ってきて、机に一通の手紙を置いていった。彼はただ機械的にそれを開け、目を通した。それは、書き出しから結びまで皇帝が自らの手でしたためた、ナンタスを財務大臣に任命するという敬意に満ちた手紙だった。だがナンタスにはほとんど理解できなかった。自分の野望がすべて実現したところで、もはや何の感慨も湧かなかった。

隣の帳場では、金貨の音がますます大きくなっていた。ちょうどこの時間帯に、ナンタスの会社はうなりを上げて操業し、全社を挙げて活気づくのだった。そして、自分が作り上げたこの巨大な事業のまっただ中に立ちつくし、権力の頂点にありながら、ナンタスは、まるで呆けたように皇帝の筆跡から目をそらすこともできず、自分のこれまでの人生を完全に否定する、子どもじみた泣き言を口にした。

「僕は幸せじゃない……。僕は幸せじゃない……」

彼は机に顔を突っ伏して泣いた。彼を大臣に任命する手紙の文字が熱い涙でにじんだ。

Ⅳ

ナンタスが財務大臣になって一年半がすぎた。彼は超人的に仕事をこなすことで気を紛らわしているようにも見えた。執務室での激しいやり取りがあった翌日、彼はダンヴィリエ男爵と面会した。フラヴィは父親の勧めにしたがって、夫婦の住まいに戻ることを承知した。けれども、二人はもう、世間の人々の前で円満な関係を演じて見せるとき以外、一言も言葉を交わすことはなかった。ナンタスは自分の屋敷を離れないと決めていた。夜になると、秘書官たちを連れて来て、自宅で仕事をさっさと片付けた。

この時期、彼はその人生の中でもっとも大きなことを次々と成し遂げた。ある声が頭の中に聞こえてきて、すばらしいインスピレーションを吹き込んでくれるのだ。彼が通ると、共感と賛嘆のささやきが湧き起こった。だがそうした賛辞に彼は無関心だった。まわりからは、見返りなどまったく期待せず働いているように見えたかもしれない。ただひたすら不可能に挑戦するという目的のために黙々と仕事をこなしている、そんなふうに見えたかもしれない。しかしナンタスは、屋敷の上階に上がっていくたびに、フラヴィの顔色をうかがっていた。そろそろ彼女も心を動かされたのではないか。昔の無礼を許し、彼の知的な能力の高さを認めてくれたのではないか。けれども、女の無表情な顔からは、依然として何の感情も読み取れなかった。そして彼は、仕事に戻りながら、こう思うのだった。「まだだ。自分はまだ彼女にふさわしい高みには達していない。もっと上らなければ。もっともっと上り続けなければ!」。ナンタスは富を力ずくで手に入れたように、幸福も力ずくで手に入れようとしていたのだ。自分の力を信じるという、あの力への信仰が戻ってきていた。彼はこの世界にそれ以外の武器を認めていなかった。生への意志こそが、人類をここまで作り上げてきた源泉だと信じていたのだ。時々、くじけそうになったときには、生身の自分の弱さを人に悟られないように、部屋に閉じこもった。彼の心の葛藤《かっとう》をうかがわせるものは、黒い隈にふちどられた、いつもより落ちくぼんでいる目だけだった。それでも、その目の奥には強烈な炎が燃えているのだった。

今では彼は、猛烈な嫉妬に身を焦がしていた。フラヴィに愛してもらえないことは、それ自体一つの責め苦だった。だが、彼女がほかの男にその身を投げ出しているかもしれないと思うと、憤怒でおかしくなりそうだった。自分の自由を見せつけるために、フラヴィは大っぴらにデ・フォンデット氏と出歩くこともできる。そのため、ナンタスは彼女のことはまったく気にしていないふりを装った。ところが内心では、ほんの少しでもフラヴィの姿が見えなくなると、不安に悶《もだ》え苦しんでいたのである。もの笑いになることさえ怖くなければ、自分でフラヴィの跡をつけて街に出かけたことだろう。そう思ったとき、誰か忠実な協力者を金で雇って、彼女のそばに置いておこうという考えが、ナンタスの頭に浮かんだ。

シュアン嬢は相変わらずその後もずっと屋敷で働いていた。男爵が彼女を気に入っていたからだ。それに、彼女は追い出すには家の中の事情を知りすぎていた。一時はこの老嬢も、ナンタスから約束の二万フランを受け取って、結婚式が終われば暇をもらおうという計画を立てていた。ところが、この家は今後も何かの折にうまい汁を吸うのにもってこいだと思ったのだろう、居座って次の機会を待つことにしたのだ。彼女は郷里のロアンヴィルに一軒家を買いたいと思っていた。若い頃からあこがれていた公証人の家で、そのためにはあと二万数千フランは必要だと計算していたのだ。

ナンタスはこの老嬢には憚《はばか》ることなく何でも頼むことができた。信心に凝り固まったようなその顔つきを見ると、自分をだますことはありえないと安心できたのだ。ところがある朝、自分の執務室に彼女を呼び寄せて、妻の行動を逐一知らせてもらいたいと単刀直入に頼んでみたところ、彼女は、私を何だとお思いなのですか、と言って、憤慨するそぶりを見せた。

「おやおや、どうしたんです」彼はいらだって叫んだ。「僕は急いでいるんだよ。人を待たせてるんだ。手短にすませようじゃないですか」

しかし、シュアン嬢は、きちんとした形式のお願いでなければ、聞く気はありませんと言った。彼女によれば、物事はそれ自体として醜いわけではなく、ただそれを差し出すやり方によって、醜くなったり、そうでなくなったりする、というのだった。

「わかったよ」彼は言った。「これは決してよからぬことをしようというんじゃない。善い行いなんです……。妻は何か心配事があって、それを僕に隠しているみたいでね。数週間前から沈んでいるように見えるんだ。それであなたに頼みたいと思ったのです。何か情報を教えてもらえないかとね」

「私におまかせくださいませ」そうと聞くや、シュアン嬢は母親のような愛情を見せて答えた。「私は奥様に心からお仕えしております。奥様の名誉のためなら、そしてあなた様の名誉のためなら、私はなんでもいたします。さっそく明日から、奥様を気をつけて見ていることにいたしましょう」

ナンタスはシュアン嬢に、報酬は払うよ、と約束した。初め彼女は怒って見せた。しかし、すぐに具体的な金額を決めるよう巧妙に迫った。ナンタスは、もし奥方の善い行い、あるいは悪い行いの動かぬ証拠をもってくれれば、一万フラン渡そうと約束した。少しずつ、二人のあいだでお互いが何を望んでいるか、要点が明らかになっていった。

それ以来、ナンタスの気持ちは少し落ち着いた。三か月がすぎ、彼は予算案の策定という大きな仕事にとりかかっていた。すでに彼は皇帝の同意を得て、財政システムに大胆な修正を加えていた。議会で激しい攻撃に遭うことはわかっていたので、膨大な資料を用意しておく必要があった。徹夜することもしょっちゅうだった。おかげで頭がぼうっとして、かえって辛抱強くなった。シュアン嬢に会うと、彼は手短に尋ねた。何かわかったか。奥方はよく出かけているか。特定の家に長くとどまっていることはあるか。シュアン嬢は詳細な日誌をつけていたが、まだ今のところとるに足りない出来事しか記されていなかった。ナンタスは安心し、一方、シュアン嬢の方は、近いうちに何か新しいことがわかりますよ、と言いながら、時々目配せを送ってくるのだった。

実を言うと、シュアン嬢は深い策略をめぐらせていたのだ。公証人の家を買うためには、一万フランでは足りない。二万フラン必要なのだ。彼女はまず、夫のナンタスから金を引き出したあと、妻の方に寝返ることを考えた。だがシュアン嬢は夫人のことをよく知っていた。話を持ち出しただけで追い返される恐れがあった。実はこの仕事を引き受ける前から、彼女はもう長いあいだ、自分の企みで奥方のことを見張っていたのだった。主人の悪徳は召使いの財産の種と考えたのだ。ところが、彼女が直面したのは、自尊心の高い性格だけにいっそう堅固になっている、女主人の貞淑さだった。フラヴィはかつてただ一度犯した過ちから、すべての男というものに対して恨みを抱いていたのである。そんなわけで当てが外れたシュアン嬢は、すっかり気落ちしていたのだが、ある日、デ・フォンデット氏にばったりと出会った。相手がずいぶんと勢い込んで彼女の女主人のことをあれこれ尋ねるものだから、シュアン嬢は、デ・フォンデット氏が今でもフラヴィに首ったけだとすぐに悟った。昔彼女を抱きしめた時の思い出に、デ・フォンデット氏は今でも胸を焦がしていたのだった。こうしてシュアン嬢の計画は決まった。自分の主人の夫と愛人の両方に仕えること。まさに悪魔のような思いつきだった。

機はまさに熟していた。デ・フォンデット氏は、フラヴィに思いを受け入れてもらえないことに絶望して、かつて一度は自分のものになった彼女をもう一度手に入れるためなら、自分の財産さえ投げ出してもかまわないという気持ちになっていたのだ。シュアン嬢に最初に話を持ちかけてきたのは彼の方だった。彼はシュアン嬢にもう一度会うと、情に訴えて掻き口説き、もし協力してくれなければ自殺するとわめいた。一週間後、互いの思惑やら良心のとがめやらが散々争い合った末にようやく話が決まった。デ・フォンデット氏は一万フランを渡し、代わりにシュアン嬢は、ある晩、彼をフラヴィの寝室に隠すという手はずになった。

朝、シュアン嬢はナンタスのところへやってきた。

「何かわかったのかい」彼は青くなって尋ねた。

シュアン嬢は初め具体的なことは一切言わなかった。奥様は間違いなく誰かと関係を持っておられます。逢引のお約束までしておられます。

「誰なんだ、相手は。肝腎の相手は」彼はじりじりして叫んだ。

ようやく彼女はデ・フォンデット氏の名を口にした。

「今晩、デ・フォンデット氏は奥様のお部屋にいらっしゃることになっています」

「わかった。ありがとう」ナンタスは口の中でつぶやいた。

彼はシュアン嬢にさがっていいと手振りで示した。彼女の目の前で気絶してしまうのではないかと怖かったのだ。急に追い返されて、老嬢は驚いたが、内心小躍りして喜んだ。というのも、彼女は長々と尋問されるのではないかと思い、ぼろが出ないように答えまで考えてきていたからだ。彼女はひざを折ってお辞儀し、沈痛な顔を作って出ていった。

ナンタスは立ち上がった。一人きりになると、大きな声で口に出した。

「今晩……。彼女の部屋で……」

それから両手を頭のところに持っていった。まるで頭蓋骨がぴしっと割れる音でも聞こえたかのように。夫婦の住まいで逢引するとは、何という恐るべき破廉恥な振舞いだ。こんな侮辱を許すわけにはいかない。彼は闘いでも始めるように力強く拳を握りしめた。激しい怒りが湧き、二人を殺してやろうとさえ思った。けれども、彼にはまだ終わらせなければならない仕事がある。彼は三度、机に座りなおしたが、そのたびに体の奥から激情がほとばしって、立ち上がらずにはいられなかった。そうするうちにも、何かに後ろから突き動かされるようだった。今すぐ妻の部屋に上がっていって、彼女を淫売呼ばわりしてやりたいという欲求に突き動かされていたのだ。しばらくしてナンタスは、ようやく自分を抑えることができた。彼はまた仕事に戻った。今夜、絶対やつらの首を絞めてやると罵《ののし》りながら。自分を抑えるのにこれほどの努力をしたのは、初めてのことだった。

午後、ナンタスは皇帝のもとへ予算の最終案を届けに行った。皇帝はいくつか異論を唱えたが、ナンタスは完璧な明晰《めいせき》さでそれらを論駁《ろんばく》した。けれども、最終的にはある箇所を全面的に修正すると約束せざるをえなかった。予算案は翌日に提出する予定だった。

「陛下、夜を徹して仕上げてごらんにいれます」彼は言った。

そして帰り道、こう考えた。「今夜、真夜中に二人を殺す。それから夜が明けるまでかかってこの仕事を終わらせるのだ」

その夜、夕食の席で、ダンヴィリエ男爵が話題に持ち出したのも、世間で大きな注目を浴びているこの予算案のことだった。男爵は、財政に関して娘婿の考えを全面的に支持するわけではなかったが、それでもその考えがたいへん視野の広い、優れたものだと認めていた。ナンタスは、男爵の質問に答えながら、何度も自分をじっと見つめている妻と目が合ったと思った。この頃よく彼女はこんなふうに彼を見ていることがあった。そのまなざしは、優しくなっていたわけではない。ただ彼の話を聞き、彼の表情の奥底にあるものを読みとろうとしているように見えた。彼女は逢引がばれているのではないかと恐れているのだ、とナンタスは考えた。そこで、できるだけ屈託なくくつろいでいるふうに見えるよう努めた。たくさんしゃべり、声の調子を高め、見事な議論で義父を負かして、とうとう降参させた。フラヴィはずっと彼を見ていた。その間、かすかにわかるほどの柔らかさが、一瞬その顔に浮かんでいた。

真夜中までナンタスは執務室で仕事をした。徐々に夢中になっていき、もはやその創造の作業しか頭になかった。無数の障害を乗り越えながら、歯車を一つ一つ噛み合わせるようにして自身でゆっくりと作り上げたこの財政のメカニズムしか、目に入らなくなっていた。柱時計が午前零時の鐘を鳴らしたとき、彼は無意識に顔を上げた。屋敷の中は静まり返っている。不意に彼は思い出した。今この瞬間、この暗闇と沈黙の奥で、密通が行われているのだ。だが、今のナンタスには、この椅子を離れねばならないことが残念だった。しぶしぶペンを置き、自分の昔の意志、今はもう見失ってしまった意志に従おうとするように数歩歩いた。やがて顔に熱が上ってきて赤くなり、瞳に炎が輝いた。そして、彼は妻の部屋まで上っていった。

その夜、フラヴィは早い時間に小間使いを帰していた。一人になりたかったのだ。深夜零時まで、彼女は寝室に続く小さな居間にいた。二人掛けソファに体を横たえて、一冊の本を手にとったものの、本を手から落としてばかりいた。そしてそのたびに、彼女はうつろな目をして、物思いにふけるのだった。その顔はいっそう穏やかに、優しくなり、時折かすかな笑みが、浮かんでは消えた。

不意にびくっとして彼女は立ち上がった。誰かがドアをノックしていた。

「どなたですの」

「開けるんだ」ナンタスが答えた。

あまりに意外な出来事に、彼女は反射的にドアを開けてしまった。夫がこんなふうに自分の住んでいる部屋を訪ねたことなどこれまで一度もなかった。ナンタスは取り乱した様子で入ってきた。上ってくる途中で、また怒りがよみがえってきたのだ。先ほどシュアン嬢が踊り場で彼を待ち構えていて、デ・フォンデット氏は二時間前から部屋にいます、とナンタスの耳元でささやいたからだった。ナンタスは一切容赦しなかった。

「奥方殿《マダム》」彼は言った。「男が一人、あなたの寝室に隠れていますね」

フラヴィはすぐには返答しなかった。それほど思いがけないことだったのだ。ようやく、彼女は理解した。

「頭がおかしくなってしまったの、あなた」彼女はつぶやいた。

だが、話し続けながら、ナンタスはもう寝室の中に踏み込もうとしていた。フラヴィは跳び上がってドアの前に立ち、こう叫んだ。

「お入りにならないで……。ここはわたくしの住まいです。あなたが入ることは許しません！」

震えながら、精一杯背伸びをして、彼女は扉を守っていた。しばらくのあいだ二人は見つめ合ったまま、一言も発さず、じっと動かずにいた。彼は首を伸ばし、手を前に差し出すと、彼女を押しのけて入ろうとした。

「そこをどきなさい」彼はかすれた声でつぶやいた。「僕はあなたより力が強い。どっちにしても入ることになります」

「いいえ。お入りにならないで。いやです」

ナンタスは狂ったように繰り返した。

「男がいる。男がいるんだ……」

彼女は否定しようとさえせず、肩をすくめるだけだった。それから、彼がもう一歩踏み出したのを見て言った。

「いいわ！　ここに男の人がいるとしましょう。それがあなたに何の関係があるのです。私は自由ではなくって？」

この言葉はナンタスを打ちのめしたので、彼は後ずさった。確かに、彼女は自由だった。ひどい寒気が肩のあたりに走り、彼は、自分より彼女の方が優位にあることをはっきりと感じた。彼女の前で自分は子どもじみた行為をしているだけだと思い知らされた。自分は契約を守っていない。愚かな情熱に駆られてこんなみっともない真似をして。どうして部屋でずっと仕事をしていなかったのだろう。彼の頰から血の気が失せ、言い表しがたい苦しみが顔に浮かんだ。彼は真っ青になった。

フラヴィは、ナンタスの心の奥底で起こっているひどい混乱を見て取ると、ドアから離れた。穏やかな優しさが、その目に浮かんでいた。

「ごらんなさい」とだけ彼女は言った。

そして彼女自らランプを手に部屋の奥へ入って行った。その間、ナンタスはじっと入り口のところに立っていた。身振りで、もうその必要はない、もう見たくない、と彼は告げた。けれども、今度は彼女の方がやめようとしなかった。ベッドの前に着くと、カーテンをまくってみせた。すると、その後ろに隠れていたデ・フォンデット氏が現れた。彼女にとってあまりにも予想外の出来事に、思わず恐怖の叫び声がもれた。

「本当だわ」彼女は度を失って口ごもった。「本当だわ。男の人が……。知らなかったわ。ああ！　本当よ。命にかけて誓うわ！」

それから、強い意志の力で、彼女は自制心を取り戻した。取り乱して、思わず弁解の言葉を叫んだことを後悔しているようにさえ見えた。

「あなたの言う通りでしたわ、ムッシュー。お許しください」彼女は、いつもの冷たい声を取り戻そうと努めながら、ナンタスに言った。

その間、デ・フォンデット氏は自分が滑稽な存在だと感じていた。間の抜けた顔をしながら、夫が怒り出してくれればいいのに、と強く願っていた。けれども、ナンタスは黙ったままだった。ただ真っ青になっていただけだった。ナンタスは、デ・フォンデット氏からフラヴィへと視線をうつすと、妻の前でお辞儀をし、ただこう言った。

「マダム、申し訳ありませんでした。あなたは自由です」

そうして背を向けると部屋から出ていった。彼の中で、何かが壊れてしまった。もはやただ骨と筋肉のメカニズムで動いているにすぎなかった。自分の執務室に戻ると、彼はまっすぐに引き出しに向かって歩いた。そこに一挺の拳銃が隠してあった。それを確かめると、彼は自分自身にしっかりと約束するかのように大きな声で言った。

「さあ、もうたくさんだ。あとで死ぬことにしよう」

小さくしてあったランプの灯をふたたび大きくすると、彼は椅子に座り、静かに仕事を再開した。完全な静寂の中、何のためらいもなく、先ほど書きかけていた文の途中から先を続けた。一枚ずつ規則的に紙が積み重なっていく。二時間後、デ・フォンデット氏を追い出したフラヴィが裸足でそっと降りてきて、執務室の扉の前で聞き耳を立てると、聞こえてくるのは、紙の上を走るペンの乾いた小さな音だけだった。彼女はかがんで、片目を鍵穴にあててみた。ナンタスはあいかわらず落ち着き払った様子で書き物をしていた。その顔には穏やかさと仕事への満足感が表れていたが、そのそばには、ランプの光に照らされたリボルバーの銃身が輝いていた。

V

屋敷の中庭に続く家は、今ではナンタスの持ち物だった。義父からそれを買い受けたのだ。ナンタスは、自分だけの心に秘めた理由から、そこにある狭い屋根裏部屋を人に貸すのを禁じていた。パリに着いた当初、その屋根裏部屋で二か月間、貧困と闘い、もがき続けたのだ。大きな資産を築いて以来、彼はことあるごとに、そこに数時間こもりたいという欲求を感じた。ここで自分は苦しんだのだ。ここで自分は勝利を夢見たのだ。何か障害が生ずると、彼はそこにこもって考えに集中することを好んだ。

人生を賭けた重要な決断を、そこですることを好んだ。その部屋にいると、彼は昔の自分に戻れるのだった。そんなわけで、自ら命を絶とうと決意したとき、彼が死に場所に選んだのは、この屋根裏部屋だった。

朝になったが、ナンタスが仕事を終えたのはやっと八時を過ぎたころだった。疲労のあまり眠ってしまいそうだったので、冷たい水でじゃぶじゃぶと顔を洗った。それから次々と従業員を呼んで、いろいろな指示を与えた。秘書官がやってくると、しばらく会話を交わした。秘書官はただちに予算案をチュイルリー宮にもっていかねばならず、もし皇帝が新たな異論を唱えた場合には、説明もしなければならなかったからだ。それが済むと、ナンタスはこれで十分やったと考えた。何もかもきちんと処理を済ませてある。自分は、衝動的に思い立った破産者のようにこの世を去るわけではない。ようやく、彼は自分自身と向き合う時間ができた。誰にも自分勝手だとか卑怯《ひきょう》だとか非難されることなく、自分のためだけに時間を使うことができるのだ。

九時の鐘が鳴った。時間だった。だが、拳銃をもって部屋を出ようとしたとき、ナンタスは最後にまた苦い思いを味わうことになった。シュアン嬢が約束の一万フランをもらいに現れたのだ。彼はそれを支払ったが、彼女の馴れ馴れしい態度を耐えしのばねばならなかった。シュアン嬢はまるで母親気取りで、いい点をとった子どもをほめるかのように彼を扱った。もしナンタスがまだ少しでも自殺をためらっていたとしても、こんな女と共犯だという恥辱で、すっかり死ぬ決意を固めたところだったろう。ナンタスは勢いよく階段を駆け上がった。急いでいたので、鍵をドアに差したまま、部屋に入った。

何も変わっていなかった。壁紙の破れも同じだった。ベッドとテーブルと椅子は、依然としてそこにあり、かつての貧乏の匂いを漂わせていた。昔もがき苦しんだ思い出を呼び覚ますその空気を彼はしばらくのあいだ吸い込んだ。それから窓に近づいて外を見ると、昔と同じようにパリの眺めが広がっている。屋敷の木々、セーヌ川、いくつも並ぶ河岸の道、そしてその向こうに広がる右岸の街並みは、ひしめき合う無数の家が混然となって、はるか遠くペール＝ラシェーズ墓地まで続いていた。

拳銃は脚のがたつくテーブルの上の、手の届くところに置いてあった。もう急ぐことはない。誰もここに上がってくることはないし、いつでも好きなときに死ねる。彼は物思いにふけり、昔とまったく同じだ、と考えた。同じ場所に戻り、同じように死ぬ意志を固めている。かつて、ある晩、この場所で、自分の頭を叩き割ろうと考えていたのだ。当時は貧しくてピストルは買えなかったから、舗道の敷石しか手段がなかった。だが、いずれにしても死に行き着くことに変わりはない。つまり、人生で裏切らないもの、常に確実で、常にそばにあるものは、死だけだということだ。彼は死よりほかに強固なものを知らなかった。確固としたものを探し続けたが、無駄だった。あらゆるものが次々と足元で崩れ落ちていった。ただ死のみが、確かなものとして残ったのだ。彼は十年もよけいに生きたことを悔やんだ。この十年の人生で、自分は大きな経験をした。富を築き、権力も手にした。けれども、その経験はひどく子どもじみたものに思えた。自分の意志を存分に発揮したところで何になるのか。これほどの力を生み出したところで何になるのか。意志と力が、すべてではなかったのだから。自分を破壊するにはたった一つの情熱だけで十分だったのだ。自分は愚かにもフラヴィを愛してしまった。それだけで、自分が打ち立てた記念碑が、子どもの吹きかける息で吹き飛ぶトランプの城のように、音を立てて崩れ落ちたのだ。みじめだった。まるで畑荒らしの小学生が、自分の踏んだ小枝の音で捕まって罰を受けるように、自分が罪を犯したその場所で自ら滅ぶのだ。人生なんてばかばかしい。すぐれた人間も、ばかな人間も、まったく同じように死んでいくのだ。

ナンタスはテーブルの上の拳銃を手にとり、ゆっくりと撃鉄を起こした。いよいよというその時、最後の最後に、後悔の念が一瞬だけ頭をよぎり、気持ちがくじけた。フラヴィさえ理解してくれたら、自分はどんな大きなことでもできるのに！　彼女が首に抱きつき、「あなたが好きよ！」と言ってくれたら、そんな日が来たら、世界を持ち上げる梃子を見つけたも同然なのに。そうして、彼が最後に抱いた思いは、力というものへの軽蔑の念だった。彼にすべてを与えてくれるはずの力は、フラヴィを与えてはくれなかったのだから。

彼は拳銃を持ち上げた。すばらしい朝だった。大きく開いた窓からは、太陽の光が差し込み、屋根裏部屋に若々しい息吹をもたらしていた。遠くでは、パリがその巨大な都市の活動を開始しようとしていた。ナンタスは銃口をこめかみに当てた。

だがその時、激しい勢いでドアが開いて、フラヴィが入ってきた。彼女は飛びついて、銃を払いのけた。弾は天井にめり込んだ。二人は見つめ合った。フラヴィは息を切らし、ぜいぜい喘いでいたので、口がきけなかった。ようやく、彼女は初めてナンタスに親しい口調で話しかけ、ナンタスが待ち望んでいた言葉を言った。彼に生きる決意をさせることのできる、たった一つの言葉を。

「あなたが好きよ！」彼女はナンタスの首に抱きつき、泣きながら叫んだ。プライドも強い自制心もかなぐり捨て、フラヴィはとうとうこの告白を自分の口から絞り出した。「あなたが好きよ。だってあなたは強いんだもの！」

一

呪われた家――アンジュリーヌ

I

二年近く前のこと、私は自転車に乗って、ポワシーの先にあるオルジュヴァル[1]のあたりで、人けのない道を走っていた。するといきなり、道端に一軒の屋敷が忽然《こつぜん》と現れた。私はびっくりして、もっとよく見ようと思わず自転車を飛び降りた。十一月の灰色の空の下、枯葉を吹き飛ばす冷たい風を受けて、その家は、古い木々が植えられた広大な庭の真ん中に建っていた。レンガ造りで、これといった特徴もない。だが、その家を何か尋常ではない、激しく心を締めつけるような不安な様相にしていたのは、その完全に打ち捨てられた、恐ろしいまでの荒れ果て方だった。鉄柵の開き戸の片方が引きちぎられていたのと、雨ざらしで色のはげた巨大な立札に売り家と書いてあったことから、私は胸騒ぎを覚えながらも、怖いもの見たさの好奇心に駆られて、庭に足を踏み入れた。

人が住まなくなってから、おそらくもう三十年か四十年は経っているに違いない。度重なる冬を経るうちにはがれた軒蛇腹《コーニス》や枠飾りのレンガに、苔がびっしりと生えていた。建物はまだ頑丈だったが、もはやまったく手入れされていないので、正面壁《ファサード》には何本もひび割れが走り、まるで若じわが刻まれているように見えた。下に目を落とすと、玄関の上がり階段は、凍てつく冬の寒気で割れてしまい、イラクサやイバラが行く手を塞ぐように生い茂っていて、まるで荒廃と死に向かう扉のようだった。しかし、何よりもぞっとするような寂しさを感じさせるのは、カーテンのない窓、子どもたちが石をぶつけてガラスを割ってしまった、むき出しでうつろな窓だった。どの窓からも、空っぽの陰気な部屋の中をうかがうことができた。さながら魂のない体に、光の消えた目が、大きくぽっかりと開いているようだった。建物のまわりを囲む広大な庭園は寂《さび》れ果て、伸び放題の雑草の下にかろうじて昔の花壇の跡が認められるばかりで、散策のための通り道も、貪欲《どんよく》な植物に食い荒らされて、すっかり消えてしまっ

1　パリから北西に約三十キロの、セーヌ川にほど近い町。ゾラの有名な別荘があったメダンのすぐ近く。ポワシーはそこからパリ寄りで、メダンやオルジュヴァルを訪れる際の拠点となる少し大きい都市（作家のゴンクールやドーデらがメダンの別荘を訪れた際、ゾラがポワシーの駅まで迎えに来てくれた、とゴンクールの『日記』にある）。現在、パリからポワシーへは電車で二、三十分。

ていた。植え込みは野生の姿を取り戻し、樹齢百年におよぶ大木に囲まれた湿った木陰で、打ち捨てられた墓地のような自然の植生を作り出していた。この日、その木々の最後の枯葉を、秋の風が悲しげなうめき声を響かせながら、運び去っているのだった。

長い間、私はわれを忘れて立ちつくしていた。自然が発するこのうめき声に囲まれ、漠然とした恐怖と、だんだんと大きくなる悲嘆に心を乱されながら、そこに佇んでいた。けれども一方で、激しく熱い同情の念が私の中に生まれていた。今この私のまわりにある、みじめさと苦しさを感じさせる何かに共感せずにはいられず、その感情が何なのか知りたいという欲求が私をとらえて離さなかった。ようやくそこを離れる決意をしたとき、道の向かい側に、小道が二股に分かれているところがあり、そこに一軒の小さな宿屋のような、酒を出すあばら家があるのに気づいた私は、この土地の人間と話をしてみようと心に決めて入っていった。

そこには年とった女が一人いるだけだった。女は何かぶつぶつと愚痴をこぼしながら、私にビールを一杯出してくれた。自転車に乗った人間が一日に二人も通らないような、こんな辺鄙《へんぴ》な場所に店を出したことを嘆いているのだった。女の話は延々と続いた。自分の身の上話をし、トゥーサン婆さんと呼ばれていることや、この宿屋を開くために男と一緒にヴェルノン[2]から来たこと、初めはうまく行っていたが、男に先に死なれて一人になってからは何もかもうまく行かなくなったことなどを語った。ところが、ひとしきり洪水のような言葉が終わって、私が向かいにある屋敷のことを尋ね始めた途端、おかみは急に用心深くなり、私を警戒するような目で見た。まるで私が何か恐ろしい秘密を自分から聞き出そうとしているとでも疑っているようだった。

「ああ！　あの荒れ屋敷かい。幽霊屋敷だね。この辺じゃそう呼んでるんですけどね……。あたしゃ何も知りませんよ、旦那。あたしゃまだいなかったからね。今度の復活祭でやっと三十年にしかならないんだから、ここに来てから。あれはもう四十年ぐらい前に起きたことだからねえ。あたしたちが来たころには、あの家はもうほぼ旦那が今見てるのと同じような状態でしたよ……。夏が過ぎても、冬が過ぎても、なんにも変わりゃしない。レンガが落ちる以外はね」

2　オルジュヴァル（141頁の注1参照）からさらに西に行ったところにあるセーヌ川沿いの都市で、印象派の画家モネの家があることで知られるジヴェルニーの隣にある。現在、パリからヴェルノンまでは電車で一時間ほど。

「でも、どうして」私は尋ねた。「どうして誰も買わないんですか。だって売り家って書いてあるでしょう」

「ああ！　どうして？　どうしてかって？　あたしが知るもんですかね。まあ、噂は山ほどあるけどね」

どうやら、私は信用できると最終的に判断されたようだった。それに、おかみも噂話をしたくてたまらなかったのに違いない。手始めに、こんなことから語りだした。隣村の娘たちは誰一人として、日が暮れてからは荒れ屋敷に入ろうとしない。浮かばれない魂が、夜になるとそこに戻ってくるという噂が流れているからだ……。パリからこんなに近いところで、そんな話をいまだに信じるような人がいるとは、と私が驚いていると、おかみは肩をすくめ、最初は強がって見せようとしたが、すぐに内心の恐怖をのぞかせた。

「でもね、事実出るんですよ。どうして誰も買わないかって？　そりゃ来ましたよ、買い手が、何人も。ところがみんな、来たときよりもすごい勢いで、一目散に帰ってくんだから。戻ってくる人なんて一人もいやしません。ね、どうです。とにかくね、誰かあの家に入ろうなんて酔狂なことを考える人が訪ねてくると、何かまともじゃないことが起こるのは確かなんですよ。すごい風が吹いているみたいに、扉がガタガタ鳴って、ひとりでにバタンと閉まったり。何かうめき声とか、叫び声とか、すすり泣くような声とかが地下室から聞こえてきたり。それでもまだずっと居座ってるとね、ぞっとするような痛ましい声が叫び始めるんです。『アンジュリーヌ！　アンジュリーヌ！　アンジュリーヌ！』って。それはもう、ものすごく苦しそうに助けを求める声で、みんなそれを聞くと体中の骨が凍ってしまうんですよ……。これは本当にあったことですからね。誰に聞いても同じことを言いますよ」

白状すると、私は激しく興味を惹かれていた。体の内に冷たい震えが走るのを感じていたのだ。

「で、そのアンジュリーヌっていうのは、いったい誰なんですか」

「ああ！　もう、旦那には何もかも話さなきゃいけないみたいですね。あと少しだけですよ。あたしは何も知らないんだから」

けれども、結局、おかみは何もかも語ってくれた。四十年前、第二帝政がその栄華をきわめていた一八五八年ごろ、チュイルリー宮で政務についていたG氏という人が、妻を亡くした。G氏と妻とのあいだには、アンジュリーヌという十歳ばかりの小さい女の子があった。奇跡のように美しく、母親に生き写しだった。二年後、G氏は再婚した。その相手もまた評判の美しい女性で、ある将軍の未亡人だった。そして、人々が盛んに言い立てるところによれば、この二度目の結婚のときから、アンジュリーヌと継母とが、互いに相手を凄《すさ》まじく嫉妬《しっと》し始めたのだという。娘の方は、自分の母親がもう忘れ去られ、こんなに早く知らない女にとってかわられたことに衝撃を受け、継母の方は、早く忘れてくれればと願っている前妻の生きた肖像画がいつも目の前にいるのだから、おかしくなってしまったのだ。荒れ屋敷はこの新しい妻が所有していた。そんなある晩、父親が娘を熱っぽく抱擁しているところを見て、夫人は嫉妬に狂ってしまい、この娘をひどく殴りつけた。小さい子どもは倒れ、かわいそうに首の骨が折れて死んでしまった。それからあとは、聞くだにぞっとするような話だ。父親は度を失い、殺人を犯した夫人を助けるために、自分で娘を地下貯蔵庫の土の地面の下に埋葬したのだ。小さな死体は、何年もそこに埋められたままだった。その間、まわりの人には、娘は親類のおばの家にいると言い続けていた。一匹の犬が吠えて地面をしきりにひっかいたことから、ようやく犯罪が明るみに出たが、チュイルリー宮は大慌てで事件のもみ消しに走った。今ではもうG氏もG夫人も死んでしまっている。

だが、屋敷では今でもまだアンジュリーヌを呼ぶ悲痛な声がどこからともなく聞こえてきて、アンジュリーヌは毎晩、その声に応えて、底知れぬ闇の向こうからこの家に戻ってくるのだった。

「誰に聞いてもそのとおりだって言いますよ」トゥーサン婆さんは話を締めくくった。「二たす二が四なのと同じくらい確かなことです」

おかみの話を聞いて、私はむろん、その異様さに驚き、胡《う》散《さん》臭《くさ》いとも思った。だが同時に、その物語の異様な暗さにすっかり魅了されてしまったのである。このG氏という人のことは、以前聞いたことがあった。確かに、再婚し、その後身内の不幸に見舞われて失意のうちに世を去ったと聞いた覚えがある。ではあれは本当だったのか。何という悲劇的な、そして切ない物語だろう。人間の嫉妬が絡みあい、度を越した狂気にまで至ってしまったのだ。そして、あろうことか家族のあいだで、恐ろしい憎悪による犯罪が起きてしまったのだ。日の光のように美しい、愛くるしい小さな娘が、継母によって殺され、実の父の手によって地下室の一角に埋められるとは！　人の心を震わせる恐ろしい事件だ。それにしても、あまりによくできすぎている。私はもっと問いただし、話の真偽を確かめたいと思った。けれども、そんなことをして何になるのだ、と思い直した。民衆の想像力の中で花開いた、この身の毛もよだつおとぎ話を、そのまま持ち帰ればよいではないか。

再び自転車にまたがりながら、私は最後にもう一度、荒れ屋敷に目をやった。日が暮れる中、朽ち果てたその家は、どんよりとしたうつろな窓から私を見つめていた。まるで死んだ少女の目のように。いつまでも吹き止まない秋の風が、古い木々のあいだで嘆きの声を上げていた。

Ⅱ

この物語が私の頭を離れないのは、どうしてなのだろう。いつしかそれは強迫観念のようになり、私を悩ませて止まなかった。これもまた解明できない知性の働きの一つだ。こんな伝説や言い伝えは、田舎にはいくらでも転がっているし、この物語は、結局のところ私には何の関係もないじゃないか、そう自分に言い聞かせてみた。けれども、死んだ少女は私につきまとって離れないのである。あの愛らしい悲劇の少女アンジュリーヌを、今でもまだ誰かの嘆き悲しむ声が呼んでいるのだという。四十年ものあいだ、毎晩、打ち捨てられた家のうつろな部屋に、その声がこだましているのだという。

その冬の最初の二か月間、私は調査をしてみた。少女が一人消えているのだし、これほど劇的な事件ならば、どんなに隠そうとしても外に漏れてしまうものだ。当時の新聞が必ず取り上げているに違いない。私は国立図書館の資料を漁《あさ》った。しかし、何も見つからなかった。そのような事件に関係している記事は一行もない。次に、当時チュイルリー宮で働いていた人たちにも尋ねてみたが、誰もはっきりしたことは知らず、相互に食い違ういくつかの情報を得ただけに終わった。私の頭の中では、依然としてこの謎めいた物語がぐるぐると回っていた。けれども、もう真実にたどり着くのは無理だろうと半ばあきらめてもいた。そんな時、偶然にもある朝、私は新しい手がかりをつかんだのだ。

私は二週間か三週間おきに、敬愛してやまない詩人Vのところを訪れる習慣があった。この年老いた詩人は、去る四月に七十歳を前にして亡くなってしまったが、もう何年も前から足の麻痺《まひ》のために動けなくなっていて、アサス通り[3]の小さな仕事部屋で、窓からリュクサンブール公園を眺めながら、ずっと椅子に座ったまま過ごしていたのだ。彼は想像の世界に閉じこもって生きていた。現実から遠く離れた、自分だけの理想の宮殿を作り、その中で愛したり苦しんだりしていた。その夢の人生を、彼は穏やかに終えたのだ。われわれの中に、彼の優しげで品のいいあの顔を、覚えていない者がいるだろうか。子どものようなくるくるとした巻き毛のあの白い髪を、ずっと若者のままの無垢《むく》をたたえたあの儚《はかな》げな青い目を、覚えていない者がいるだろうか。彼がいつも嘘つきだったというわけではない。けれども、彼は絶えず作り話ばかりしていた。絶えず作り話ばかりしていたために、その話のどこまでが現実で、どこからが夢なのか、もう彼にも誰にもわからなくなっていたのだ。本当に魅力的な老人だった。長らく現実の人生とかかわらなくなっていたこの老人との会話は、未知のものをひそやかに、さりげなく教えてくれる啓示のようで、いつも私を感動させてくれたものだった。

その日、彼の狭い仕事部屋にある窓の近くで、私は彼とおしゃべりをしていた。赤々とした暖炉の火が部屋を暖めていた。外は凍りつくようなひどい寒さで、リュクサンブール公園は白い雪で覆われ、汚れのない純白の地面がどこまでも広がっていた。そのときに、どういう経緯だったかは忘れたが、私は荒れ屋敷のことを詩人に話した。

あの物語のことが、まだずっと気にかかっていたからだ。再婚した父、死んだ母に生き写しの娘、その娘に嫉妬する継母、そして地下室の底に埋められた小さな死体。彼はじっと聴いていた。悲しいときにもいつも絶やすことのないあの穏やかな笑みを浮かべながら。それから沈黙が降りてきた。彼の儚げな青いまなざしは遠くをさまよい、リュクサンブール公園の広大な白さの中に消えていった。その身体から立ち上る夢の影が、その時、彼を取り巻いて軽く身震いさせたように見えた。

「私はG氏のことはよく知っているよ」詩人はゆっくりと言った。「彼の最初の妻を知っている。人間とは思えないほど美しかった。二番目の妻も知っている。これもまた、目を瞠《みは》るような美人だった。この二人のことを、どちらも私は夢中になるほど愛していたよ。一度も打ち明けたことはないがね。私はアンジュリーヌも知っている。さらにいっそう美しかった。どんな男でもひざまずいて崇拝せずにはいられないような娘だ……。けれども、事件はあなたが言ったように起こったわけではない」

それは私にとってとんでもない驚きだった。もうあきらめかけていた謎の真相が、

3　パリ6区、リュクサンブール公園の西側にある通り。

思いがけないところから現れたのだ。これで何もかもわかるのだろうか。最初、私はまったく疑いもせず、彼にこう言った。

「ああ！　まさか、あなたからそんな話を聞かせてもらえるとは！　これでようやく私も悩みから解放されそうです。早く教えてください。何があったのですか」

けれども、老人は私の言葉を聞いておらず、ただ遠くの方に視線をさまよわせているだけだった。やがて、彼は夢を見ながらしゃべっているかのような声で、ポツリポツリと話し始めた。まるで、話すにつれて少しずつ、彼が口にする人物や事物が、詩人の想像力によってその場で生み出されてくるかのようだった。

「アンジュリーヌは、十二歳にしてすでに、愛を知る女の心を持っていた。その魂の中では、狂おしい歓びも苦しみも、女の愛のことごとくが、もう花開いていたのだ。父親の新しい妻に激しく嫉妬したのは、彼女の方だよ。毎日、自分の父の腕に抱かれている継母を見て、彼女は恐ろしい裏切りにあったように苦しんだ。自分の実の母親が侮辱されていただけではない。彼女自身が、この新しい結婚に責め苛まれ、心を引き裂かれていたのだ。毎晩、アンジュリーヌは、自分の母親が墓の中から自分を呼ぶ声を聞いていた。そしてある晩、母を愛する気持ちが強くなりすぎて、苦しみのあまり、母親のもとへ行こうと、この十二歳の少女は自分の心臓にナイフを突き立てたのだ」

私は叫び声を上げた。

「まさか！ そんなことが！」

「恐ろしい、身の毛もよだつ出来事だ」老詩人は私の言葉も聞かず、先を続けた。

「翌日、G夫妻は、小さなベッドに横たわるアンジュリーヌを見つけたのだ。胸に深々と、柄のところまでナイフが突き刺さった状態でな！ 彼らはイタリアに旅行に行く直前で、家には年をとった家政婦一人しか残っていなかった。その女の子を育ててくれた家政婦だよ。自分たちが殺したと疑われるのではという恐怖にとらわれた彼らは、家政婦に手伝ってもらい、小さな遺体を埋めたのだ。ただ、埋めたのは家の裏にある温室の一角で、大きなオレンジの木の根元だ。それから、やがて両親も死に、年老いた家政婦がこの一部始終を語ったその日に、少女の遺体が発見されたのだよ」

私は疑念にとらわれた。よく考え直してみるとおかしい。これも作り話ではないのか。

「ですが」私は尋ねた。「それでは、あなたもアンジュリーヌの霊が毎晩戻ってきていると、自分を呼ぶ不思議な痛ましい声に応えて戻ってきているとお考えなのですか」

今度こそ、老人はようやく私の方を見た。寛大そうな微笑みがまた顔に浮かんだ。

「戻ってきているかって？　ああ、友よ、誰だってこの世に戻ってくるとも。どうしてあの小さなかわいい女の子の魂が戻ってこないことがあるかね。あの子はまだあの場所に住んでいるのだ。自分が愛した、そして苦しんだあの場所にね。あの子を呼ぶ声が聞こえるのは、まだあの子の命が生まれ変わっていないからだ。また生まれ変わるさ、もちろん。あらゆるものが生まれ変わるのだから。失われるものなんて何一つないのだ。愛も、美しさも……。アンジュリーヌ！　アンジュリーヌ！　アンジュリーヌ！　そうして彼女はよみがえるだろう。太陽の中に、花の中に」

いやはや！　真相を知って気持ちが落ち着くどころではなかった。わが旧友V、年老いた詩人にして幼い子どもである彼は、ただ謎をさらに深めてくれただけなのだ。間違いなく、彼は作り話をしたのだ。それとも、もしかしたら彼は、詩人という人種が持つ不思議な直観で、真実を見抜いているのだろうか。

「今おっしゃったことは、本当なのですか」私は笑いながら思い切って尋ねてみた。

すると彼も、やわらかい笑みを浮かべて、

「本当だとも。すべてのものは無限にくり返される。そうじゃないかね？」

それが彼に会った最後だった。その後しばらくして、私はパリを離れなければならなかったからだ。今でも私は、あの時の詩人の姿を思い浮かべることができる。夢見るようなまなざしをリュクサンブール公園に広がる真っ白な地平にさまよわせ、終わりのない夢の中に生きていたその姿、自分の夢を疑いもせず、落ち着き払っていた姿を。一方、私はと言えば、こうなったら何としても真実を明らかにしたいという欲求に苦しめられながら、依然として真相に近づけずにいた。

Ⅲ

一年半が過ぎた。私は旅をしなければならなかった。大きな悩みと大きな喜びが私の人生を満たした。私たちの誰もが大きな嵐の中にいて、未知の世界へ押し流されようとしていた[4]。けれども、あいかわらずある時間になると、私の耳には遠くから悲痛な叫び声が聞こえ、私の体を通り抜けていくのだった。「アンジュリーヌ！　アン

ジュリーヌ！　アンジュリーヌ！」すると私は震えが止まらなくなり、また疑念にとりつかれて、知りたいという欲求に責め苛まれるのだった。どうしても忘れられなかった。私にとって、真相がはっきりしない状態のままに置かれるということ以上の地獄はないのだ。

どうしてそんなことになったのか、あるすばらしく気持ちのよい六月の宵、私はまた自転車にまたがって、あの荒れ屋敷のある辺鄙な道を走っていた。何としてもあの家をもう一度見たいと思ったのか。それとも何かふとした直感に従って、大きな街道を離れてこちらの方に踏み込んだのか。もう八時近くだった。けれども、一年でもっとも日の長いこの季節、空にはまだこれから沈もうとする堂々たる太陽が輝いていて、雲一つなく、まるで黄金と紺碧だけが世界を永遠に包んでいるかのようだった。そして空気もまたなんと軽やかで甘美だったことか。木々や草のなんと芳《かぐわ》しかったことか。広大な野原に広がる穏やかな平和の、なんと優しく爽快だったことか！

初めて来たときと同じように、荒れ屋敷の前で、私はびっくりして自転車を飛び降りた。私は一瞬とまどった。その屋敷はもう前と同じではなかった。真新しくきれいな鉄柵が、夕日に照らされてきらきらと輝いていた。まわりを囲む塀は造り直され、木々のあいだからわずかに見える家は、若々しく弾けるような陽気さを取り戻していた。これはつまり、よみがえったということなのか。詩人が予告していたように？ アンジュリーヌが、遠い呼び声に応えて、この生の世界に戻ってきたということなのか。

私は道端に立ち、じっと見つめたまま動けなかった。そのとき、すぐ近くで足を引きずって歩くような音が聞こえたので、私はぎょっとした。トゥーサン婆さんだった。婆さんは、隣のウマゴヤシの牧草地から牛を引いてきていた。

「あの人たちは怖がらなかったのですか。新しく入った人たちは」私は家の方を指さして話しかけた。

4　この謎めいた表現は、当時ゾラが、そしてフランス社会全体が、ドレフュス事件という国論を二分するような大きな騒動に直面していたことを指していると考えれば、理解しやすい。ゾラは「私は告発する！」という文章を発表してドレフュス擁護の立場を貫き、裁判で有罪となったため、イギリスに亡命を余儀なくされた。この短篇は、ラストの添え書きにあるように、亡命先のイギリスで書かれたものである（解説参照）。直前の「私は旅をしなければならなかった」も、まさにこの亡命のことを指していると考えられる。

おかみは私のことを思い出したようで、牛を止めた。

「ああ！　旦那。いい神様がついている人たちってのはいるもんですねえ。もう一年以上前になりますか、あのお屋敷が買われたのは。でも、それをやってのけたのは絵描きさんなんですよ。Bとかいう。すごいもんですね。芸術家ってのは、なんでもできちまうんですから」

それから、おかみは牛を引っぱり、頷きながらこう付け加えた。

「とにかく、どんなふうになっているか見てみるといいですよ」

画家のBといえば、魅力的なパリの女性たちの絵をたくさん描いた、あの才知ある洗練された芸術家ではないか！　私と彼とはちょっとした知り合いだった。劇場や展覧会の会場などで、会えば握手を交わす仲である。私は俄然中に入ってみたくなった。彼に事情を打ち明け、向こうが知っている本当のところをぜひ教えてほしいと頼んでみたくなった。この荒れ屋敷について、私が知りたくてたまらないあの謎について。

そこで私は、矢も楯もたまらず、自転車用のほこりだらけの服も気にせずに——それに当節はそういうことも割合と寛容になってきているのだ——一本の古い木の苔むした幹まで自転車をこいでいった。鉄格子の門をばね仕掛けでたたく呼び鈴を引くと、明るいカンカンという音が鳴り、一人の使用人がやってきた。私が名刺を渡すと、しばらく庭でお待ちくださいと言って家に入っていった。

まわりを見渡して、私の驚きはさらに大きくなった。正面壁《ファサード》は修理され、もうひび割れも、はがれたレンガもなかった。玄関の上がり階段にはバラが植えられ、陽気な歓迎のための扉となっていた。窓もまた生き返り、真っ白なカーテンを通して家の中の歓びを伝え、晴れやかに笑っていた。庭からはイラクサやイバラがすっかり取り払われ、再び現れた花壇は匂い立つ一個の大きな花束《ブーケ》のようだった。古い木々も若返り、春めいた太陽から降り注ぐ金色の雨を浴びながら、百年を経た平和の中にゆったりとくつろいでいた。

使用人がまた現れ、私を居間に通してくれた。家の主人は村に行っているが、ほどなく帰る、とのことだった。何時間か待つことになりそうだ。はやる気持ちを落ち着かせるために、私はまず自分のいる部屋をよく見てみた。分厚い絨毯が敷き詰められ、厚地織物《クレトン》のカーテンが窓にもドアにもかけられた、豪勢にしつらえられた部屋だった。大きなソファと、深々としたひじかけ椅子に、絨毯とカーテンの布地がよく調和していた。カーテンはたっぷりの布地で大きく作ってあったので、私は部屋に入ったとたん、急に日暮れになったのかと驚いた。やがて本当の夜が訪れた。どれくらいここにいたのだろう。私のことは忘れ去られ、ランプを持ってくる人もいなかった。暗がりの中に座ったまま、私は夢想にふけり、あの悲劇的な物語を初めからすっかり思い返してみた。アンジュリーヌは殺されたのだろうか。それとも自分自身でナイフを胸に突き立てたのだろうか。白状すると、こうしてまた暗くなった幽霊屋敷の中で、私は恐怖に襲われていた。初めはごくかすかな居心地の悪さ、皮膚の上を小さな震えが走る程度に過ぎなかったが、恐怖は次第に激しくなり、やがて全身が凍りついて、私はひどい恐慌状態に陥った。

最初、どこかで物音がした気がした。おそらく地下室の奥からだった。鈍いうめき声、押し殺したすすり泣き、そして戻ってきた亡霊の重い足音。やがてそれは階段を上り、近づいてきた。暗い家全体に、この怖気《おぞけ》をふるうような悲嘆の声が充満しているかのように思えた。そして突然、恐ろしい呼び声が響いた。「アンジュリーヌ！アンジュリーヌ！　アンジュリーヌ！」声はだんだんと力強く大きくなり、私は顔面に冷たい息を吹きかけられたような気がした。居間にある扉の一つが勢いよく開いて、アンジュリーヌが入ってきた。私の方を見もせず、部屋を横切っていった。私は彼女の姿をはっきりと認めた。扉が開いたとき、玄関の明かりが、彼女とともに一瞬部屋に差し込んできたのだ。十二歳のあの死んだ少女に違いなかった。息をのむような美しさ、肩までかかった見事なブロンドの髪。白い服に身を包み、抜けるように白い肌をしていた。それと同じ真っ白な地面から、彼女は夜ごとやってくるにちがいない。彼女は黙ったまま、取り乱したような速足で、もう一つの扉から消えていった。その間、またしてもあの声が、もっと遠くから聞こえてきた。「アンジュリーヌ！　アンジュリーヌ！　アンジュリーヌ！」私は体中が総毛立つような恐怖を覚え、棒立ちになった。底知れぬ闇の向こうから吹いてくる風に戦慄《せんりつ》し、額に汗がにじんでいた。

ほぼ間をおかずに、だと私には思えたが、先ほどの使用人がようやくランプを持って現れ、気がつくと、画家のBがそこにいて、こんなに長く待たせて申し訳ないと詫《わ》びながら、私の手を握っているのを感じた。私は平静を装う余裕もなく、まだ震えが止まらないまま、すぐに長年気にかかってきた例の物語を彼に語った。最初、それを聞いたときの彼の驚きようと言ったら！　そして、そのあと、私を急いで安心させようとしたときの満面の笑みと言ったら！

「いやあ、これは。ご存じないのでしょうね。私は二番目のG夫人の親類なのですよ。

かわいそうな女性ですねえ！　あの子どもを殺したと非難されているとは！　父親に負けないくらいあの子のことをかわいがって、悲しんで泣いたというのに。唯一本当なのは、あの子どもが確かにここで死んだということだけですよ。自分の手でだなんて、おお、まさか！　急な発熱だったのです。まったく雷に打たれたように突然のことで、両親はこの家をひどく恐れて、二度とここには戻りたがらなかったのです。彼らの生きているあいだ、誰もここに住まなかったのはそのためですよ。二人とも死んでしまってからは、ずっと訴訟が続いていましてね、売ることができなかったのです。私は前からこの家がほしくて、何年も狙っていました。私たちはまだ一度も幽霊など見たことがありませんよ。保証します」

かすかな震えがまた私を襲った。私は口ごもりながら聞いてみた。

「でも、アンジュリーヌが……、私はついさっき見たのです……。恐ろしい声があの子を呼ぶのを。そして少女がここを通ったのです。この部屋を通り抜けたのです」

彼はぎょっとして私を見た。私が正気を失っていると思ったらしい。けれども、すぐによく響く声で幸せそうに笑った。

「あなたがついさっき見たのは、私の娘ですよ。確かに、あの子の名付け親はG氏でしてね。G氏はご自分の令嬢を偲《しの》んで、あれにアンジュリーヌという名をくれたのです。きっとさっきは、声があの子の名を呼んだのでしょう。それでこの部屋を通って行ったのですね」

そう言って彼は自分で扉を開け、もう一度その名を呼んだ。

「アンジュリーヌ！　アンジュリーヌ！　アンジュリーヌ！」

子どもが戻ってきた。だが霊ではなく生きた姿だった。弾けるような陽気さにあふれていた。この子だった。白いワンピースを着て、肩までかかった見事なブロンドの髪、そして、驚くほど美しく、驚くほど希望に輝いて、まるで人生の長い幸せを、愛に満ちた将来を、蕾《つぼみ》のうちに約束された、春そのものの姿のようだった。

ああ！　可愛らしい幽霊よ！　死せる少女から生まれ変わった新しい子どもよ！　死は打ち破られたのだ。わが年老いた友、詩人のVは間違っていなかった。失われるものなど何もない。あらゆるものがまた始まるのだ。美しさも、愛も。母親たちの声が呼ぶ。今日の幼い娘たちを。明日の恋する少女たちを。そして彼女たちはよみがえるのだ。太陽のもとで、花のあいだで。あの子どもの若々しい目覚めを、この家はただひたすら待っていたりだ。それこそとり憑かれたように。そしてこの家は、今日また若返り、幸福になったのだ。ようやく見出された永遠の生の歓喜の中で。

一八九八年十月、亡命の地にて

シャーブル氏の貝

I

シャーブル氏の大いなる悩みは、子どもがいないことだった。彼はカティノー家のご令嬢、かのデヴィーニュ家とカティノー家の血を引く、背の高く美しい十八歳のブロンド娘、エステルを娶《めと》ったのであった。以来四年間、子どもの到来を待ち続けているものの一向に叶わず、自分の努力のむなしさに傷つき、愕然として、不安な思いに駆られているのであった。

このシャーブル氏、元は穀物商だったが今は引退して、かなりの財産をもっていた。億万長者になると心に決めて邁進《まいしん》し、一人の有産階級市民《ブルジョワ》として清らかな生活を送ってきたが、齢《よわい》四十五にしてすでに老人のように重たい足を引きずって歩いていた。顔は青白く、長年金のことばかり考えてきたためにやつれて、まるで踏み固められた歩道のようにのっぺりとしてぱっとしなかった。彼はすっかり絶望していた。なるほど金利だけで五万フランを稼ぐ男にしてみれば、金持ちになるよりも父親になる方が難しいと知って、驚くのも無理はないのである。

美しきシャーブル夫人は、二十二歳となっていた。熟れた桃のような肌、太陽と同じ色に輝く髪、その髪がうなじの上でふわりと巻いている様子は、実にうっとりするほどかわいらしかった。だが青緑色の目は、よどんだ水のようで、その底に何があるのか、読み取るのは容易ではなかった。夫が自分たち夫婦の不妊について嘆くと、彼女はそのしなやかな身体をまっすぐに起こし、ふくよかな腰と胸元を誇らしげに示してみせるのであった。その口元に浮かぶ笑みは、はっきりとこう言っていた。「私のせいだとでも？」そもそもシャーブル夫人は、友人たちからは、完璧な教育を受けた、人に悪く言われることなどありえない女性、十分に慎ましく、厳格な母親によって立派なブルジョワ的伝統を仕込まれた女性とみなされていたのである。ただ、彼女の白い小さな鼻の上品な鼻翼が、時々若い活力に満ちてひくひくと動くことがあり、元穀物商人の夫でなければ、心配でやきもきしたことだろう。

もちろんその間、かかりつけの医師であるギロー博士が、もう何度もシャーブル氏とこの件について特別に面談の機会を持っていたことは言うまでもない。品がよくてにこやかな、この太った医者は、科学がいかに遅れているかをシャーブル氏に説くのだった。ええ、まったくそうなんですな！　樫の木を植えるみたいに子どもを植えるってわけにはいかんのですからなあ。とはいえ、誰の希望も失わせたくないギロー医師は、シャーブル氏のケースについても考えてみましょうと約束していた。そして、七月のある朝、医者は彼にこう言ったのである。

「シャーブルさん、海水浴に行くとよろしいですよ……。ええ、それが一番です。そして、とくに貝類をたくさんお食べになるとよろしい。貝類だけを食べるのです」

シャーブル氏は希望を取り戻し、勢い込んで尋ねた。

「貝類ですか、先生。本当に貝類が……」

「完璧です！　この療法が成功したことが確認されたのです。いいですか。毎日、牡《か》蠣《き》やムール貝やハマグリやウニやカサガイを食べるのです。オマールやイセエビでもかまいません」

それから、医者は帰り際、扉のところで、さりげなくこう付け加えた。

「ずっと家に引きこもっているのはいけませんよ。奥様のシャーブル夫人はまだお若いのだし、気晴らしが必要でしょう。トゥルーヴィル[1]に行ってみてはどうです。空気がおいしいところですよ」

三日後、シャーブル夫妻は出発した。ただ、この元穀物商人は、バカみたいに金のかかるトゥルーヴィルに行くなどということはまったくの無駄だと考えた。貝を食べるためなら、ほかのどんな土地へ行っても同じじゃないか。むしろ誰も行かないような寂れたところの方が、貝も豊富にあって、しかも安いにちがいない。気晴らしの娯楽なんて、いまどきどこへ行っても多すぎるくらいにあるのだ。自分たちは、遊ぶための旅行に出かけるわけじゃあないんだからな。

ある友人が、サン＝ナゼール[2]の近くにプーリガンという小さなビーチがあるとシャーブル氏に教えてくれた。十二時間の長旅をしたシャーブル夫人は、サン＝ナゼールで一日を過ごしているあいだ、すっかり退屈してしまった。近頃できたばかりのこの新興の都市は、定規で引いたように整然と並ぶ真新しい道と、まだ建築中の工

1　フランス北部バス＝ノルマンディー地域圏にある海辺の町。十九世紀以降、海水浴客が多く訪れるようになった。美しい砂浜で知られ、観光地として人気がある。

2　フランス西部、ロワール河口にある港湾都市。十九世紀まではごく小さな田舎の漁村だったが、十九世紀後半、ナポレオン三世の第二帝政期（ゾラの物語の時代）に、巨大な造船所を持つ近代的な港湾都市として整備され、生まれ変わった。これとは対照的に、ゲランドは中世からすでに大きな町だったため、後で出てくるように中世の遺跡がある。

事現場ばかりだったのである。彼らは港を見学に行ったり、通りをぶらぶら歩いたりした。通りに並ぶ店はどれも、村の陰気な食品雑貨屋でとどまるべきか、都会の豪華な高級食料品店になるべきか、迷っているようにみえた。プーリガンには、借りられる小屋はもう一軒もなかった。ベニヤと石膏でできた小さな家々は、どれも縁日の露店かと思うほどけばけばしい色に塗りたくられたバラックのようなものだったが、そうした小屋もすでにイギリス人とナントの裕福な仲買業者たちに占領されてしまっていたのである。それにそもそもエステルは、ブルジョワ芸術家たちが奔放な想像力にまかせて造り上げたようなこれらの建築物には、初めから不満顔だった。

二人の旅行客が勧められたのはゲランドに行って宿をとることだった。彼らが到着したのは日曜日の昼ごろで、生まれつき文学的な感性など持ち合わせないシャーブル氏も、その眺めには強い感動を覚えた。封建時代の遺産が見事に保存された宝石ともいうべきゲランドの風景、堅固に築かれた城砦と、石落とし《マシクーリ》[3]を持った奥行きのある城門に、すっかり驚かされてしまったのだ。エステルもまた、遊歩道に植えられた大きな木々に囲まれた閑静な街をただ黙ってじっと眺めていたが、あいかわらずよどんだ水を思わせるその両目の奥に、夢見るような微笑みが浮かんでいた。けれどもそんな二人の思いをよそに馬車は走り続け、ある門の下で馬が速歩《トロット》に移行すると、狭い道のとがった敷石の上で車輪が跳ね上がった。シャーブル夫妻はそれまで一言も言葉を交わしていなかった。

「こりゃ本当にど田舎だ!」ようやく元穀物商人がつぶやいた言葉がこれであった。

「パリのまわりの村の方がまだよっぽど都会だよ」

町の中心にあるコメルス・ホテルの前で夫婦は馬車を降りた。ホテルの隣は教会で、ちょうど歌ミサが終わって人が出てくるところだった。夫が荷物にかかりきりになっているあいだ、エステルは信者たちの行列に興味津々の様子で、何歩か前に進み出た。信者たちのほとんどが風変わりな衣装を身につけていたからである。その中には、白い作業着と膨らんだズボンをはいた塩田の労働者たちがいた。ゲランドとル・クロワジックのあいだには広大な塩の浜が広がっているのである。小作農たちもいた。これははっきりと区別のつく人種で、短い毛織物《ラシャ》の上着を着て、長くて丸い帽子をかぶっ

3　城壁、城塔の上部を空中にせり出させて、その床になる部分に下向きにあけられた穴。下を通過する敵や、下から登ってくる敵に向けて石などを落としたり矢を放ったりするための開口部がある。

ていた。けれどもエステルが一番魅了されたのは、ある若い娘の豪華な衣装であった。かぶり物は、こめかみのところで締め付けて、先っぽの方がきゅっととがっている。赤い胴着には折り返しのあるゆったりとした袖がついていて、その胴着の上につけられた胸当ては、よく目立つ花の模様を織り出した厚地の絹の紋織物《ブロケード》だった。さらに、細かいプリーツの入った三枚重ねの青いラシャのスカートに、金銀の刺繍がほどこされた帯を結んでいる。オレンジ色の長い絹エプロンを垂らした先には、赤いウールの靴下と、黄色い小さなミュールを履いた足が見えるという仕掛けであった。

「こりゃ変わってる！」妻の後ろからシャーブル氏は言った。「こんなお祭りが見られるのはブルターニュくらいだね」

エステルは返事をしなかった。二十歳ぐらいの背の高い若い男が、老婦人に腕を貸しながら、教会から出てきたところだった。青年はとても肌が白く、堂々として威厳のある顔立ちをしていた。髪は淡く褐色がかったブロンドで、肩幅が広く、腕や脚の筋肉は隆々としていたが、それでいて頬にはまったく髭が生えておらず、少女のようなバラ色の肌をして、ひどく優しく、繊細でもあった。その美しさに驚いて、エステルがずっと見つめていたので、青年は振り向き、彼女を一瞥《いちべつ》すると赤くなった。

「へえ！」シャーブル氏はつぶやいた。「少なくとも一人は人間らしい顔をしているのがいるね。あれは立派な騎兵になりそうだ」

「エクトールさんですよ」ホテルの女従業員がそれを聞いて言った。「一緒にいるのはお母さんで、プルーガステル夫人です……。本当に優しくて、誠実なお子さんなんです！」

ホテルで客たちが集まってとる昼食のあいだ、シャーブル夫妻は彼らの活発な議論を傾聴した。食事をしにコメルス・ホテルにやってくる常連に、不動産の抵当権登記を担当しているという役人がいて、この男はゲランドの質素な生活、とくに若い者たちの素行のよさを自慢した。その男が言うには、ここの住民たちがこんなふうに無垢なままでいられるのは、宗教的教育のおかげだということだった。そうして、実際に起きたいくつかの出来事を引き合いに出した。ところが、イミテーションの宝石が詰まった箱をいくつも抱えてその朝着いたばかりのあるセールスマンは、ここに来る道々、生け垣の裏で抱き合ってキスしている若い男女を何組も見かけたという話をしてせせら笑った。魅力的な女性を前にしたら、この土地の男どもがどうなるか見てみたいものだ、とそのセールスマンは言い放ち、しまいには、宗教や神父たち、修道女たちをからかうような冗談を言い始めたものだから、抵当権登記担当官は怒ってナプキンを叩きつけ、席を立ってしまった。シャーブル夫妻はその間、一言も発することなく食べ続けていた。夫の方はホテルの会食で聞く類の話には怒り狂うのが常で、一方、妻の方は何も理解していないかのように、穏やかな笑みを浮かべているのだった。午後を過ごすために、夫婦はゲランドの街を散策した。サントーバン教会の中はひんやりとして、さわやかだった。二人はゆっくりとその中を見て歩き、アーチ形の曲面天井《ヴォールト》を見上げた。その天井の下には何本もの小円柱が、石でできた糸巻きの心棒のようにそそり立っていた。二人は奇妙な柱頭の彫刻の前で立ち止まった。それは、死刑執行人たちが巨大なふいごで火あぶり台に空気を送って火を絶やさないようにしながら、のこぎりで死刑囚たちを真っ二つに切って、火あぶりにしているところを再現したものだった。それから、夫婦は町に五つか六つくらいしかない通りをくまなく歩き回った。その結果、シャーブル氏は自分の意見に確信を深めた。間違いない。ここはど田舎だ。商店街の一つさえない。ほかではもうどこでもすっかり解体されてしまった中世の遺物そのままの町だ。通りには人けがなく、両側に切妻造りの家が、くたびれた老婆たちの行列のように、押し合うようにして並んでいた。家々のとがった屋根、釘打ちされたスレート葺きの望楼や、建物の角に作られた小塔、時代とともにすり減った彫刻の名残などがあいまって、まるで日の光を浴びてまどろむ美術館のような、静謐《せいひつ》なる一角を作り出していた。結婚以来小説を読むようになっていたエステルは、切なそうなまなざしで、小さな鉛ガラスの窓を仔細に眺めていた。彼女はウォルター・スコット[4]の小説を思い出していた。

しかし、町のまわりを一巡りしようと城壁の外に出たシャーブル夫妻は、いよいよもってここがなかなか素晴らしいところだと、うなずきあって認めないわけにはいかなかった。ひび割れの一つもない花崗岩の城壁が、太陽に照らされて黄金色に染まり、まるで建てられた日と同じように完全な状態で、ずっと続いていた。石落《マシクーリ》しから垂れ下がっているのは、ツタやスイカズラの蔓の分厚いカーテンで、城壁の側面を固める塔の上には灌木が茂り、エニシダやニオイアラセイトウの花が咲いていた。その見事な羽根飾りのような黄色い花々は、すっきりと晴れ渡った空に燃える炎のようだっ

4　スコットランド生まれのイギリスの小説家。一七七一〜一八三二。ロマンチックな歴史小説を書き、当時ヨーロッパで広く読まれた大衆人気作家だった。ここでは、夢見がちでロマンチックな恋に憧れるエステルの性向を表している。

た。城壁の外側は、大きな木々が陰を落とす遊歩道にぐるりと囲まれている。その木々は樹齢百年のニレで、木陰には草が生えていた。昔の堀に沿って続くその遊歩道を、小さな歩幅で、絨毯《じゅうたん》を踏むようにゆっくりと歩く。堀はところどころ埋められていたが、もっと先の方は、よどんだ沼と化しており、藻が繁茂した水面に日の光が奇妙に反射していた。城壁に沿ってまっすぐにそびえる白樺の木々が、その水面に白い幹を映し、生い茂る藻類もその緑の髪を水の上一面に広げている。光の筋が木々の間を通り抜けてひそやかな空間を照らし出し、城内に通じる抜け穴にまで届いていた。その穴の中も、今はただカエルたちだけが、時々、驚いたように飛び込みをして見せるばかりだった。数世紀にわたる死んだ時間の中で蓄積された沈黙が、辺りを押し包んでいた。

「塔が十もあったよ。全部数えたんだ！」シャーブル氏は叫んだ。二人は出発した場所に戻ってきていた。

とりわけシャーブル氏に感銘を与えたのは、町に入るための四つの門だった。その門は、一度に一台の馬車しか通ることができないほど間口が狭く、奥行きが深かった。十九世紀にもなって、こんなふうに門の内側にこもったままでいるなんて、まったくおかしいじゃないか。自分なら、こんな門は取り壊してしまうところだ。こんな分厚い、銃眼のある本物の城塞の壁なんて。この壁を壊すだけで、代わりに六階建ての家が二軒立ちそうじゃないか！

「おまけに」シャーブル氏は付け加えた。「この城壁を壊して回収できる資材だって相当なものだ」

二人はそのあと遊歩道にやってきた。東門から南門まで、四分の一の円を描く格好でつくられた、小高くなった広い散歩道である。エステルは、市壁の外側にある街区の屋根の向こうに広がる、すばらしい眺めを前にして、ずっと物思いにふけっていた。まず手前に見えるのは力強い自然の植物がつくる帯だった。海からの風にたわむ松の林や、ごつごつと節くれだった灌木の茂み、植物が密生して黒みがかった一面の緑地が目に入る。次いでその向こうに、塩田が砂漠のように広がっていた。茫漠とした平面に、四角く区切られて並ぶ塩の田が鏡のようにきらめき、ところどころに盛られた小さな塩の山の白さが、灰色の砂の広がりの上に浮き上がって輝いていた。そして、さらに遠くへ目をやれば、大海原の深い青が空との境界を形作っている。その青海に三つの帆が浮かんでいるのが、三羽の白いツバメのように見えた。

「ほら、今朝の若者だ」シャーブル氏が唐突に言った。「あの若者はラリヴィエールのとこのチビに似ていないかい。もしあの若者にこぶがあったら、まったくそのものだ」

エステルはゆっくりとそちらの方を向いた。けれども、遊歩道の道端に突っ立ったエクトールもまた遠くの海の景色に気をとられていて、見られていることに気がつかないようだった。そこで、若い妻はまたゆっくりと歩き始めた。彼女は長い日傘の先で地面をついていた。十歩ほど行ったところで、日傘を巻き留めているリボンがほどけた。シャーブル夫妻は後ろから声がするのに気づいた。

「奥さん《マダム》、奥さん《マダム》……」

エクトールがほどけたリボンを拾ってくれていた。

「どうもありがとうございます。お若い方《ムッシュー》」エステルは落ち着き払った笑みを浮かべてお礼を言った。

この青年はまったくまじめで親切だ。シャーブル氏はたちまち彼が気に入り、どこのビーチに行けばいいか迷っていると打ち明け、どこか知らないかと情報を求めさえした。エクトールは消え入りそうな様子で、口ごもりながら答えた。

「ぼ、ぼくが思うに、あなた方がお探しのものは、クロワジックでもバ島の町の方でも見つからないかと……」青年は地平線に見える小さな町々の鐘楼を次々と指さしてそう言った。「ぼくは、ピリアックへ行かれることをお勧めしますが……」

そうして彼は詳しく教えてくれた。ピリアックはここから十二キロほどのところにあり、青年のおじが一人、そのあたりに住んでいるということだった。最後に青年は、シャーブル氏の質問に答えて、そこには貝類も豊富にあると請け合った。

若い妻は日傘の先で、丈の低い雑草を叩いていた。若者はうつむいて彼女の方に目を向けなかった。若い女性の存在にひどく困惑しているようであった。

「ゲランドって、とても素敵なところですわね。ムッシュー」エステルは、フルートのような澄んだ声で言った。

5　ここで若いエステルが「長い日傘の先で地面をついて」歩いているのが、やや不審に思える（原文では「日傘の杖（＝柄）を支えにして」と、より不審さが際立つような書き方になっている）。杖を表すcanneも、「リボン」と訳したnœudも、俗語で男性器につながる意味がある。エステルとエクトールが初めて言葉を交わす場面にこのような小道具（＝語彙）がちりばめられているのは、おそらく偶然ではないだろう。

「え、ええ！　と、とても、すてきです」エクトールはもごもごと口の中でつぶやいて、突然彼女を食い入るように見つめた。

Ⅱ

ピリアックに落ち着いて三日がすぎたある朝、シャーブル氏は、小さな港を守る突堤に立って、エステルが海水浴をするのを穏やかに眺めていた。エステルは仰向きで水面にぷかぷかと浮いていた。太陽はすでに高く昇っている。しかし、きちんとした身なりをして、黒いフロックコートをはおり、フェルトの帽子をかぶったシャーブル氏は、緑色の裏張りをした観光客用の大きなパラソルの下に避難していた。

「水は気持ちいいかい？」シャーブル氏は、妻の海水浴に興味を持っているふりをするために尋ねてみた。

「とても気持ちがいいわ！」エステルは答え、くるりと腹這いになって泳ぎ始めた。

シャーブル氏は一度も水浴びというものをしたことがなかった。彼は水が大嫌いだったが、それを隠すために、医者から海で泳ぐことは固く禁止されているのだと言っていた。たとえば砂浜で、波が靴底のあたりまで寄せてこようものなら、まるで歯を剝き出しにした獰猛《どうもう》なけだものが近づいてきたかのように、怖気《おぞけ》をふるって跳びすさった。そもそも、水はふだんの自分の礼儀に適《かな》った装いを崩してしまうから、不潔で不作法なものだとシャーブル氏は思っていた。

「じゃあ、水は気持ちいいんだね」彼はまた繰り返した。暑さで目が回り、ぼうっとして眠くなってきていたので、こんな埠頭《ふとう》の端で眠ってしまったらどうしようと不安にとらわれていた。

エステルは腕をさかんに動かし、犬かきで泳いでいたが、返事をしなかった。男の子のように自由奔放に、何時間も泳ぎ続けるので、夫は茫然としていた。シャーブル氏は水辺で妻を待ち続けるのが礼儀に適ったことだと信じ込んでいたのである。このピリアックで、エステルは自分のお気に入りの海を見つけたのだった。彼女は、水に入って相当沖のほうに進んでいっても、腰のあたりまでの深さしかないような遠浅の海は軽蔑《けいべつ》していた。彼女は、白い毛羽加工《メルトン》のガウンに身を包んで、突堤の先まで行き、ガウンを肩から滑り落とすと、おもむろに頭から飛び込んだ。せめて六メートルぐらいの深さがないと、岩に頭をぶつけてしまうのよ、というのがエステルの口癖だった。

たった一枚の布でできた、スカートのついていない水着が、そのすらりと伸びた体の線をくっきりと描き出していた。ウエストのところに巻きつけた長く青いベルトを境に、その体が弓のように反っていて、形のよい腰がリズミカルに動いている。透明な水の中で、ゴムのキャップに閉じ込めた髪の先がはみ出して躍っていた。彼女は青みを帯びた魚のようにしなやかだった。不安をかきたてるようなバラ色をした、人間の女の顔をもつ魚だった。

シャーブル氏が灼けつくような太陽の下に出てから、十五分が経過していた。彼は三回も時計に目をやった挙句、ついにおずおずと呼びかける決心をした。

「ねえ、君はもうずいぶん長く浸かっているよ……。そろそろ出た方がいいんじゃないかい。あまり長く水に入っていると、疲れるからね」

「だって、まだ入ったばかりよ！」若い妻は叫んだ。「ミルクの中にいるみたいなんだもの」

それから、仰向けになって、

「あなた、飽きたのなら、行ってもいいのよ。あたしはあなたがいなくても大丈夫だから」

シャーブル氏は頭を振って抗議し、不幸な出来事というのは油断しているときに訪れるのだ、と宣言した。エステルは微笑み、もし自分の筋肉がつったりしたら、夫が一体どんな助けになるのだろうと考えた。その時、ふいに彼女は突堤の反対側の、村の左側にある引っ込んだ湾の方に目をやった。

「見て」彼女は言った。「あっちの方には何があるのかしら。あたし見てくるわ」

そう言うと彼女は、大きく規則的に水をかいて、素早く進んでいった。

「エステル！　エステル！」シャーブル氏は叫んだ。「遠くへ行かないでくれ！　私が軽はずみなことは嫌いなのは知ってるだろう」

しかしエステルは聞いていなかった。シャーブル氏はあきらめるしかなかった。突っ立ったまま、水の上を滑っていく妻の麦わら帽子の白っぽい点を、[6]背伸びして目で追いながら、日傘を持つ手を替えたりしてみたが、傘の下にいても、熱せられた空気はだんだんと耐えがたくなり息が詰まりそうだった。

「いったい何が見えたというんだろうな」シャーブル氏はつぶやいた。「ああ！　そ

6　前頁では、ゴムのキャップをかぶっていると書かれていたが、どちらも原文通り。

うだ、向こうに浮いているあれか……。何か汚いものだな。海草か何かだろう、きっと。あるいは樽か……。おや、違うな、動いているぞ」

それから、突然それが何かわかった。

「そうか、あれは男が泳いでいるんじゃないか！」

エステルも、何度か水をかいて進んでから、同じくそれが一人の男性であることにはっきり気がついていた。それで、彼女はまっすぐその人物に向かって泳ぐのはやめた。そうするのは不作法だと感じたのである。しかし、いたずら心と、大胆さを見せつける気持ちよさも手伝って、彼女は突堤には戻らず、沖に向かって泳ぎ続けた。ゆっくりと穏やかに進み、泳いでいる男性の方には気づいていないふりをした。一方、この男性の方は、まるで流れに運ばれているかのように、少しずつエステルの方に向かって斜めに進んできた。そして、彼女が突堤に戻ろうと振り向いたとき、あたかもまったくの偶然であるかのように二人は鉢合わせした。

「奥さん、お体の調子はよろしいですか」その男性は礼儀正しく尋ねた。

「あら！　あなたですのね！」エステルは陽気に答えた。

そして軽い笑い声を上げながら、こう付け加えた。

「それにしてもよく会いますこと！」

その男性は、プルーガステル家のエクトールだった。あいかわらずとても内気そうだったが、水の中の体はとてもたくましく、鮮やかなバラ色をしていた。しばらく二人は何も言わず、礼をわきまえた適切な距離を置いて泳いだ。話をするには、声を張り上げなければならなかったが、エステルはお礼を言うのが礼儀だと考えた。

「私たち、あなたに感謝していますのよ。ピリアックを教えていただいて……。夫は本当に喜んでおりますわ」

「あれはご主人ではありませんか。あそこの突堤に一人で立っていらっしゃる男性は」エクトールは尋ねた。

「ええ、そうですわ」エステルは答えた。

それからまた、二人は黙った。いまや黒い虫ほどの大きさに見える夫を、彼らは見つめていた。シャーブル氏は、こんな海の真ん中で、自分の妻が一体どんな知り合いに出くわしたのだろうと不思議に思い、気になって、いっそう背伸びをして妻を見ていた。自分の妻があの男性とおしゃべりをしていることは疑いようがない。彼らが交互に顔を相手の方に向けているのが、シャーブル氏には見えていた。きっとパリでのわれわれ夫婦の友人の一人に違いない。けれども、考えてみても思い当たらなかった。彼らの知り合いで、こんなふうに大胆な真似ができる者は一人もいない。仕方がないので、シャーブル氏はひたすら待っていた。気晴らしに日傘をコマみたいにくるくると回しながら。

「ええ、そうなんです」エクトールは美しいシャーブル夫人に説明していた。「おじの家に何日か遊びに来ていて……。あそこにお城が見えるでしょう。山の中腹のあたりに。あれがおじの家なんです。それで、あのテラスの前の岬から出発して、僕は毎日、ここの突堤まで泳いでいるんです。それからまた戻るんです。全部で二キロになります。ちょうどいい運動なんですよ……。でも奥さんは、ずいぶん勇敢なんですね。こんな勇敢な女性は見たことがありません」

「まあ！」エステルは答えた。「小さい頃から腕白でしたもの……。水には慣れていますの。旧い友達みたいなものですわ」

少しずつ、あまり大声で叫ばなくてもすむように、二人の距離が近づいていた。午前のこの暑さの中で、海はゆったりとまどろんでいる。きらきらと輝く広大な海面は、繻子《サテン》でできた一枚の板のように平らだった。滑らかな布地に皺が寄るように帯状の波が何本も横に伸びている。その帯は、次第に幅を広げながら、水流のかすかな震えを遠くまで伝えていた。二人が互いに近くに来たとき、会話の調子はもっと親しげになった。

実にすばらしい日ですね！　エクトールはエステルに海岸沿いの場所を何か所か指さして教えた。ほら、あそこ、あの村は、ピリアックから一キロほどのところにあるポルトールーです。正面にあるのは、モルビアン、白い断崖絶壁が水彩画のような後景からくっきりと浮き出ているでしょう。それから反対側が、と海の方を振り向き、デュメ島です。青い水の真ん中に灰色の点があるでしょう。エステルは説明を受けるたびに、いちいちエクトールの指さす方を目で追い、しばらく視線を止めてじっと見つめた。水面すれすれの目で、こうして遠くの海岸を見るのがエステルにはおもしろかった。水はどこまでも澄み切っている。見上げると、太陽の目のくらむような眩しさで、海が果てしないサハラ砂漠に変わってしまったように感じられた。色のない広大な砂の平原に、太陽がまばゆく反射しているようだった。

「ああ、なんて美しいのかしら！」彼女はつぶやいた。「ああ、なんて美しいのかしら！」

彼女は仰向けになって休息した。動きを止め、両手を左右に伸ばし、首を後ろにもたせて、水にすっかり体を預けた。白い足と白い腕がゆらゆらと漂っていた。

「じゃあ、ゲランドの生まれなの、あなた《ムッシュー》は？」彼女は尋ねた。

エクトールも、もっとくつろいで話せるよう、仰向けになった。

「ええ、奥さん。ぼくはナントには一度しか行ったことがないんです」

彼は自分の受けてきた教育について詳しく話した。厳格で信仰心の厚い母に育てられたことや、その母が古くからの貴族の家のしきたりをそのまま守り続けていたこと。すなわち司祭が家庭教師を務め、ふつうの子どもが中学で教わることはだいたいその司祭に教わったが、そこにはカトリック要理と紋章学がたくさん付け加えられていたこと。また、彼は乗馬をし、フェンシングをやり、肉体の鍛錬も積んできた。だが、それにしても、彼はまったくうぶであるようにエステルには思えた。彼は毎週ミサに通い聖体拝領をしていて、小説は一つも読んだことがなく、そして、成人したら、容貌の醜い自分のいとこと結婚することになっているというのだから。

「何ですって！　あなたはまだ二十歳にもならないの！」エステルは大声をあげ、このがっしりした大きな子どもに、ちらっと驚いた視線を投げた。

彼女は母親のような気持ちになった。このたくましいブルトン人の血を引く、名家の末裔《まつえい》に興味がわいてきた。けれども、二人とも仰向けで目は透明な空の方に向いたままだった。もちろん陸のことなどさらさら頭になかったが、そのために、いつしか二人の体はひどく近くに寄っていた。そして、エクトールの体がエステルの体に軽くぶつかった。

「あ！　すみません！」彼は謝った。

彼は潜り、四メートルほど離れたところに浮かび上がった。彼女もまた泳ぎ始め、楽しそうに笑った。

「接触事故ね」彼女は叫んだ。

エクトールの方は真っ赤になっていた。彼はちらちらと彼女の方を盗み見ながら、近づいていった。ぺちゃんこになった麦わら帽子をかぶったエステルは、彼にはこの上なく魅力的に見えた。彼女は頭だけを水面に出し、くぼみのある顎の先まで水の中に浸かっていた。帽子からこぼれたブロンドの髪の房からしずくが垂れ、頬の産毛のあいだを真珠のように伝っていた。何よりもうっとりするのは、その笑顔、かわいらしい顔立ちだった。その美しい顔が、かすかな音を立てながら水を切って進んで行き、その後ろに銀色の水の一筋だけを残していく。

と、その時、エクトールはさらに顔を赤らめた。エステルは見られていることをちゃんと知っていて、彼がおかしな顔をしていると言って、楽しそうに笑ったからだった。

「ご主人が待ちかねてしびれを切らしているようですよ」エクトールはまた会話に戻ろうとして言った。

「あら！　そんなことないわ」エステルは落ち着いて答えた。「あの人は私を待つのには慣れているのよ。私が泳ぐときにはね」

実際には、シャーブル氏はいらいらして動き回っていた。前に四歩進んでは戻り、また進んでは戻りをくり返していた。そのたびに日傘をますます激しく回転させ、少しでも新鮮な空気を取り込もうとしているかのようだった。妻が見知らぬ男と親しげに話しこんでいることに、彼は当惑していた。

エステルは急に、夫にはエクトールだとわかっていないのかもしれない、と思った。

「あの人に、あなただって叫ぶわ」彼女は言った。

そして、突堤まで聞こえるように声を張り上げた。

「ねえ、あなた、こちらはゲランドの男の方よ。あのすごく親切にしてくれた」

「ああ！　それはいい、それはいい」シャーブル氏も叫んだ。

そして帽子を取ってお辞儀すると、礼儀正しく尋ねた。

「水は気持ちいいですか、ムッシュー」

「とても気持ちいいです。ムッシュー」エクトールは答えた。

そうして二人は夫の目の前で泳ぎ続けた。夫は燃えるように熱い地面で足が焼け付くようだったが、もう不平を言うのは我慢した。突堤から見る海は、驚くほど澄んでいた。四、五メートルぐらいの深さの海の底がはっきりと見え、細かい砂に、小石がところどころ黒や白の点をつけていた。細い海草がまっすぐに伸び、その長い髪をゆらゆらと揺らしていた。エステルには、この透明な海の底がおもしろかった。水面をあまり乱さないように、彼女はゆっくりと静かに泳いだ。それから、うつむいて鼻の先を水に浸け、謎めいた深い海の底を覗きこんだ。前に進む自分の体の下を、砂や小石が次々と流れていく。特に海草の上を自分の体が通り過ぎるときには、ちょっとぞくっとした。

それはまるで生き物のようにうごめく緑の層だった。ギザギザの葉が揺れ、てんでに動くカニの足さながらだった。丈が短く、固まって二つの岩のあいだにぴったりと張り付いているものもあれば、ひょろひょろと細長く、蛇のようにしなやかに伸びているものもあった。エステルは何か見つけるたびに、小さな叫び声を上げた。

「まあ！ 大きな石！ まるで動いてるみたいよ……。まあ！ 木があるわ、枝までついた本物の木よ！……まあ！ あれは魚よ！ なんてまっすぐに泳ぐのかしら」

それからしばらく黙ると、また急に彼女は叫んだ。

「あれは何かしら。花嫁のブーケだわ！……どうして？ 海の中に花嫁のブーケがあるなんて！……見て、白い花束みたいじゃない。とてもきれい、とてもきれいだわ……」

エクトールはすぐに海に潜った。そして再び現れると、手に一握りの白い海草の束を持っていた。海草の束は、水から出すと、しおれてふにゃりとなってしまった。

「どうもありがとう」エステルは礼を言った。「そんなことしてくださらなくてもよかったのに……。ねえ！ あなた、あたしのためにこれをとっておいて」

そう言って彼女はシャーブル氏の足元に白い海草の束を投げた。それからまたしばらくのあいだ、若い妻と若い男は泳いだ。二人はぐいぐいと水をかいて進み、大きな波しぶきを立てた。それから急に、二人の泳ぎはまどろんだかのようにおとなしくなった。自分たちのまわりに、ゆらゆらと広がっては消えていく水の輪を作り出しながら、二人はすべるようにゆっくりと進んだ。こうして同じ波の中に包まれていると、まるで二人だけの官能的な秘密を共有しているようだった。エクトールは、エステルの後を追って進み、彼女が残した水の軌跡の中に身を置いて、その同じ流れの中で、彼女の体の温かさを感じようとした。二人のまわりで、海はなおいっそう穏やかになり、その青さが薄まっているところは、色が転じて、ほとんどバラ色に見えた。

「ねえ、君、体が冷えてしまうよ」シャーブル氏は小さな声で言った。こちらは玉のような汗を滴らせていた。

「もう出るわ」彼女は答えた。

その言葉通り、彼女は水から上がった。鎖をつかんで、突堤の斜面を勢いよく駆け上がる。エクトールは、彼女が上がるところを見逃すまいと思っていた。けれども、彼女が立てる水しぶきの音に顔を上げたときには、もう彼女は突堤の上の平らなところに立ち、ガウンに身を包んでいた。エクトールがあまりにびっくりしたような、当てが外れたような顔をしたものだから、エステルは思わず微笑み、そしてぶるっと体を揺すって見せた。背の高い自分のシルエットが空にくっきりと浮かび上がり、こんなふうに震えたときには、魅力的に見えるということを、彼女は自分で知っていたのだ。

若者は立ち去らねばならなかった。

「またお会いできればうれしいですな、ムッシュー」夫は言った。

エステルは突堤の敷石の上を駆けながら、湾を横断して戻っていくエクトールの頭を目で追っていた。シャーブル氏は彼女の後ろを、ひどくもったいぶった様子で、若者が摘んだ海の植物を手に持って歩いていた。フロックコートが濡れないように、腕をできるだけ外に伸ばしながら。

Ⅲ

シャーブル夫妻は、ピリアックで、海に面した窓を持つ、大きな家の一階を借りていた。村にはいかがわしい飲み屋のようなところしかなかったので、料理を作ってもらうために土地の女を一人雇わねばならなかった。その女の作る料理は奇妙なもので、炭と化したロースト肉や、不気味な色のソースが供された。それらを前にしたエステルは、むしろパンを食べることを好んだ。しかし、シャーブル氏がいみじくも言ったように、彼らは美食のためにここに来たのではなかった。そもそもシャーブル氏はロースト肉にもソースにもほとんど手をつけなかった。朝も夜も、独自の医学を後ろ盾にした頑固さでもって、貝類しか食べなかったからである。最悪なのは、実は彼がこの変な形をした得体のしれない生き物が大嫌いだということだった。シャーブル氏は、味の薄いぼんやりしたブルジョワ料理で育ち、甘いものに目がないという子どもみたいな舌を持っていたので、塩とコショウで味付けされた貝料理を食べると口がひりひりするのであった。それは彼にはあまりに意表を突いた味で、しかもその味がきつすぎるために、飲み込むたびにしかめつらをせずにはいられなかった。だが、そうするしかない以上、彼はあえて貝を飲み込むことも辞さない覚悟だった。それくらい、父親になりたいという彼の思いは強かったのである。

「ねえ、君、全然食べてないじゃないか！」シャーブル氏はよくエステルに言った。

彼は自分と同じだけ貝を食べることをエステルに要求した。結果を出すにはそうする必要がある、と言うのである。すると口論が始まった。エステルは、ギロー医師は自分については何も言っていないと主張するのだが、シャーブル氏は、治療には二人とも従うのが、論理的に考えて当然じゃないかと答えるのであった。そのたびに、若い妻は唇をぎゅっと結んで、夫の生白い肥満した体をじろじろと見るのである。こらえきれない笑いのために、その顎の先を微かにくぼませながら。とはいえ、彼女は人を傷つけることを好まないので、それ以上は何も言わなかった。それどころか、牡蠣の養殖場を見つけたあとには、食事のたびに一ダースずつ取り寄せて食べるようにさえなった。ただし、彼女としては、そうする必要があると考えたからではなく、単に牡蠣には目がなかったのである。

ピリアックでの生活は、眠くなるほど単調だった。海水浴場に保養にやってきた三家族がいるだけで、それは、ナントの食品卸問屋、ゲランドの元公証人——これは耳の遠い純朴な男だった——そして一日中腰まで水に浸かって釣りばかりしているアンジェから来た夫婦の三世帯であった。この小さな世界では、にぎやかなことはほとんど起こらなかった。人々は会えば挨拶を交わすが、それ以上の親しい関係にはならない。人けのない埠頭《ふとう》で、大いに感情をかき乱すものと言えば、時おり見かける犬の喧嘩ぐらいだった。

パリの喧騒に慣れていたエステルは、もしエクトールが毎日訪ねてこなかったら、死ぬほど退屈していたことだったろう。エクトールは、シャーブル氏と一緒に海岸を散歩して以来、たいへん親しい間柄になっていた。シャーブル氏は、ある時、この若者に自分たちの旅行の目的を打ち明けた。もちろん、体の大きな少年ともいうべきこの純真な若者にショックを与えないように、できるかぎり清らかな言葉を選んだことは言うまでもない。シャーブル氏がどうしてこれほど大量の貝を食べるのかを科学的に説明したところ、エクトールは開いた口がふさがらず、赤面すらせず、シャーブル氏を頭からつま先までまじまじと見つめて、このような食事療法に従う必要のある人間がいようとは、という驚きを隠そうともしなかった。しかしながら、その翌日、エクトールは小さなかごいっぱいのハマグリをもって現れ、シャーブル氏は感謝に堪えないといった様子でそれを迎えたのであった。そして、その日以来、あらゆる漁法に秀で、湾の岩場を隅々まで知り尽くしているこの青年は、必ず貝類を携えてやってくるようになった。引き潮の海で自ら集めた立派なムール貝や、指を刺されつつ自分で開けて洗ったウニや、ナイフの先で岩から引き剝がしたカサガイなど、ありとあらゆる貝を獲ってきては、シャーブル氏に食べさせた。エクトール自身はその種の生き物を土地の言葉で呼び、自分で食べたことは一度もなかったのだが。シャーブル氏は感激し、しかも一銭も身銭を切らなくてよくなったので、すっかり恐縮して何度もお礼を言った。

今や、エクトールには、夫妻の家を訪ねる格好の口実ができたのである。毎回小さなかごを抱えてやってきて、エステルと顔を合わせると、同じ言葉を繰り返した。

「シャーブルさんに貝を持ってきました」

そうして二人はきらきらした目を細めて笑みを交わすのだった。シャーブル氏の貝療法が、二人にはおかしくて仕方がなかったのだ。

それからというもの、エステルはピリアックが本当に素敵なところだと思うようになった。毎日、海水浴のあと、彼女はエクトールと散歩をした。夫は二人のあとを距離を置いてついてきた。足が遅くて、たいてい二人の方が彼より早く行ってしまうからである。エクトールは、ピリアックの輝かしい栄華を物語る、彫刻の跡や、きわめて繊細な細工が施された唐草模様の門や窓などをエステルに見せて回った。かつて栄えた都市は、こんにちでは寂れた村になり、農家の黒い廃屋のあいだを縫うように走る狭い通りでは、あちこちに積まれた堆肥が道を塞いでいた。だが、そうしたわびしさが、この町にひどく甘美な味わいをもたらしているのだった。エステルは汚物をまたいで歩きながら、城壁のごく小さな名残りにも興味を示し、踏み固められた地面の上にみじめながらくたがごちゃごちゃと散らばる住民たちの住まいの内部を見て驚いたりした。エクトールは立派なイチジクがずらりと植えられた並木の前でエステルを止めた。毛でおおわれた大きな革のような葉をつけたイチジクの枝は、低い生垣越しに伸びていた。彼らはたくさんの狭い路地に入っていき、井戸の縁石にかがんで中を覗き込んだ。井戸の底には、笑いあう二人の顔が、氷のように白く澄んだ水に映っていた。そのあいだ、二人の後ろで、シャーブル氏はいつもの日傘をさしながら、貝を消化しているのだった。緑色の光沢のある綿布を裏地に使ったその日傘を、シャーブル氏は片時も手放さなかった。

エステルが特に気に入ったのは、ガチョウと豚だった。その動物たちの一団がまとまって、しかも自由に、町を散歩しているのである。初めのうち、エステルは豚をひどく怖がった。細い脚のまわりにでっぷりとした脂肪を巻き付かせ、予測のつかない乱暴な動き方をするので、いつぶつかられて転ばされるかとひやひやしてしまうのだ。おまけに、豚たちは汚かった。腹は泥で真っ黒であり、べたべたした鼻面で地面を嗅ぎまわっていた。しかし、エクトールは、豚というのはこの地上でもっとも善良な生き物なのだと彼女に力説した。そのおかげで、今では彼女も、餌の時間に始まる豚たちの活発な競走を楽しむようになり、ピンクの絹のような彼らの衣装を惚れ惚れと眺め、雨に濡れた舞踏服のようなそのつやに感嘆するようになった。ガチョウにも関心を持った。路地の外れにある堆肥穴に、よく二つのガチョウの集団が、両側からやってくることがあった。二つの集団は、互いにくちばしであいさつするかのように見え、まじりあって、一緒に野菜の切れ端や屑をつつきあった。その群れの中で一羽だけ、堆肥の山のてっぺんに立っているのがいた。首をこわばらせ、目を大きく見開いてしっかりと立ち、大きな腹の白い羽毛を誇らしげに膨らませている。大きなくちばしは黄色く、その姿には落ち着き払った威厳が備わっていた。まわりにいるほかのガチョウたちは、首を丸め、這いつくばって地面を探りながら、しゃがれ声の奇妙な音楽を奏でている。やがて、不意にその大きなガチョウが叫びを上げて地面に降り立つと、配下のガチョウたちはみな従い、首を同じ方向に伸ばして、このかよわい動物特有の、腰を振り振り歩いて拍子をとるような行進の仕方で、後についていくのだった。もしそこへ一匹の犬でも通りかかれば、首がさらに一斉に伸び、鋭い鳴き声が起きた。

すると、エステルは手をたたいて喜び、まるで重要な仕事で呼び出された要人のようなもったいぶった様子でねぐらに帰る二つの集団の、厳かな行列の後をついていくのだった。さらに楽しかったのは、豚とガチョウたちが、昼下がりに海岸に降りて来て、まるで人間たちのように海水浴をする姿を見ることだった。

最初の日曜日が来ると、エステルは、ミサに行かなければと思いついた。パリではそんなことはしたことがなかったのに。だが、田舎にいるとミサは気晴らしの一つであり、着飾って人に会うための機会なのだ。それに、そこに行けばエクトールに会うことができる。エクトールは、装丁の擦り切れた巨大な祈禱書に顔をうずめるようにしていたが、祈禱書越しに、ずっとエステルを見つめていた。唇を深刻そうに真一文字に結んでいたが、目には強い光が宿り、その奥には微笑みが浮かんでいた。出口で彼はエステルに腕を差し出し、教会のまわりを取り囲む小さな墓地を一緒に通り抜けた。午後、晩課のあとでまた別の催しがあった。村の外れに立つキリストの十字架像に向かう信者たちの礼拝行進である。一人の農民が、金の刺繡をした紫の絹の幟《のぼり》を赤い竿にさしたのを持って、先頭を歩いた。そのあとに女たちの長い列が二つ、大きく距離をあけながら続く。聖職者たちは中ほどにいた。主任司祭が一人、助任司祭が一人、そして近隣の城の家庭教師がいて、大声で歌っていた。最後に、その後ろから、太った娘が日焼けした腕で掲げる白い幟に率いられて、一般信徒たちの列がのろのろとやってくる。木靴をどたりどたりと鳴らして、ばらばらに歩く意気の上がらない集団だった。ところが、礼拝行進が港に差しかかったとき、幟と女たちの白い頭巾が、遠くの海の輝くような青の上にくっきりと浮かび上がった。すると、このゆっくりとした行列は、太陽の光の中でとても純粋な美しさを帯びるのだった。

墓地は、エステルの心をひどくしんみりとさせた。ふだんの彼女は陰気な物事を好まなかった。ここに到着した日、エステルは窓の下に広がるこの墓の一群を見て、寒気を覚えたものだった。教会は港に面していた。教会のまわりの墓地を埋め尽くす十字架は、その両腕を広大な海と空に向かって伸ばしていた。風の強い夜には、沖から吹き込む烈風が、この陰気な十字架の森の中ですすり泣くような声を立てた。だがエステルはすぐにこの喪の空間に慣れてしまった。それほど、この小さな墓地にはかわいらしい優しさがあったのである。ここにいる死者たちは、すぐ隣合わせに暮らす生者たちに囲まれて、微笑んでいるように思えた。墓地はピリアックの中心を通る道をふさぐ位置にあったが、塀が低くて簡単に乗り越えられたので、人々はまったくはばかることなく墓地の中に入り込み、草に埋もれてかろうじてそれとわかる小道をそのまま歩き続けるのであった。子どもたちも花崗岩の墓石の間を縫って縦横に駆け回り、墓地を遊び場にしていた。灌木の茂みの下で丸まっていた猫たちが突然跳び上がって、追いかけっこを始めたりすることもある。あるいはまた、さかりのついた雌猫の耳障りな鳴き声が聞こえることもよくあった。そんなときには、物陰に潜む猫の、毛を逆立てたシルエットと空を切る長いしっぽが見えたものだ。墓地は信じられないほどさまざまな植物が生い茂る、気持ちのいい空間だった。巨大なウイキョウが植えられていて、大きな黄色い傘を作っていた。セリ科のその植物の匂いはあまりに強烈だったために、暑い一日の終わりごろには、墓地から漂い出たその匂いが風に運ばれて、ピリアックじゅうに充満してしまうほどだった。そして夜になると、今度はなんとまた穏やかで優しい場所に変わることだろうか！　静かに眠る村の平安が、この墓地からもたらされているように感じられるのだ。十字架の群れは暗闇でかき消され、帰りが遅くなってしまった散歩者たちは、花崗岩のベンチに腰を下ろし、壁にもたれて休息する。その眼前で、海は波打ち、そよ風が塩気のまじった塵や土ぼこりを運んでくるのである。

エステルは、ある晩、エクトールと腕を組んで帰ってくる途中で、ふとこの人けのない場所を通り抜けてみたくなった。シャーブル氏は、そんな考えは小説かぶれの気まぐれだと言ってバカにし、自分は海岸沿いの道を通った。小道が狭すぎたために、エステルは若者の腕から離れなければならなかった。丈の高い草が生い茂る中を進んでいると、エステルのスカートが草に擦《こす》れてざざーっと音を立てた。ウイキョウの匂いはあまりにも強烈で、さかりのついた雌猫たちも匂いに酔ってしまったのか、草むらの中でじっとしたまま、逃げ出そうともしなかった。教会の影の中に入ったとき、エステルは腰にエクトールの手を感じた。彼女は怖くなって叫び声を上げた。

「バカみたい！」影の外に出たとき、エステルは言った。「幽霊が私をさらおうとしたのかと思っちゃったわ」

エクトールは笑いだし、エステルに対してこう答えた。

「まさか！　小枝やウイキョウがあなたのスカートに当たっていただけですよ！」

二人は立ち止まり、周囲の十字架を眺めた。死の空間に広がる深い静寂が、二人をしんみりとさせた。そして、それ以上一言も口にせずに二人は立ち去った。ひどく心が乱れていた。

「怖い思いをしたんだろう。叫び声が聞こえたよ」シャーブル氏は言った。「いい気味だ！」

沖の方からイワシ漁の船が戻ってくるのを、彼らはよく気晴らしに見に行った。船の帆が港に向かってくるたびに、エクトールはそれを指さして夫婦に教えた。しかし夫の方は、六艘目の船になる頃には、全部同じじゃないかと言って、もう興味を示さなくなった。エステルの方は反対に、少しも飽きた様子を見せず、ますます嬉々として突堤まで行った。たいていいつも駆け足になった。はがれかけた大きな敷石をいくつもよけて飛び越えながら走ると、転ばないように片手でつかんだスカートの端がひらひらと宙に舞った。突堤にたどり着くと、息を切らし両手を胸に当てて、大きく息をするために後ろに反りかえる。髪を乱し荒い息を吐く、少年のような彼女の様子を、エクトールはとても可愛らしいと思った。そうしているあいだにも船は係留され、漁師たちはイワシの入ったかごを陸揚げしていく。イワシの体は太陽の光を受けて銀色に輝き、サファイアや薄いルビーのような青やバラ色の光を放っていた。すると、若者はいつも同じ説明をしてみせるのだった。かご一つにはそれぞれ千匹のイワシが入っていて、千匹の値段は、漁獲量に応じて毎朝決められるんだ。漁師たちは売上の三分の一を船の持ち主に渡して、残りを分け合うんだよ。それからすぐに穴の開いた木の箱で塩漬けの作業も始まるんだ。穴が開いているのは、そこから塩水を切るためだよ。けれども、だんだんとエステルと若者は、イワシのことなどどうでもよくなっていった。それでも二人はまたイワシ漁の船を見に行ったが、もうイワシなど見ていなかった。見に行くときには駆け出して行くのに、戻ってくるときには、くたびれきったようにゆっくりと、静かに海を眺めながら戻ってきた。

「イワシってきれいなのかい？」シャーブル氏は、二人が戻ってくるたびに毎回そう尋ねた。

「ええ、とても」二人は答えた。

待ちに待った日曜日の夜、ピリアックで野外舞踏会が開かれた。リズムが強すぎてメロディがよくわからない曲に乗って、土地の若い男女が手をつないで何時間も、ひたすら同じ歌詞を繰り返し歌いながら踊り続けるのだ。夕暮れを背景に響きわたるこの野太く粗野な歌声は、しまいには何か野蛮ながら不思議な魅力を帯びるようになった。浜辺に座ってじっと聴いていたエステルは、やがて夢想の中に没入していった。彼女の足元にはエクトールが座っている。海は上げ潮で、愛撫するようなゆったりとした波の音が心地よかった。波が砂浜に打ち付けるときには、まるで情熱的な声のように響く。それから不意にその声が静まる。叫び声が、引いていく水とともに、従順な愛に満ちた物悲しいささやきへと変わるのだ。そんな海の音に包まれながら、若いエステルは、まるで一人の巨人に愛されているように感じていた。そしてその巨人の子どもを、一人の男の子を産むことを夢想した。

「君はピリアックではさぞや退屈だろうね」シャーブル氏は時々妻に尋ねた。するとそのたびに妻は急いで答えるのだった。

「ちっともそんなことないわ、あなた、本当よ」

彼女は楽しんでいた。この寂れた僻地《へきち》を。ガチョウも、豚も、イワシも、どれもこの上なく大切なものになった。小さな墓地も好ましかった。眠り込んだようなこの町の暮らし、ナントの食料品屋とゲランドの耳の遠い公証人がいるだけの孤独なこの町が、彼女には流行りの海岸の騒々しい生活よりも、ずっとにぎやかなものに思えてきた。二週間が過ぎたころ、退屈で死にそうになっていたシャーブル氏は、パリに帰ろうと言った。貝類を食べ続けた効果はもうきっと現れているよ。しかし、エステルは叫んだ。

「まあ！　あなた。まだ十分に食べていないじゃないの……。私の方がよくわかってるのよ。もっと食べなくちゃいけないわ」

Ⅳ

ある晩、エクトールは夫婦に言った。

「明日はすごい大潮になりますよ。小エビを獲りに行きませんか」

この提案にエステルは大喜びしたようだった。ええ、ええ、そうね、ぜひ小エビを獲りに行かなくちゃ！　ずっと前から、彼女はこの遊びを楽しみにしていたのだ。シャーブル氏は異議を唱えた。第一に、これまで自分たちが何か釣れたり獲れたりしたためしがない。第二に、二十スーばかり払って、誰か土地の女の人が獲ってきたものを買う方が簡単だ。そうすれば、腰まで水に浸かって濡れることもないし、足を擦りむいたりすることもない。しかし、結局、妻の熱意の前に折れざるをえなかった。

その代わり、準備がひどく大仰なものになった。

エクトールは柄のついた網を調達してくる役目を引き受けた。シャーブル氏は、冷たい水を嫌っていたにもかかわらず、行くからには自分も小エビ獲りに挑戦すると宣言した。そして、やると言ったからには、シャーブル氏は真剣に小エビを獲るつもりなのであった。朝から彼は長靴にワックスをかけさせた。それから、平織の明るい色の服に全身を包んだ。しかし、ネクタイはやめたら、という妻の勧めもむなしく、結婚式にでも出かけるみたいに、ネクタイの端を体の前にぶら下げていた。そのネクタイの結び目は、彼にとって、締まりのない大海に対する、男としての反抗なのであった。[7] エステルの方はと言えば、ただ水着を着て、その上から薄い上着を一枚はおっただけだった。エクトールもまた水着姿だった。

三人は午後二時ごろ出発した。それぞれ自分の網を肩にかついでいた。エビの大群がいるとエクトールが言っていた岩場まで行くのに、漂着した海草の散らばる砂地の

7　「結び目」というフランス語 noeud は、179ページの注で触れた「リボン」と同じ単語であり、性的な含意は明白（一般的に言っても、「ネクタイ」を男性器のシンボルととらえる見方があることはよく知られているだろう）。原文でのエステルの発言は「ネクタイの結び目はやめたら」というもっとあからさまなもの。さらに、シャーブル氏はその「端」を体の前にぶら下げている、とあるが、「端」と訳した単語 bout も俗語でペニスの意味がある。

上を通って、二キロほど歩かねばならなかった。エクトールは夫婦の前に立ち、道が悪いのも一向に気にせず、水たまりを越えながら平然と進んだ。エステルはうきうきとそのあとをついていった。湿った土を踏むのが楽しくて、ぬかるみの中に小さな足をぴちゃぴちゃとつけていく。一方、しんがりのシャーブル氏は、どうして小エビ獲りの場所に着く前から自分の長靴を濡らさなければならないのか理解できなかった。彼は慎重に水たまりをよけて進んだ。砂浜に小川があればそれを跳び越え、常に乾いた場所を選んだ。その様子は、ぬかるんだ日にヴィヴィエンヌ通りを歩くときに、敷石の高くなったところを選んで、バランスをとりながら進むパリジャンそのものだった。シャーブル氏はもう息が切れていて、しょっちゅうこう尋ねた。

「こりゃまたずいぶん遠いんだね、エクトール君……。ほら！　見てごらんよ。ここで獲ったらどうかな。小エビが見えたよ。うん、確かに見えた……。だいたい、海にはどこだってエビはいるだろう。網ですくってみるだけでいいと思うけどなあ」

「すくってみてください、シャーブルさん、すくってみてください」エクトールは答えた。

そこで、シャーブル氏は、一息つくために、手のひらくらいしかなさそうなちっぽけな水たまりに網を入れてみた。何も獲れなかった。草一本かからなかった。それくらい、穴の水は澄み切っていて、空っぽだった。仕方なく、シャーブル氏はまたもったいぶった様子で歩き始めた。しかし、どこにでもエビはいるということを証明したいあまりに道草をくっていたので、とうとうずいぶんと後ろの方にとり残されてしまった。

海は依然として引き潮で、海岸から一キロ以上も後退していた。小石と岩ばかりの海底が露《あら》わになり、見渡す限り、ごつごつとした湿った砂漠が広がっていた。嵐が何もかも破壊して通り過ぎたあとの、広大で真っ平らな哀しい土地を思わせた。遠くの方に、緑色の海水の線が見えたが、その海もさらに後退し続けており、まるで大地が海を呑み込んでしまったかのようだった。代わりに黒い岩の群れが、細長く帯状になって現れ、流れのなくなった水の中で、ゆっくりとその鼻先を伸ばしていった。エステルはまっすぐに立って、このむき出しの荒野を眺めていた。

「なんて大きいのかしら！」彼女はつぶやいた。

エクトールはいくつかの岩を指さした。波に洗われてすり減り緑色になったつるつるの岩だった。

「あいつはひと月に二回しか顔を出さないんです」若者は説明した。「あそこにはよくムール貝をとりに行きます……。向こうの褐色の岩が見えますか。あれが赤毛の雌牛《ヴァッシュ＝ルース》です。オマールの最高の漁場なんですよ。年に二回の大潮のときにしかあの岩は見えないんです……。さあ、でも急がないと。あっちの岩場の方に向かいます。ほら、だんだんてっぺんが見えてきているあの岩です」

海に入ってまずエステルが感じたのは喜びだった。足を高く上げ、強くおろして海面を叩いては、泡ができるのを見て笑った。やがて膝のあたりまで水が来ると、今度は波と闘わねばならなかったが、それがかえって楽しくて、速く歩こうという気持ちになった。絶え間なく乱暴に脚を撫でていく水の抵抗をもっと感じたいと思った。

「怖がらなくていいですよ」エクトールは言った。「もうすぐ水が腰のあたりまで来ますが、そのあとでまた浅くなってきますから……。ほらね」

その言葉通りに、彼らは少しずつまた浅くなったところを歩いていた。入り江のようになっているところを通り過ぎ、潮が引いた広い岩の浜辺に出てきたのだった。若い妻は振り返って、小さな叫び声を上げた。それほど岸から遠くに来ていたのである。ずっと遠くに見えるピリアックの街はほぼ岸辺と変わらない高さに広がっており、点のような白い家々と、緑の鎧戸《よろいど》をつけた教会の四角い塔が並んでいた。こんなに広大な景色を、エステルは一度も見たことがなかった。照りつける太陽の下、黄金色の砂浜と、海草の暗い緑色と、岩々の湿って輝いているような色調が、層をなして続いている。まるで大地がここで終わったかのようだった。この先にはもう何もない、荒涼とした土地のように見えた。

エステルとエクトールがそれぞれ、いよいよ最初の網を差し入れようとしたとき、情けない声が聞こえてきた。シャーブル氏が小さな入り江の真ん中で立ち往生して、方向を尋ねているのだった。

「どっちに行けばいいんだい？」彼は叫んだ。「ねえ、まっすぐでいいのかい？」

水が腰まで上ってきていて、シャーブル氏は一歩も踏み出せないでいた。穴に落ちて消えてしまうのではないかという恐怖に足がすくんでいたのだ。

「左です！」エクトールは叫んだ。

シャーブル氏は左に進んだ。ところが、あいかわらず沈んでいくので、また立ちすくんでしまった。後ろに戻る勇気もうなく、泣き出しそうな声で言った。

「こっちへ来て手を貸してくれよ。絶対このへんに穴がある。そんな感じがするんだ」

「右です！　シャーブルさん、右です！」エクトールは叫んだ。

網を肩に、ネクタイをきれいに結んで、水の真ん中で立ちすくんでいる哀れな男の姿があまりにおかしかったので、エステルとエクトールは小さな笑いをもらさずにはいられなかった。ようやっとシャーブル氏は窮地を脱した。しかしずいぶんと興奮して、猛《たけ》り立った調子でこう言った。

「私は泳げないんだよ！」

シャーブル氏はもう帰りのことを心配し始めた。エクトールが、潮が満ちてきたときに岩の上に取り残されないようにしないといけない、と説明すると、彼はまた不安になった。

「前もって教えてくれるよね」

「大丈夫です。シャーブルさんのことは僕が責任を持ちます」

そうして、三人はそれぞれ小エビ獲りを始めた。目の細かい網で穴の中を探るのである。エステルは女性らしい熱心さを見せた。最初に小エビを獲ったのは彼女だった。立派な三匹の赤いエビが網の底で激しく飛び跳ねていた。大きな歓声を上げて、彼女はエクトールに助けを求めた。エビたちがあまりに活きがよくて怖かったからだ。けれども、頭を持ってやればエビがすぐに動かなくなるのを見ると、彼女はすぐに慣れて、肩から斜めに提げている小さなかごの中に自分でエビを上手に移し替えた。たまに、どっさりと海草をすくってしまうことがあり、そうするとその中を手で探らねばならなかった。奥の方に小エビがいることを知らせるぴちぴちと跳ねる音が時々聞こえるからだ。複雑に絡まり合った、死んだ魚のようにぐったりとしてべとべとする、奇妙な形の海草を見ると、ぞっとしなかったが、エステルは慎重にそれをよりわけ、少しずつ捨てていった。時折、自分のかごの中身を確かめては、早くいっぱいにならないかと気がはやった。

「おかしいな」シャーブル氏は何度も口にした。「一匹も獲れないぞ」

履いてきた大きな長靴に水がたっぷり溜まって動きにくい上に、シャーブル氏は岩と岩の割れ目に入っていくのを嫌がって砂の上で網を動かすだけだったので、カニしか獲れなかった。五匹とか八匹、ときには十匹くらいのカニが一度に網にかかってきた。それを見ると、シャーブル氏は怖気をふるい、カニを網から追い出すために悪戦苦闘した。時々、後ろを振り返っては、まだ海が引き潮のままかどうか、不安そうに確かめた。

「まだ潮はちゃんと引いてるよね？」シャーブル氏はエクトールに尋ねた。

若者はただうなずくだけだった。こちらは元気潑剌《はつらつ》として、獲るべき場所を心得ているので、網を使うたびに小エビの山をすくい上げている。エステルのそばで網を引き揚げたときには、そのかごの中に自分の収獲を入れてやった。すると若妻は笑いながら夫のいる方に目配せし、人差し指を唇に当てるのだった。彼女は魅力的だった。網の長い木の柄に沿って体をそらしたかと思えば、何が獲れたか興味津々でたまらないというふうに、そのブロンドの頭を傾《かし》げて網をのぞき込んだ。そよ風が吹き、水着からしたたるしずくが飛んで、霧雨のように彼女を包んだ。水着がぴったりと体に張り付き、その優美な曲線をくっきりと浮かび上がらせていた。

そうして小エビ獲りを続けて二時間近く経ったころ、ようやく息が切れてきたエステルは深呼吸をするために手を止めた。乱れた黄褐色の髪が汗でびっしょり濡れていた。彼女のまわりの砂浜はあいかわらず広大で、神々しいほどの静寂に包まれていた。ただ海だけが震え、ざわざわと次第にその声を大きくしていた。四時の太陽に焼かれた空は、うっすらとした青で、ほとんど灰色に近かった。しかし、燃え盛るような熱気で色がすっかり抜けてしまったかに見える景色の中にいながら、暑さはまったく感じなかった。水面から涼しさが上ってきて、強烈な光を和らげてくれていた。しかし、エステルがおもしろいと思ったのは、水平線の彼方に見える岩の上で、無数の小さな黒い点がうごめいているのがはっきりと見分けられることだった。それは、彼らと同じくエビを獲っている釣り人たちの姿だった。アリほどの大きささもなく、この広大な景色の中では無に等しいようなちっぽけな黒い影なのに、ほんの小さな動きさえ見てとることができた。網を動かすときの丸めた背中の線や、網にかかったものを選《え》り分けようと海草やカニと格闘しているときに腕を盛んに動かしたり伸ばしたりしているさまもよく見えた。その動きは、ハエがせわしなく足を動かすのに似ていた。

「ねえ、潮が上がってきてるようだ！」シャーブル氏が不安そうに叫んだ。「見てごらん！　この岩はさっきまで水の上に出てたじゃないか」

「おそらく上がってきているでしょう」いらいらしながらエクトールは答えた。「ちょうど潮が上がってきているときが、一番エビが獲れるんです」

だが、シャーブル氏はすっかり動転してしまっていた。今さっきすくいあげた網にも、不気味な姿をした奇妙な魚が一匹かかっただけで、その怪物のような頭を見てシャーブル氏は肝をつぶしたところだった。もううんざりだった。

「帰ろうじゃないか！　ねえ、もう帰ろう！」シャーブル氏は繰り返した。「軽はずみなことは慎まないと」

「潮が上がっているときが一番よく釣れるって聞いたばかりじゃないの！」妻が答えた。

「そして潮は確かに上がってきてますよ」エクトールがかすかに意地の悪い光を目に宿らせながら、小さな声でぼそっと付け加えた。

　実際、波は足が長くなってきており、轟々《ごうごう》と前よりも大きな音を立てて岩肌をなめ始めていた。急に強い波が襲ってきては、水と水とに挟まれて残っていた陸地部分を一気に覆ってしまう。それはまさに征服者たる海であった。何世紀も何世紀も、その大波で土地に襲いかかっては、少しずつ自分のものにしてきたのだった。エステルは先ほど、髪のようにしなやかな長い海草が生えている水たまりを見つけたところだったが、今はそこで並外れて大きなエビを何匹か捕まえていた。彼女が進んでいく後ろには、まるで草を刈る人が通ったあとのように海草の林に溝が刻まれていた。エステルはエビ獲りに夢中で、梃子でもそこから動きたくなさそうだった。

「しようがない。私は行くよ！」シャーブル氏は涙まじりの声で叫んだ。「みんなどうかしてるよ。こんなところにいつまでもいるなんて」

シャーブル氏は一人でそこを後にした。網の柄の部分を使ってそこここに空いた穴の深さを絶望的な気分で測りながらおっかなびっくり進む。シャーブル氏が二百歩か三百歩進んだころ、ようやくエクトールはエステルに、自分たちも帰ろう、とうながした。

「もうすぐ僕たちの肩のあたりまで水が来そうです」彼は笑いながら言った。「シャーブルさんにとっては、完全な水没ですね……。ほら、もうあんなに浸かってますよ！」

帰り道をたどり始めたときから、若者は胸につかえがあるような表情を見せるようになった。まるで思い切って告白をしようと決めたのに、その勇気が出ない恋わずらいの男のようだった。さっきエステルのかごに自分のエビを入れてやるついでに、彼女の指に触《さわ》れたら、などと考えたのだった。しかしそんな自分の勇気のなさがひどく腹立たしかった。もしシャーブル氏が溺《おぼ》れてくれたら、彼はそれを喜びさえしただろう。今はじめて、彼はシャーブル氏のことを邪魔者のように感じていた。

「どうでしょう」彼は突然言いだした。「僕の背中に乗った方がいいと思いませんか。背負ってあげますよ……。そうしないと、濡れてしまいますから……。ねえ、乗ってくださいよ！」

彼はかがんで背中をエステルに向けた。彼女は戸惑い、真っ赤になって断った。しかしエクトールは、自分はあなたの健康に責任があるんです、と言って急《せ》き立てたので、エステルは仕方なく背中におぶさり、若者の肩に両手を乗せた。青年は背中をまっすぐにのばして立ち上がった。その体は岩のように頑丈で、まるで肩に小さな鳥を乗せているようだった。彼はエステルに、しっかりつかまっていてくださいよ、と言い、水の中を大股で歩き始めた。

「ここを右だった？　ねえ、エクトール君」シャーブル氏が情けない声で叫んでいた。波がもう腰のあたりまで打ち付けている。

「ええ、右です。ずっと右です」

夫は、海が脇の下あたりまで上ってきたように感じて恐怖に震え、二人に背中を向けた。エクトールはその機を利用して、大胆にも自分の肩に乗っている小さな手の片方に口づけをした。エステルは手をひっこめようとした。しかし彼は、動かないで、動くと責任はもてませんよ、と言い、今度はその両方の手に口づけを浴びせ始めた。エステルの手は冷たくて、塩の味がした。彼はその両手から、大海の苦い悦楽を吸った。「お願いです。降ろしてください」エステルは怒ったふりをして繰り返した。「少しおふざけが過ぎるわ……。またやったら、海に飛び降ります」

エクトールはもう一度口づけした。けれども彼女は飛び降りなかった。彼はエステルの足首をしっかりと握って締め付けていた。そうしてあいかわらずエステルの両手を味わい続けた。一言も口にせず、ただシャーブル氏がまだ背中を向けていることだけを確認しながら。シャーブル氏の悲劇的な背中は、一歩ごとにどんどん水に沈んでいくように見えた。

「右って言ったよね？」夫はまた哀願するように訊いた。

「左に行ってみてください。もしダメなら！」

シャーブル氏は左に一歩踏み出し、とたんに叫び声を上げた。首まで水に浸かってしまったのだ。ネクタイの結び目が水に沈んで見えなくなった。エクトールは、急に強気になり、愛を告白した。

「愛しています。奥さん……」

「お黙りなさい。命令よ」

「あなたを愛しています。熱烈に愛しています……。今まで奥さんへの敬意から口にできませんでした……」

彼はもうエステルを見ていなかった。胸まで水に浸かりながら、大股でずんずん歩き続けていた。エステルはこらえきれず大きな笑い声をあげた。それほどこの状況がおかしく思えたのだった。

「さあ、もう黙って」彼女はエクトールの肩をぴしゃりと叩いて、母親のように答えた。「いい子にして。絶対転ばないでね」

肩をぴしゃりと叩かれて、エクトールはうっとりした。その意味は明らかだった。そして、彼女の夫が依然として苦境にあるのを見ると、「今度はまっすぐです!」と陽気な声で叫んだ。

全員が浜辺にたどり着くと、シャーブル氏は遅れた言い訳をしようとした。

「あそこに置き去りにされるかと思ったよ。本当に!」シャーブル氏は口ごもりながら言った。「この長靴が……」

しかしエステルが自分のかごを開いて、小エビを見せると、

「ええっ! こんなに獲ったのかい!」仰天して叫んだ。「ずいぶん獲ったんだね!」

「まあ!」彼女は微笑みながら、エクトールの方を見た。「この方がやり方を教えてくれたおかげよ」

V

シャーブル夫妻がピリアックで過ごすのもあと二日となった。エクトールは打ちひしがれ、憤懣《ふんまん》やるかたなかったが、それでも見かけはいつもどおり控えめな青年のままだった。シャーブル氏はといえば、毎朝自分の健康状態を確かめ、腑に落ちないといった様子を見せた。

「カステッリの岩礁を見ずにこの海岸を去るなんて、できませんよ」ある夜、エクトールは言った。「明日、遠足に行く計画を立てましょう」

彼は説明を始めた。カステッリ岩礁はここからわずか一キロのところにある。断崖絶壁のような海岸が二キロにもわたって広がっていて、波に洗われ削られた部分が洞窟になっている。話を聞いていると、これ以上の自然の驚異はなさそうであった。

「いいわ！　明日行きましょう」エステルは聞き終わると言った。「道は険しいの？」

「いいえ、二か所か三か所、足を濡らさないといけない通り道がありますが、それだけです」

けれども、シャーブル氏はもう足を濡らすのさえ嫌だった。小エビ獲りで水に浸かって以来、彼は海に対して深い恨みを抱いていた。それゆえ、彼はこの遠足の計画にまったく気が進まない旨を表明した。そんなところへわざわざ行くのはバカげている。第一に、自分はそんな岩山の洞窟の中には降りて行かない。なぜなら、ヤギのように飛び跳ねて、足をくじきたくないからである。もしどうしてもと言うなら、洞窟の上の断崖から二人を見守ってやってもいい。それでも、最大の譲歩なのだ、と。

エクトールはふと、シャーブル氏をなだめるためのいいアイデアを思いついた。

「聞いてください」彼は言った。「ご主人はカステッリのセマホア信号所[8]に行くといいですよ。ええ。ご主人はそこで通信員の人たちから貝を買えます……。あの人たちはいつもすごく立派な貝をとっていましてね、それをただ同然で売ってくれるんです」

「それはいい考えだ」元穀物商人は機嫌を直して答えた。「小さなかごを持って行こう。もう一回それを一杯にするんだ……」

そして、妻の方を振り向くと、あけすけな調子でこう言った。

「ねえ、それが一番いい考えじゃないか！」

翌日、出発するには干潮を待たねばならなかったが、エステルの準備が整わなかっために、さらに少し遅れ、夕方五時にならなければ出発できなかった。エクトールは、それでも満潮につかまる心配はないと請け合った。若妻は、裸足の上にズック製のアンクルブーツを履いていた。大胆にも、とても短いグレーの平織のワンピースを着て、ときにそれをまくりあげたりするので、ほっそりとした脚がむき出しになった。シャーブル氏の方は、白いズボンとアルパカのコートにきっちりと身を包んでいた。日傘を持ち、小さいかごを抱えて、自分で市場に買い物に行くブルジョワのパリジャンそのものの雰囲気を漂わせていた。

最初の岩壁にたどり着くまでの道は厳しかった。やわらかくて深い砂浜の上を歩かねばならず、一歩ごとに足が砂にめり込んだ。シャーブル氏は、牛のようにぜいぜい喘いだ。

「もういい！　ここまでにする。私は岩の上に登る方に行くよ」彼はとうとう言った。

「それがいいでしょう。あの小道を通ってください」エクトールは答えた。「もっと先まで行ってしまうと、立ち往生してしまうでしょうから……。お手伝いが必要ですか」

8　手旗信号などの目視できる手段で船舶と交信するために海岸に設置された施設。

それから、二人はシャーブル氏が断崖の頂上にたどり着くのを確かめた。シャーブル氏は日傘を開き、かごをぶらぶらさせて、こう叫んだ。

「着いたよ。ここの方がいい！　けがをする心配もないし。そうだろ？　おまけに、君たちを見守ることもできる」

エクトールとエステルは岩と岩の間に入っていった。長いブーツを履いた若者が先頭に立ち、実に優美に、山の狩人のような器用さで石から石へと跳び移って進んでいった。エステルもまったく物怖じせず、同じ石を選んで跳んだ。エクトールが振り向いて尋ねた。

「手を貸した方がいいですか」

「とんでもない。私をおばあさんだとでも思っているのね！」エステルは答えた。

二人は平たい大きな花崗岩の上にいた。その表面は海に浸食され、深い溝がいくつも穿《うが》たれていた。まるで怪物の骨が砂の中に埋まっていて、そこから突き出たばらばらの背骨の残骸が、地面すれすれに浮き出しているかのようだった。溝の中には水が流れており、黒い海草を髪のようにゆらゆらと揺らしていた。二人とも溝を跳び越えて進み続け、時折バランスをとるために立ち止まった。小石が一つ転がっただけでも、吹き出して大笑いした。

「自分の家にいるみたいにくつろげるわね」エステルは陽気に繰り返した。「この岩場、持って行って、あなたの居間に置いたら？」

「もう少しですから！」エクトールは言った。「これからがお楽しみです」

二人は狭い通路にたどり着いた。通路というより、両側を巨大な岩の塊に挟まれた割れ目のようだった。足元が窪んでいて、大きな水たまりになっており、行く手を阻んでいた。

「こんなところ、通りたくないわ！」若い女は叫んだ。

男はおんぶしてあげましょうと提案した。彼女は首を振って断った。もう背負われるのはいやだったのだ。そこで若者はあちこちから大きな石を拾ってきて、橋をつくろうとした。けれども石はすべって水の底に落ちて行った。

「手を貸してちょうだい。自分で跳んでみるから」エステルはしびれを切らして言った。

そしてジャンプを試みたが、距離が届かず、片足が水たまりに浸かってしまった。

それがおかしくて二人は笑った。それから、一緒に狭い通路を通り抜けると、彼女は感嘆の叫びを上げた。

そそり立つ巨大な壁のような岩の根元が削られ、入り江のようになっていた。その入り江の中を、崩落した巨大な岩が埋め尽くしている。入り江の中で海に向かって大きな塊の岩がすっくと立つ姿は、まるで波をかき分けて前線を行く歩哨のようだった。長い時が経つうちに大地が浸食され、断崖に沿って剝き出しの花崗岩だけが残ってできたのが、この地形なのだ。その形は岬と岬の間に深く入り込んだ湾のようであり、とがった岩々が接して急角度の曲り道を作り出したおかげで、その内部にいくつもの部屋のような空間が広がっている。砂の上に横たわる黒っぽい大理石の塊は、さながら打ち上げられた大きな魚のようでもあった。まるで海に突然襲われて、めちゃくちゃに引っかき回された巨石の町とでも言おうか。その町の城壁は打ち砕かれ、塔という塔は瓦解し、大建造物はことごとく折り重なって倒れている、そんな崩壊した町のような奇観を、この自然の巨岩たちは作り上げていた。エクトールは、嵐に襲われたこの廃墟のすみずみまでエステルを案内した。彼女は金粉のように黄色く細かい砂の上を歩き、雲母の薄片が太陽の力を借りてきらきらと照らし出す砂利の上を歩き、崩れ落ちた岩の上を、下に開いた穴に落ちないよう、ときに両手を使って進んだ。エステルは自然の柱廊の下をくぐり、ロマネスク様式の半円アーチのようでもあり、ゴシック様式の尖りアーチのようでもある凱旋門の下をくぐった。さわやかな空気に満たされた洞窟の中へ降りていき、十メートル四方の何もない砂地の底に立った。断崖の灰色の壁を彩る青っぽいアザミと暗緑色の厚い葉の植物をおもしろがり、すぐ手の届きそうなところを親しげに飛ぶ海鳥たちに興味を惹かれた。褐色の小さな鳥たちは、歌うように、断続的にかすかな叫びを上げながら飛び交っていた。だが、何よりも彼女が驚嘆したのは、岩に囲まれたその場所から振り返り、依然としてそこにある海を発見したときだった。岩の塊のあいだをぬって見え隠れする、海の青い線は、どこまでも穏やかに延びていた。

「ああ！　そこにいたのかい！」シャーブル氏は断崖の上から叫んだ。「心配したよ。姿が見えなくなったから……。ねえ、恐ろしいね、この深い穴は」

彼は慎重に、崖の縁から六歩ほど離れたところにいた。日傘をさし、腕にかごをぶら下げていた。そしてこう付け加えた。

「潮が上がってきてるよ。気を付けて！」

「まだ時間はあります。大丈夫ですよ」エクトールは答えた。

腰を下ろしていたエステルは、広大な水平線を前に、ただじっと黙っていた。目の前には、波に洗われて丸みを帯びた花崗岩の柱が三本、まるで破壊された寺院の巨大な円柱のようにそそり立っている。その向こうには、午後六時の金色の太陽に照らされた群青色の海が広がり、二本の柱のあいだからずっと遠くの方に見える小さな帆が一つ、水面すれすれを飛ぶカモメの翼のように、白い点となって輝いていた。やがて訪れる黄昏《たそがれ》の静穏が、すでに真っ青な空に萌《きざ》し始めていた。エステルは、かつて一度も感じたことがないほど甘美で深い官能に浸されていた。

「おいで」エクトールは手で彼女に触れながら優しく言った。

エステルは震え、物憂さに身をまかせて、立ち上がった。

「あれがセマホア信号所かい？　あのマストのある小さな小屋が？」シャーブル氏は叫んだ。「貝をもらいに行ってくるよ。すぐ戻る」

するとエステルは、それまでとらわれていたけだるさを振り払うために、急に子どものように走り出した。水たまりを跳び越え、海に向かっていった。満潮時には島になる、積み重なった岩のてっぺんに上ってみたい気分にとらわれたのだ。そして、岩と岩の裂け目を縫って苦労して這い上がり、ついにてっぺんにたどり着くと、一番高い石の上に立った。そこから海岸の悲劇的な荒廃ぶりを見下ろして、彼女は満足した。

そのほっそりとした横顔が清らかな空気の中にくっきりと浮かび上がり、風を受けたスカートが乾いた音を立ててはためいていた。

それから、彼女はまた下に降りながら、途中で水のたまった穴を見つけるたびにその中をのぞきこんだ。ごく小さな窪みの一つ一つがどれも穏やかに眠る小さな湖のようだった。その水は完璧に澄みわたり、鮮やかな鏡となって空を映し出していた。水の底にはエメラルドグリーンの海草がロマンチックな森に生える木々のように生い茂っている。何匹かの大きな黒いカニだけが、カエルのように飛び跳ねたかと思うと、水面をまったく乱すことなく消えていった。若いエステルは、まるで神秘の国を、美しい広大な未知の土地を、そのまなざしで隅々まで見尽くしてしまったかのように、うっとりと夢想にふけっていた。

二人して断崖のふもとに戻ってきたとき、エステルは若者がカサガイをハンカチにいっぱい包んで持っているのに気がついた。

「シャーブルさんにです」エクトールは言った。「持っていってあげようと思って」

ちょうどシャーブル氏がしょげかえって戻ってきたところだった。

「セマホア信号所の人たちはムール貝一つ持っていなかったよ」彼は叫んだ。「こんなところ来なければよかった。だからそう言ったんだ」

けれども、エクトールが遠くからカサガイを見せると、シャーブル氏は機嫌を直した。さらに、この若者がひょいひょいと敏捷に崖を上ってくるのを見て、びっくりした。壁のようになめらかに見える岩に沿って、彼だけが知っている道があるのだった。降りるときはさらに怖いもの知らずだった。

「何でもありませんよ」エクトールは言った。「階段とまったく同じです。ただどこに足場があるか知っていればいいだけのことですよ」

シャーブル氏は帰りたがった。満潮が心配になってきたのだ。そこで、妻にせめて上まで戻ってきて、歩きやすい小道を探してほしいと懇願した。若者は笑って、ご婦人用の道なんてありませんよ、もう行けるところまで行くしかありません、と答えた。第一、彼らはまだ洞窟を見ていなかった。仕方なく、シャーブル氏は断崖の尾根をたどってついていくことにした。夕日が沈んだので、彼は日傘をたたんで、それを杖代わりに使った。反対の手には、カサガイの入ったかごをぶら下げていた。

「疲れましたか」エクトールはやさしく尋ねた。

「ええ、少し」エステルは答えた。

　若者が差し出した腕を、彼女は受けいれた。ちっとも疲れてなどいなかった。ただ、こうして身をまかせることが、だんだんと気持ちよくなっていた。岩壁をよじ上っていく若者を見たとき、彼女は心がときめくのを感じた。そのときめきの名残が、いつまでも体の中から消えないままだった。二人はゆっくりと砂洲の上を進んだ。足元では、割れた貝殻の混じった砂利が、庭の小道を歩くときのような音を立てて鳴いた。二人はもう話すのをやめていた。エクトールが二つの大きな割れ目を示して見せた。〈浮かれ修道士の穴〉と〈猫の洞窟〉だった。エステルは中に入り、目を上げると、かすかに体を震わせた。再び美しい砂の上を歩き始めたとき、二人は見つめ合った。なおも黙ったままで、顔には笑みが浮かんでいた。近くに聞こえる波の音が、潮が上がってきたことを伝えていたが、二人には聞こえていなかった。シャーブル氏が二人の頭上から叫び始めたが、なおのこと聞いていなかった。

「おいおい、どうしたんだい！」シャーブル氏は日傘とカサガイのかごを振り回しながら繰り返した。「エステル！……エクトール君！……聞きたまえったら！　もうすぐ海にのまれるぞ！　もう足が水に浸かってるぞ！」

　けれども二人は、さざ波の冷たささすら感じていなかった。

「あら？　なにかしら」若妻はようやくつぶやいた。

「ああ！　シャーブルさんですか！」若者は叫んだ。「何でもありませんよ。大丈夫です……。あと〈奥方《マダム》の洞窟〉を見るだけですから」

シャーブル氏は絶望的なしぐさをしながら、こう付け加えた。

「頭がおかしくなったのかい！　溺れてしまうよ」

二人はもう聞いていなかった。徐々に満ちてくる潮を避けるために、岩壁に沿って進み、ようやく〈奥方の洞窟〉にたどり着いた。それは、岬のように突き出た巨大な花崗岩に穿たれた穴だった。天井はとても高く、ドーム状に丸くなっている。嵐のたびに海水に洗われた壁は、瑪瑙《めのう》のようにすべすべで、光沢を放っていた。バラ色や青色の筋が、岩の暗い地に、野蛮ながら見事な味のあるアラベスク文様を描き出していて、まるで原始人の芸術家が、海の女王たちの浴室に装飾を施したかのようだ。まだ濡れている地面の砂利は透明さを保ったままで、宝石を敷きつめたベッドにも見えた。奥には、やわらかく乾いた砂の台地があり、その砂はわずかに黄色味がかっていたが、ほとんど真っ白と言ってよかった。

エステルは砂の上に腰を下ろし、洞窟をしげしげと観察した。

「ここで暮らせそうだわ」彼女はつぶやいた。

しかし、しばらく前から海の様子をうかがっていたエクトールは、突然狼狽《ろうばい》したふりをして叫んだ。

「ああ！　しまった！　閉じ込められた！　波が道を塞いでしまいました……。二時間は待たないと」

彼は外に出て、頭を上げてシャーブル氏を探した。シャーブル氏は断崖の上、ちょうど洞窟の真上にいた。若者が、閉じ込められたことを伝えると、「だから言わんこっちゃない！」と勝ち誇ったように叫んだ。「まるっきり聞く耳を持たないんだから……。危険なのかい？」

「いいえ、まったく」エクトールは答えた。「海が五、六メートル洞窟の中に入ってくるだけです。心配はいらないんですが、ただ二時間ぐらい待たないと出られません」

シャーブル氏は腹を立てた。じゃあ、夕食は取れないのかい？　私はもう空腹なんだよ！　なんとも困った遠足になったもんだね！　それから、ぶつぶつ言いながらも、

彼は丈の低い草の上に腰を下ろした。左に日傘を置き、右にカサガイのかごを置いた。「ここで待ってるよ。仕方がないからね！」彼は叫んだ。「妻のところに戻ってやっ

てくれよ。彼女が風邪をひかないように注意してやってくれ」

洞窟に戻ると、エクトールはエステルのそばに座った。しばらく黙った後で、思い切ってエステルの手を取った。彼女は手を引っ込めようとしなかった。エステルは遠くを眺めていた。夕闇が訪れ、濃い影があたりを少しずつ包んでいった。沈んでいく太陽の光はもう弱々しい。水平線では、空が淡いスミレ色のような微妙な色合いを帯び、海はゆっくりと翳っていった。一隻の船も見えなかった。少しずつ水が洞窟の中に入ってきて、透き通った小石がやわらかい音を立てていた。沖からの水が、外海の官能を運び込み、愛撫するような波の音と、欲望を含んだ刺激的な潮の匂いを連れてきていた。

「エステル、愛してる」エクトールは両手に口づけを浴びせながら繰り返した。

彼女は答えなかった。満ちてくるこの海に体を持ち上げられているような気がして、息がつまった。細かい砂の上に、彼女は今ではなかば寝そべっていた。不意を突かれて身を守るすべもない水の精のように見えた。

そのとき不意に、空気のように軽やかなシャーブル氏の声が聞こえてきた。

「君たちおなかがすいてないのかい。私はもうぺこぺこだよ！……さいわい、こっちにはナイフがあるから、お先にいただくよ。ほら、カサガイを食べるんだ」

「愛してる、エステル」あいかわらずエクトールは繰り返していた。彼女をもう腕の中にしっかりと抱きしめていた。

真っ暗な夜だった。暗い空に白い海が輝いていた。洞窟の入り口で、水がむせび泣くような声をあげていた。丸い天井の下では、夕日の最後の名残が消えたところだった。生き生きとした生命力に満ちた波から、命を生み出す豊饒の匂いが立ち上ってきた。エステルは、ゆっくりと頭をエクトールの肩にもたせかけた。夜の風が吐息を運び去った。

崖の上では、星の瞬きの下、シャーブル氏が規則正しいリズムで貝を食べていた。パンもなしに全部飲み込んでいるので、胃がごろごろしていた。

Ⅵ

パリに戻ってから九か月後、美しいシャーブル夫人は、男の子を産んだ。シャーブル氏は大喜びでギロー医師のところへ報告に行った。そして自慢げにこう繰り返したのだった。

「カサガイですよ。間違いありません！　ええ、ある晩に、かご一杯のカサガイを食べたのです。いやはや！　なんとも奇妙な状況だったんですがね……。それはともかく、先生、まさか貝がこんなに効果を発揮するとは、ちっとも思いませんでしたなあ」

スルディス夫人

I

毎週土曜日、決まったようにフェルディナン・スルディスは、絵の具と絵筆の買い置きを補充しにモラン親父の店にやってくる。店はメルクールの小さな広場に面した建物の一階にあり、今は公立中学だが昔は修道院だった建物の陰になっているので、日当たりが悪くじめじめしていた。フェルディナンは、噂によればリール[1]から来たとのことで、一年前からこの公立中学の自習監督[2]を務めていた。とにかく絵を描くことが好きで、空いた時間があると部屋に閉じこもり、ひたすら絵の勉強に没頭していたが、けっしてその作品を人に見せることはなかった。

フェルディナンが店に行くと、たいていモラン親父の娘のアデルが相手をした。アデル自身も繊細で美しい水彩画を描き、メルクールではたいそう評判だった。フェルディナンはこんなふうに注文をした。

「白のチューブを三本、お願いします。それから黄土色を一本と、ヴェロネーゼ・グリーンを二本」

父の商売のやり方をよく心得ていたアデルは、若者に毎回こう尋ねた。

「ほかには何を？」

「今日はそれだけです。お嬢さん」

フェルディナンは小さな包みをポケットに入れ、恥をかくのを恐れている貧乏人のように不器用な手つきで、お金を払って立ち去るのが常だった。ほかに何事も起こらないまま、そんなふうに一年がすぎた。

モラン親父の店の常連客といっても、ほんの十人ばかりのものだった。メルクールは八千人の人口を数える、なめし革産業でよく知られた町である。だが、美術の趣味は、この町ではあまり育っていなかった。病気の鳥みたいな痩せこけた顔に、生気のない目をしたポーランド人美術教師の絵画教室で下手な絵を描きなぐる四、五人の子どもがいるほかには、公証人の娘のレヴェック姉妹がいたが、この姉妹は「油の」絵を描くというので、それだけでこの町では顰蹙《ひんしゅく》を買うほどであった。唯一真っ当な

1　北フランスの中心的な工業都市。
2　フランスの中学や高校で生徒たちの自習を監督する教育補助員。あくまで補助員であって、正式の教員ではない。

客と言えるのは有名画家のレヌカンぐらいしかいない。レヌカンはこの土地の出身で、パリで大成功を収めていた。数々の賞を受賞し、絵を描いてほしいという注文も多く、つい最近、勲章までもらったほどである。気候のよい季節に、彼が一か月メルクールに滞在したときには、公立中学校前の広場にあるこの狭い店はえらい騒ぎになったものだ。モラン親父はパリからわざわざ絵の具を取り寄せ、大張り切りでレヌカンを外まで出迎えて、最近の活躍ぶりについて恭しく尋ねたのだった。人のいい太った画家は、夕食への招待を断り切れず、結局、幼いアデルの水彩画を見せられることになった。画家は、ちょっと色が薄いが、バラのようなみずみずしさがある、と評した。「女の子にしちゃあ大したもんだよ。織物《タピスリー》もいいが、こういうのもやるといい」アデルの耳をつねって、つんとひっぱりながら彼は言った。「なかなか悪くないぞ。ちょっと乾いた感じがあって、こだわりというのかな、それがスタイルになっている……。ふむ！　精進しなさい。自分を抑えずに、感じたままに描くことだよ」

実は、モラン親父は商売の上がりで食っているわけではなかった。店をやっているのは、彼の若い頃の夢の名残だったのである。叶わなかった芸術への夢が、今その娘に受け継がれているというわけだった。家は持ち家で、しかも遺産が次々と転がり込んできたこともあって、モラン親父は裕福だった。大体六千フランから八千フランほどの年金が入った。それでも彼は一階の小さな居間にしつらえた、その絵の具店を手放そうとはしなかった。窓がショーウィンドー代わりになっていて、ごく小さなディスプレーには、絵の具のチューブや絵筆、中国の棒状になった固形の墨などが並び、また時にはアデルの水彩画が、小さな聖画やポーランド人絵画教師の作品のあいだにまじって並べられていることもあった。客が一人も現れない日が何日も続くこともあった。モラン親父はそれでも画材の匂いに囲まれて幸せだったが、年老いてほぼ寝たきりになっていた妻が、もうその「倉庫」を片づけたらどうかと勧めると、自分では使命感のようなものに駆られて商売をしてきたつもりの彼は激怒した。心の奥底では反動的な俗物《ブルジョワ》であり、芸術家になり損ねたという思いから狂信的といえるほど意固地になっていた彼は、まるで本能に命じられたかのように店の中でキャンバスに囲まれたまま、頑として動こうとしなかった。ほかにこの町で、一体どこで絵の具を買ったらいいというのだ？　実のところ、誰もそんなものは買わなかった。だからと言って、買いたいという気を起こす人がいないともかぎらないじゃないか。そう言ってモラン親父は考えを曲げなかった。

そういう環境の中で、アデル嬢は成長したのだった。彼女は二十二歳になったばかりだった。背が低く、がっしりとした体格の彼女は、目が細くて、感じのよい丸い顔をしていた。けれども、ひどく生気のなく黄ばんだ顔をしていたので、誰からも美しいとは思われなかった。その歳にしてすでに、まるで小さな老婆のようで、気がつかないうちに独り身の不満がたまった女性教師のような疲れた顔になっていた。とはいえ、アデルには結婚したいという気持ちはなかった。何度か話が持ち上がったものの、そのたびに彼女は断った。きっとプライドが高くって、王子様でも待っているのさ、とまわりの人は思っていた。しかも、世慣れた遊び人のレヌカンとやけに親しくしていることから、下世話な関係を想像する者たちも少なくなかった。寡黙で感情を表に出さないアデルは、そんな噂をまったく知らないかのように振る舞い、別段憤慨することもなく、中学校広場のじめじめとした環境にも慣れて、子どもの頃からずっと自分の前に変わらず広がっている苔むした舗道と、誰も通らない薄暗い交差点を四六時中飽かず眺めて暮らしていた。日に二回だけ、中学の門のところで、町のいたずら小僧どもが押し合いへし合いして騒ぐのが見えた。それだけが彼女の唯一の気晴らしであった。しかし、アデルは決して退屈してはいなかった。まるでずっと前から決めてあった生活のプランに寸分たがわず従っているだけ、というふうに見えたが、本当は彼女には強い意志とたくさんの野心があったのだ。それをまったく表に出さない忍耐強さがあったために、まわりの者はみな彼女の本当の性格を見誤っていたのである。だんだんとまわりの者は彼女を結婚しないものとみなすようになった。彼女はあいかわらず水彩画に没頭し続けていた。しかし、有名人のレヌカンがやってきてパリの話をするときだけは、彼女は血色の悪い顔で、黙ってじっとそれに耳を傾けていた。その黒く細い目を爛々《らんらん》と燃え上がらせながら。

「どうして自分の水彩画を官展《サロン》[3]に送らないんだい？」ある日レヌカンはアデルに尋ねた。昔からの知り合いとして、レヌカンはアデルには親しい口をきいた。「私が口添えをしてあげるよ」

3 サロン、またはサロン・ド・パリの名で知られる公的な美術展。発祥は十七世紀に王立絵画・彫刻アカデミーが始めた展覧会に遡る。十九世紀には、政府主催、審査制度により、一般の参加も認められる権威ある展覧会となっていた。美術評もサロン評の形をとることが多く、ゾラもサロン評を書いていた。一八八一年からは民営化され、フランス芸術家協会が主催する公募展となったが、この短篇執筆時の一八八〇年にはまだ官展だった。

けれども、彼女は肩をすくめ、本心から謙虚に、とはいえ一抹の悔しさもにじませながら、こう答えた。

「まあ！　女の描いた絵なんて、ダメに決まっていますわ」

フェルディナン・スルディスが来店すると、モラン親父の店の売上は一気にはね上がった。顧客が一人増えるだけではあったが、この顧客はたいへんな上客で、メルクールでこれほど絵の具のチューブを消費する人間はほかに誰もいなかったからだ。最初のひと月目、モランはたいそうこの若者をもてなした。自習監督という連中のなかに、こんなに芸術に熱心な若者がいると知って驚いていた。この五十年来、モランは自習監督たちが店の前を通るのを見続けてきたが、連中はいつも小汚い格好でぶらぶらしているだけだとバカにしていたのである。しかし、この若者は、人づての情報によれば、没落した、とある大きな家にゆかりがあるとのことだった。そして、両親が死んだときに、飢え死にはしない程度の遺産を受け継いだらしい。若者は絵の勉強を続け、自由になりたい、パリに行って栄光をつかみたいと夢見ていた。そうして一年がすぎたのだった。フェルディナンは、日々のパンを得るためにメルクールに釘づけにされ、人生をあきらめてしまったように見えた。モラン親父もそのうちすっかりその存在に慣れてしまい、今ではもう大して彼に興味を抱かなくなっていた。

そんなある晩、娘にふと問いかけられて、モランは驚きにとらわれた。ランプの下で、ラファエロの絵の写真を数学的な正確さで模写しようと熱心に絵を描いていた娘が、不意に顔を上げて、長い沈黙のあと、こう言ったのだ。

「パパ、どうしてスルディスさんに描いている絵を一枚くださいって頼まないの？ ショーウィンドーに飾ればいいのに」

「そうか！　言われてみればそうだな」モランは叫んだ。「いい考えだ……。ちっとも思いつかなかったよ。あの人も絵を描いているっていうのにな。お前には何か見せたことがあるのかい？」

「ううん」娘は答えた。「ただ何となく言ってみただけ……。せめてあの人がどんな絵を描くか見てみたいじゃない」

いつしかアデルはフェルディナンのことが気にかかるようになっていたのだった。金髪の若者の美しさは、アデルを強く惹きつけた。髪は短く刈ってあったが、あご鬚は長く、そのやわらかくサラサラとした金色の鬚の奥に、バラ色の肌が透けて見える。青い目は満々と優しさをたたえ、小さくしなやかな手と感じやすそうな憂いに満ちた顔立ちは、享楽的で多淫そうに見えた。きっと気まぐれな性格に違いなかった。実際、三週間も姿を見せないことが二度ほどあった。絵を描くこともやめてしまい、メルクールの恥部とも言えるある娼《しょう》家《か》で、汚らわしい行いにふけっているとの噂が流れた。二晩家を空けたあと、次の日の夕方に死ぬほど酔っぱらって帰ってきたので、一時は中学をやめさせてしまえという声も聞かれたほどだった。しかし、酒が入っていないときには実に魅力的な青年だったので、その不行跡《ふぎょうせき》にもかかわらず馘は免れた。モラン親父は娘の前ではその話をするのは控えた。結局、あいつら自習監督とかいう連中は、どれもこれも似たり寄ったりだ。モラルなんてこれっぽっちも持ち合わせちゃいないのさ。憤慨したブルジョワのモラン親父は、フェルディナンに横柄な態度をとるようになった。だが、芸術家としての青年にはあいかわらずひそかな共感を寄せていた。

アデルは、おしゃべりな家政婦のおかげで、フェルディナンの放蕩《ほうとう》についてまったく知らないわけではなかったが、彼女もまたそれを口に出したりはしなかった。しかしそのことを何度も何度も考え、若者に対して一種の怒りを感じていた。そのために、三週間ほど店でフェルディナンに応対するのを避けたほどだ。店にやってくる若者の姿が見えるとすぐに奥に引っ込んだ。アデルがフェルディナンのことを意識するようになったのは、その時からである。その時から、何かはっきりしないさまざまな思いが、彼女の中に芽生えたのだ。若者がにわかに興味の対象になった。フェルディナンが通りかかると、アデルは目でその姿を追った。やがて、水彩画に取り組みながら、朝から晩まで物思いにふけるようになった。

「ねえ、あの人は絵を持ってきてくれるの？」アデルは日曜日、父親に尋ねた。

その前日、彼女は、フェルディナンが来店するときにちょうど父親がいるようにはからっておいたのだ。

「ああ」モランは答えた。「けど、ずいぶんと渋ってな……。もったいぶってるのか、謙虚なのか、わからんけれども。恐縮してたよ。見せるほどのもんじゃないって言ってな……。とにかく明日持ってくるそうだ」

翌日、アデルはスケッチをしにメルクールの古城址まで散歩に行き、夜になってから戻ってきた。すると、店の真ん中に、イーゼルに立てかけた額のない絵があるのに気付いて足を止めた。その絵を見るや、一瞬にして彼女は心を奪われ、言葉も出なかった。それはフェルディナン・スルディスの絵だった。広々とした緑の土手と大きな堀の底を描いたものだった。土手の水平な線が青い空を横切っていた。その土手の上で遠足に来た中学生たちの一団がはしゃぎ回り、その傍らで、草の上に寝転んだ自習監督が本を読んでいた。実際の風景に基づいて描かれたモチーフに違いない。しかし、アデルは、自分では絶対やらないような大胆な構図と震えるような色づかいに完全に圧倒されていた。彼女は自分の作品ではそれなりに器用なうまさを発揮し、レヌカンやそのほか何人かの好きな画家たちの難しい技も、しっかり自分のものにしてしまっていたほどだった。しかし、初めて見るこの新しい個性の中には、彼女がこれまで知らなかった、独特の強い癖とでもいうべきものがあり、それが彼女を驚かせた。

「どうだい」モラン親父は彼女の後ろに立って、意見を求めてきた。「お前はどう思うね？」

アデルは依然として絵を見つめていた。ようやく小さな声で、ためらいながら、けれどもすっかり心を奪われた様子でこう答えた。

「変わってる……、とても美しいわ……」

彼女は何度もキャンバスの前に戻っては、真剣な様子で絵を眺めた。翌日、まだ彼女が絵を仔細に調べているとき、ちょうどメルクールに来ていたレヌカンが店に入ってきて、軽い驚きの声を上げた。

「おや！　こりゃ一体なんだい？」

彼は仰天して眺めた。それから、椅子を一つ引いてくると、絵の前に座って、じっくりと吟味し、だんだんと興奮し始めた。

「いや、これはおもしろい！……スタイルは繊細で真に迫っている……。背景の緑から浮き上がっているこのシャツの白さを見てみたまえ……。なんとも独創的だ！　まさに個性だよ！　ねえ、お嬢さん、これを描いたのは君じゃないのかい？」

アデルは聞きながら、まるで自分がほめられたかのように真っ赤になっていた。彼女はあわてて返事をした。

「い、いえ。あの若い男のかたです。ほら、中学の」

「いやそれにしても、これは君の絵にそっくりだ」画家は続けた。「これは君だよ。ただもっと力強い君だ……。ああ！　あの若者の絵かい。なるほど！　才能がある。それも相当な才能だ。これほどの絵なら、官展《サロン》で大成功を収めるだろう」

レヌカンはその晩、モランの家で夕食をとった。毎回メルクールに来るたびに、画家はモラン家に有名画家を迎えるという栄誉を授けてくれるのだ。レヌカンは一晩中絵画論をぶち続けた。何度もフェルディナン・スルディスを話題にし、ぜひ会って励ましたいと繰り返した。アデルは、レヌカンがパリの様子を語り、そこでの生活の話や、自慢話をするのを黙って聞いていたが、じっと考え込むその真っ青な額には深い皺が刻まれていた。まるで一つの考えがそこに入り込み、居座って立ち去らないかのようだった。フェルディナンの絵は額に入れられ、ウィンドーに飾られた。レヴェック姉妹が見に来たが、まだ十分に完成されていないようだというのが彼女たちの意見だった。不安に駆られたポーランド人美術教師は、あれは新しい流派の絵画で、ラファエロを否定するものだという噂を町中に流した。それでもフェルディナンの絵は成功を収めた。人々はそれを美しいと認めた。その絵のモデルとなった中学生たちの家族が列をなして見学にやってきた。とはいえ、学校でのフェルディナンの立場はよくならなかった。何人かの教師たちは、この自習監督が、子どもたちの模範とするには道徳的にかなり問題があるという噂を聞きつけて、こういう人物に子どもたちを託すのはいかがなものかと主張した。フェルディナンは馘にはならなかったが、これからは心を入れ替えるという約束をさせられた。レヌカンが賛辞を伝えようとフェルディナンのもとを訪れたとき、この若者はすっかりやる気をなくしていたところで、ほとんど泣かんばかりになり、もう絵はやめると言い出した。

「放っておきたまえ！」画家は、率直で人のいい、いつもの調子であっさりと言った。「君は、ああいう連中など相手にもならないほどの十分な才能を持っているんだよ……。心配しなくてもいい。報われる日はきっと来る。いつか必ず、今のみじめな状態から抜け出せる。私だって石工の見習いをやったんだ。今はこうやって話しているこの私がね……。それまでは、とにかく描くことだよ。すべてはそれにかかっている」

こうして、フェルディナンにとって新しい人生が始まった。彼はだんだんとモラン家と親しくなっていった。アデルは彼の『遠足』という絵を模写するようになっていた。それまでやっていた水彩画を捨て、油絵に挑戦するようになった。レヌカンの言ったことは正鵠《せいこく》を射ていた。彼女は絵描きとして、フェルディナンのような力強さはないものの、同じ優美さを持っていた。少なくとも若者と同等の技量をすでに持ち、しかもそれ以上の器用さとしなやかさを発揮して、難しいところをいとも簡単に模写してみせた。さらに、ゆっくりと丁寧に複製画を描くことで、アデルはいっそうフェルディナンに近づいた。アデルはフェルディナンをいわば解剖し、その手法を完全に自分のものにしてしまったのである。フェルディナンは、文字通り複製された自分を、しかし完璧に女性的な慎みを加えて複製された自分を見て、あっけにとられた。それはまさに彼だった。強烈な癖は抜けているが、しかし魅力に満ちた彼だった。メルクールでは、フェルディナンのオリジナルより、アデルの複製画の方がはるかに大きな評判をとった。ただ、いやらしい噂をささやく者も出始めた。

実は、フェルディナンはそうしたことを一切気にかけていなかった。アデルにはまったくそそられなかったからである。彼はよそでそうした悪徳を満足させるのが習慣になっていたし、それもずいぶん派手にやっていたから、この背の低いブルジョワ娘を見ても、何も感じなかった。それどころか、肌が黄色くて太っているところは、むしろ不快でさえあった。彼はアデルを単に芸術家として、同志として扱った。二人が話すのは、絵のこと以外にありえなかった。話しているうちに、彼は興奮し、はるか遠くのパリを夢見て、自分をメルクールに縛り付けている貧しさをののしった。ああ！　生活していけるだけの金があったら、あんな中学など放り出してしまうのに！　自分が成功するのは確実だと彼には思えた。だから、このくだらない金の問題、日々の生活の糧を稼ぐという問題が、腹立たしくてならないのだ。アデルは真剣な面持ちで、じっとその話を聞いていた。まるで彼女自身もその問題の解決策を考え、成功のチャンスがどの程度あるか測っているかのように。そして、希望を持つのよ、そうしたらきっと、とフェルディナンを励ますのだが、なぜだかそれ以上は言わず、口をつぐんでしまうのだった。

ある朝のこと、突然、モラン親父が店で死んでいるのが発見された。絵筆の箱を開けて中身を並べようとしているとき、不意に脳卒中の発作に襲われたのである。それから二週間が過ぎた。フェルディナンは、娘とお母さんにつらい思いをさせては、と顔を出すことを控えていた。ようやくまた彼が現れたときには、以前と何も変わっていなかった。アデルは黒いワンピースを着て絵を描き、モラン夫人は自分の部屋にこもってうつらうつらしていた。そうして再び前と同じ習慣が始まった。芸術についてのおしゃべり、パリで成功する夢。ただ、若い二人の親密さの度合いが、前よりも大きくなっていた。それでも、甘い言葉や親しげな仕草などは決して見られず、二人の仲は、純粋に知的なものにとどまっていた。

ある晩、アデルはいつになく真剣に、その明るいまなざしでフェルディナンをじっと見つめたあと、はっきりとこう話し出した。彼女はすでに十分な熟慮を重ねていて、決断の時が来たと考えたのだった。

「聞いて」彼女は言った。「ずっと前から話したかったんだけど、計画があるの……。今日はわたし一人よ。母はいてもいなくても気にしなくていいから。思ったことをそのまま言うけど、許してね……」

フェルディナンは驚いて、次の言葉を待った。すると、彼女は困惑することもなく、しごく淡々と率直に自分の考えを打ち明けた。彼女が持ち出したのは、フェルディナンのいつもの不平の話だった。あなたに足りないのはお金だけよ。何年かしたら、あなたはきっと有名になる。もし最初に必要な資金があって、パリで自由に絵を描くことができれば。

「だから」彼女は結論を述べた。「わたしにあなたの援助をさせてもらえないかしら。父はわたしに五千フランの年金を残してくれたわ。それは、今すぐにでもわたしの自由に使えるの。だって、母にも同じ分が保証されているんだから。わたしがいなくても母はまったく大丈夫なの」

しかし、フェルディナンは大声を上げて抗議した。そんな犠牲を受け入れるわけにはいかないよ、君の財産をむしり取るなんて、できるわけないじゃないか。彼女はじっと彼を見つめた。彼が理解していないのだとわかった。

「わたしたちはパリに行くのよ」彼女はゆっくりと言葉を続けた。「わたしたち二人の未来のために……」

フェルディナンが声も出ないほど驚いていると、彼女は笑みを浮かべ、手を差し出して、仲のよい同志のような口調でこう言った。

「わたしと結婚してくれる、フェルディナン？　あなたに恩があるのはわたしの方なのよ。だって、知ってるでしょ。わたしは野心家だってこと。そうよ、わたしはいつも栄光を夢見てきたの。あなたが、わたしにそれをくれるのよ」

フェルディナンは、この突然の申し出に動転して、口ごもるばかりだった。一方、アデルの方は落ち着いていて、長いあいだ温めてきた自分の計画を最後まで披露し続けた。それから、彼女は母のような態度で、彼に一つだけ誓いを要求した。品行をつつしみ、遊ばないこと。才能は、きちんとした生活がなければ伸びないのよ。そして、彼のこれまでの乱行ぶりは知っていること、それでも思いは変わらなかったこと、けれども、これからは直してもらうつもりだということを、彼に伝えた。フェルディナンは完璧に理解した。アデルがどんな取引を申し出たのかということを。彼女はお金をもたらし、彼はそのかわりに栄誉を彼女にもたらさねばならないのだ。彼は彼女を愛していなかった。むしろ今この瞬間にも、彼女を抱くのかと思うと、不快な気持ちさえ覚えるほどだった。それでも、彼はひざまずき、彼女に感謝した。ほかに言い方が思いつかないので口にしたフレーズは、自分の耳にも嘘くさく響いた。

「君は僕の天使だ」

すると、いつも冷静なアデルの中で不意に激情がほとばしった。彼女はフェルディナンを強く抱きしめると、顔に接吻《せっぷん》をした。彼のことが好きでたまらなかったからだ。この金髪の若者の美しさに、どうしようもなく惹かれていた。眠っていた彼女の情熱が、いま目を覚ましたのだ。長いあいだ抑え込んでいた自分の欲望がついに報われる、そんな取引を彼女はやってのけたのだった。

三週間後、フェルディナン・スルディスは結婚した。彼は打算で行動したというよりは、むしろ必要に迫られて、そしてどうやって抜け出せばよいかわからない一連の出来事の流れに屈して、そうしたのだった。絵の具や絵筆の在庫は、近隣の小さな文房具屋に売り払った。モラン夫人は、すでに孤独に慣れきっていて、つゆほども動じなかった。そして、若い新婚夫婦はすぐにパリに向けて出発した。トランクにあの『遠足』を入れて。メルクールの人々は、こんなにも急な成り行きにあっけにとられていた。レヴェック姉妹は、スルディス夫人はパリで初夜の床を迎えるために大急ぎで出て行ったみたいね、と言っていた。

II

スルディス夫人は新しい住まいをととのえることに専念した。新居はアサス通りのアトリエで、ガラス窓からリュクサンブール公園の木々を眺めることができた。夫婦の資産はつましいものだったので、アデルはお金をかけずに快適な家具や内装をそろえるという、ほとんど奇跡に近い偉業を成し遂げた。フェルディナンを自分のそばに引き留めておきたかったので、彼がアトリエを気に入るようにしたかったのだ。そして最初のうち、この大都会パリの真ん中での二人の暮らしは、本当に楽しかった。

冬が終わろうとしていた。三月になって初めて美しい日差しが降り注ぎ、穏やかな日が何日か続いた。若い画家とその妻が到着した知らせを受けて、レヌカンが駆けつけた。二人が結婚したと聞いて、彼は驚かなかった。ただ、日頃からレヌカンは、芸術家同士が結婚すると聞くと怒り出すのが常だった。それは決してうまく行かない、どちらかがもう一方を必ず食う結果になってしまうから、というのだ。いずれフェルディナンがアデルを食ってしまうことになるだろう。そういうものだ。しかし、それはフェルディナンにはよいことだった。この若者は金を必要としていたのだから。安レストランに通い赤貧の暮らしを送るより、あまりそそられない娘とベッドをともにする方がまだましというものだ。

アトリエに入ってきたレヌカンは、部屋の真ん中に、豪華な額に入れられた『遠足』が、イーゼルに立てかけて置いてあるのに気づいた。

「ほう！　ほう！」レヌカンは陽気な声を上げた。「君たちはこの傑作をもってきたわけだな」

彼は腰を下ろし、あらためてその巧みなタッチや才気に富んだ独創性をほめそやした。それから不意に、

「これを官展《サロン》に送るといい。間違いなく成功する……。ちょうどいい時に来たよ」

「わたしもそう勧めているんです」アデルは満足そうに言った。「でもこの人は嫌がって……。もっと大きな、もっと完璧な作品でデビューしたいって」

するとレヌカンは怒り出した。若い作品というのは、特別の恩寵《おんちょう》に支えられてい

るものなんだ。たぶんフェルディナンにはもう二度と、処女作特有のこんな華やかな印象もナイーヴな大胆さも表現することはできないだろう。それがわからないのは、よっぽどのバカだよ。アデルはレヌカンの激しい口調を微笑みながら聞いていた。実際には、夫はこれからもっとうまくなるだろう。もっといい絵を描いてくれなければ困る。けれども彼女は、最後の最後までフェルディナンをとらえている奇妙な不安をレヌカンが取り除こうと奮闘しているのだと思ってうれしかった。結局、翌日にでもすぐ『遠足』を官展《サロン》に送ることで意見がまとまった。締め切りは三日後に迫っていた。入選することは確実だった。レヌカンも審査員の一人であり、彼の意見は審査に大きな影響力を持っていたからである。

『遠足』は官展《サロン》でとてつもない大成功を収めた。六週間にわたって、大勢の観客が絵の前に殺到した。フェルディナンはたちまち有名人となり、毎日のようにパリで彼を囲む会が開かれた。おまけに、大勢の人が盛んに彼について議論するという幸運にも恵まれ、評判はさらに高まった。激しい攻撃には遭わなかったが、細かい点について難癖をつけてくるような手合いがいて、それに対してほかの人々が熱心に彼を擁護するといった具合であった。全体として、要するに『遠足』は小さな傑作であるという評価が確立した。政府はすぐにこの絵に六千フランの賞金を与えた。こうした騒ぎは、醒めた大衆の関心を刺激するだけの目新しい話題としては十分であり、かつ、画家の個性が世間の人々にとって嫌味なものではなかったので、やっかみも生まれなかった。要するに、大衆にとってちょうどいい塩梅《あんばい》の新奇さと力強さがあったのである。人々は新たな巨匠の到来を叫んだ。それくらい彼らにとって、このバランスのよさが好ましく、魅力的だったのだ。

夫がこんなふうに大衆とマスコミのあいだで騒がしい勝利を味わっている一方、アデルもまたメルクール時代の習作である繊細な水彩画を何点か官展《サロン》に送っていたのだが、こちらの方は、どこでも話題にはならなかった。アデルの名が、訪れる観覧者たちの口の端に上ることもなく、新聞の記事に取り上げられることもなかった。しかし、彼女はまったく妬《ねた》んでいなかった。彼女の芸術家としての名誉欲はこれっぽっちも痛みを感じていなかった。彼女の野心はすべてその美しき夫フェルディナンに注がれていたのである。田舎のじめじめした日陰で苔のように二十二年間を暮らしてきた寡黙なこの娘、一見冷淡で顔色の悪いこのブルジョワ娘の心と頭には、途方もなく激しい情熱が渦巻いていた。アデルはフェルディナンを、その金色のあご鬚とバラ色の肌、その愛すべき人間性と優美さのゆえに愛していた。そのために、ほんの短いあいだでもフェルディナンがいなくなると、嫉妬《しっと》に苦しむほどだった。ほかの女にとられるのではないかと恐れて、絶えず夫を監視しないではいられなかった。自分を鏡で見るたびに、容姿が劣っていることを彼女は自覚した。ずんぐりとした体形、すでに鉛のようにくすんだ顔。家庭の中に華やぎと美しさをもたらしているのは、自分ではなく夫の方だった。自分が持っていなければならないはずのものまで、夫に頼っているのだ。何もかもフェルディナンがもたらしてくれているというこの考えが、アデルの心に根を張っていた。やがて、彼女の頭の中に変化が起きて、夫を巨匠として崇めるようになった。限りない尊敬の念に満たされ、夫の成功、夫の才能、夫の名声が、半ば自分自身のものであるような気がし始めた。実際、夫の名声はアデル自身をも栄光の絶頂へと連れて行こうとしていた。彼女の夢見ていたものが、すべて叶ったのだ。彼女自身の力ではなく、もう一人の彼女自身、自分が弟子として、母として、そして妻として愛した者の力によってではあったが。実は、彼女のうぬぼれの奥底には、フェルディナンこそ自分の作品だという思いがあった。だから、彼の成功は結局のところ彼女自身のものでもあったのだ。彼女にとっては。

初めの数か月、アサス通りのアトリエは、永遠の魔法にかけられたかのように幸せだった。アデルは、何もかもフェルディナンのおかげだと考えていたものの、決して卑屈にはなっていなかった。こうなるようにしたのは自分だという考えで、十分満足していたからだ。彼女は穏やかな笑みを浮かべて、自分が望み、胸の内で育んできた幸せが開花するのを眺めていた。自分の富があったからこそ、この幸せが実現したのだと思っていたが、この考えには何の卑しさもまじってはいなかった。彼女は、自分は必要とされている人間だと感じながら、自分の居場所にしっかりと座っていたのだ。夫を尊敬し熱烈に愛し、喜んで自分自身を、自分の人格を捧げた。夫の作品を自分のものとして眺め、それを糧に生きていくために、自分という人格がのみ込まれてしまってもちっとも気にならなかった。リュクサンブール公園の大きな木々は緑に色づき、穏やかに晴れた日の生暖かい風が、鳥の歌声をアトリエの中まで運んできた。毎朝届く新しい新聞には、いつも夫の絵に対する賛辞が載っていた。フェルディナンの肖像を掲載する新聞もあり、その作品をあらゆる手法、あらゆるサイズで複製して掲載する新聞もあった。若い新婚の二人はこうしたマスコミの狂騒をとっくりと味わった。巨大で華やかなパリの全体が自分たちをもてはやしているような気がして、子どものような歓びを感じていた。喧騒から離れた隠れ家にある小さなテーブルで、穏やかで幸せな昼食をとりながら、その騒ぎを眺めているのが楽しかった。

けれども、フェルディナンはいつまでたっても仕事を再開しなかった。彼は熱狂状態の中で生きていた。今は興奮しすぎているから手がちゃんと動かないんだ、と言い訳した。三か月がすぎたが、依然として、長いあいだ構想していた大きな絵の習作《エチュード》に取りかかるのを一日延ばしにしていた。それは、フェルディナンが自分で『湖』と名付けた絵で、沈む太陽の金色の光を浴びて、馬車の行列がゆっくりとブーローニュの森の小道を進む情景を描く大作だった。すでに何枚かのクロッキーを描きに行ってはいる。だが、貧しい暮らしをしていた頃のあの美しい炎は、もうなくなっていた。幸福な生活が彼を眠らせてしまったかのようだった。それに、突然の勝利に酔いしれていたこの若者は、新しい作品でその勝利を台無しにしてしまうのを恐れてもいたのだ。今では、フェルディナンはほとんどどこかに出かけていた。朝姿を消すと夕方まで戻ってこないことはしょっちゅうで、ひどく遅く帰ってきたことも何度かあった。外出のたびに、いつも同じような言い訳が繰り返された。誰かのアトリエを訪ねるとか、ある大物の先生に紹介してもらいに行くとか、将来の作品のための資料集めとか、とくに多いのは、友人との夕食だった。彼はリール時代の友人の何人かと交友関係を取り戻し、さまざまな芸術家仲間のサークルにも加わっていたので、いくらでも享楽にふける機会を持つことができるのだった。フェルディナンはいつも興奮して、大きな声でしゃべりながら、目をぎらぎらさせて帰ってきた。

アデルは一言も非難の言葉を口にせず我慢していた。どんどんひどくなる夫の放蕩《ほうとう》三昧《ざんまい》に、何時間も一人きりで放っておかれる彼女は、ひどく苦しんだ。それでも、自分の嫉妬や心配を抑え込んで、自分にこう言い聞かせていた。フェルディナンは外の付き合いをしなければならないのよ。芸術家は、自分の家でぬくぬくとしていられる有産階級《ブルジョワ》とは違うのだから。大勢の人と出会い社交界に顔を売る必要もあるし、成功するために身を捧げなければならないのよ。そうしてアデルは、時おり自分が抱く密かな反抗心を申し訳なく思うことさえあるのだった。フェルディナンが、社交界の付き合いにほとほと嫌気がさしている男を彼女の前で大げさに演じてみせ、そういうのは全部「まっぴらごめんだ」と吐き捨てて、二度とかわいい妻のもとを離れないですむならなんだってするよと誓ってみせるからだった。一度など、男同士の昼食会に行くのを渋っていたフェルディナンを、アデル自身が表に放り出したことさえあった。

その昼食の席で、とても裕福なある美術収集家と引き合わせてもらえるはずだったかからだ。そうして一人きりになると、アデルは泣いた。強くなりたいと思った。しかし、夫がほかの女と一緒にいるのを見るたびに、夫が浮気しているという疑いが湧いてくるのを止められなかった。そのことを気に病むあまり、夫がいなくなるとそのまま寝込んでしまうことさえあった。

レヌカンはしょっちゅうフェルディナンを連れ出しにやってきた。そんなとき、彼女は軽口を叩こうと努力した。

「お二人とも、悪さをしてはダメですよ。ね？　レヌカンさん。あなたを信頼して夫をお預けするんですから」

「心配はいらんよ」レヌカンは笑いながら答えた。「もしご主人が誘拐されても大丈夫。私がちゃんと帽子とステッキは持って帰ってきてあげるから」

彼女はレヌカンには信頼を置いていた。レヌカンがフェルディナンを連れて行くのは、そうする必要があるからなのだ。この生活に慣れなければ、と思った。けれども、彼女はパリに着いたばかりの最初の数週間を思い出して、ため息をついた。まだ官展《サロン》の騒動が始まる前の、わびしいアトリエで二人きりで過ごしたあの日々が、どれだけ幸せだったことか。今では、そのアトリエで仕事をするのは彼女だけだった。時間をつぶすために、彼女は自分の水彩画を描き直すことにひたすら熱中した。フェルディナンが通りの角を曲がり、最後のあいさつを送って姿を消してしまうと、彼女は窓を閉め、仕事に取りかかった。夫の方は、街をほっつき歩き、どことも知れぬところへ行き、あやしげな場所でだらだらと時間を過ごしては、疲れ切った真っ赤な目をして帰ってくる。妻の方は、辛抱強く、来る日も来る日も一日中小さな自分用の机の前に座り、メルクールから持ってきた何枚かの自分の習作を延々と描き直し続けるのだ。穏やかな風景の断片を描いたそれらの絵は、描き直すたびにますます上達し、精巧になっていった。つんと取り澄ました笑みを浮かべ、彼女は、これが私の織物《タピスリー》よ、とつぶやくのだった。

ある晩、彼女はフェルディナンの帰りを待ちながら夜遅くまで仕事をしていた。ある版画を石墨で模写する作業に没頭していると、アトリエの扉のところで何かが落下するような鈍い音がして、彼女はびくっとした。呼びかけてみたが返事がないので、思い切って扉を開けてみると、夫が倒れていた。下品な笑いを浮かべながら、起き上がろうともがいているところだった。へべれけに酔っぱらっていた。

アデルは真っ青になり、フェルディナンを立たせ、支えながら寝室まで連れて行った。フェルディナンは謝りながら、切れ切れに言葉を発した。アデルは一言も発せず、とにかく夫の服を脱がせた。やがて、フェルディナンはベッドに入ると、そのまま酔いつぶれていびきをかいて寝てしまった。アデルは眠れなかった。目を開けて、考え込んだまま、ひじかけ椅子に身をうずめて夜を明かした。真っ青になった額にしわが刻まれていた。翌日、アデルは、前夜の恥ずかしい出来事は話題にしなかった。フェルディナンはまだ酔いがさめやらず、ひどく居心地が悪かった。目が腫《は》れぼったく、口には苦味が残っている。妻がまったく何も言わないので、よけいに困惑した。その後二日間、彼は外出しなかった。おとなしく従順になり、間違いを許してもらおうとする小学生のようにいそいそと仕事に戻った。作品の大筋だけでも目鼻をつけておこうと決意し、アデルに意見を求め、どれほど彼女を高く評価しているか示そうと努めた。アデルは初め寡黙でひどく冷たい態度をとった。全身これ非難の塊のようだったが、依然としてあの夜のことはおくびにも出さなかった。やがて、フェルディナンが悔悛《かいしゅん》したのを見て、彼女はまたいつもの善良で自然な態度に戻った。何もかもが暗黙のうちに赦され、忘れられた。しかし、三日目にレヌカンがやってきて、ある有名な美術評論家とカフェ・アングレ[4]で夕食をするのだといって、フェルディナンを連れて行った。アデルは夫の帰りを明け方の四時まで待たなければならなかった。帰ってきたフェルディナンには、左目の上に血のにじんだ傷跡があった。どこかよからぬ場所で喧嘩でもして、酒瓶で殴られたらしかった。アデルは彼を寝かせ、包帯をしてやった。レヌカンは、十一時には彼を大通りに残して帰ったということだった。

それからはまた何もかも元通りだった。フェルディナンは、夕食やら夜会やら、何か適当な口実をつけては夜に家を留守にし、決まって目をそむけたくなるようなひどい状態で帰ってきた。ぐでんぐでんに酔っ払って、顔にあざを作り、よれよれになった衣服からきついアルコールと女たちの麝香《じゃこう》の混じったおぞましいにおいを漂わせていた。臆病で意気地のない性格のために、フェルディナンは恐ろしい悪癖へと繰り返し落ちて行った。それでもアデルは沈黙を守り続けた。毎回、彫像のような厳格さをもって夫の世話をした。何も問い詰めず、夫の振る舞いを一切責めなかった。夫のこんな恥ずかしい姿を見せたくないので、家政婦を起こさず、自分でお茶をいれてやり、洗面盥《だらい》を持ってきて、黙って体をきれいに洗ってやった。第一、何を問い詰めることがあるというのだろう。毎回、たやすく情景を思い描くことができた。初めは友人たちとほんの少し酒を飲むだけ。それがやがて夜のパリを狂ったように駆け回ることになる。見知らぬ人たちを引き連れて、酒場から酒場へとめぐり、いかがわしい女たちと街角で出会い、放埒《ほうらつ》な快楽にふける。どうせ下級兵士相手の淫売宿で汚辱にまみれたひどい生活を送っている女たちだろう。時おり、彼女はフェルディナンのポケットの中に不審な住所や、汚らわしい行為の名残を見つけることがあった。そうした証拠を、彼女は大急ぎで燃やし、何も知らないことにした。フェルディナンが女の爪にひっかかれた跡をつけてきたり、何か傷があったり汚れたりして帰ってきたときには、彼女はなおいっそうかたくなになった。むっつりと押し黙ったまま彼の体を洗った。その恐ろしい無言の圧力に、彼も口を開くことができなかった。そんなふうに女と遊び狂った後の無言のドラマがあった翌日、彼が目を覚ますと、あいかわらず妻は無口なままで、二人ともうその話を持ち出すことはなかった。二人して何か悪夢を見たかのように振る舞い、何事もなかったかのように、ふだんの生活が再開されるのだった。

4　パリのイタリアン大通りとマリヴォー通りの角にあった有名なレストラン。一九一三年に閉店。バルザック、フローベール、モーパッサンなど、多くの作家の作品に登場する。

たった一度だけ、フェルディナンが不意に発作的な悔悛の情に襲われ、起きるなり泣きながらアデルの首にしがみついたことがあった。

「赦してくれ！　僕を赦してくれ！」

けれども、彼女は驚いたふりを装って、彼を押し返し、不機嫌にこう答えた。

「まあ、赦すですって？　あなたは何もしていないじゃない。私は何も不平を言っていないわ」

夫の過ちを見て見ぬふりで通すこの強情さ、自分の感情を抑える女の自制心の強さを前にして、フェルディナンはますます身を小さくしていった。

本当は、そんな態度をとりながらも、アデルは怒りと嫌悪で死ぬほど苦しんでいた。フェルディナンの振る舞いは、敬虔な教育を受けてきた彼女には受け入れがたかったのだ。彼女のうちにある道徳や尊厳の感情が激しく反発した。彼が悪徳のにおいをまき散らしながら帰ってくるだけで、胸が悪くなった。そんな夫に手を触れ、その吐き出す息の中で一晩を過ごさなければならないと思うと、吐き気がした。彼女はフェルディナンを軽蔑《けいべつ》していた。だがその軽蔑の奥には、強烈な嫉妬心があった。夫の友人たちに対しても、夫をこんなふうに堕落した状態にして自分のもとへ返してくる女たちに対しても。そういう女たちはいつも路上で動物のようにぜいぜいあえいでいるのだと思っていた。彼女の想像の中では、その女たちは化け物だった。どうして警察が一斉射撃してその連中を街角から一掃してしまわないのか理解できなかった。彼女の愛は減じたわけではない。男としての夫が嫌でたまらなくなるような夜、彼女は芸術家としての夫への賛嘆の念にひたって心を慰めるのだ。この賛嘆の念はアデルのなかでいわば純化されたまま残されていた。その気持ちがあまりに純粋だったので、天才には放蕩が必要だという伝説に毒された小市民《ブルジョワ》として、彼女は時々、フェルディナンの不行跡も偉大な作品につきものの肥やしとして許してしまうほどだった。それに、アデルは確かに、女として、妻として、夫の手ひどい裏切りによって傷つけられていたが、それ以上に彼女が憤慨していたのは、二人が結婚前に交わした契約、彼が仕事をするという約束が破られたことだった。彼女は暮らしていくために必要なお金を提供し、夫は栄光をもたらす、という約束だったはずだ。その約束が履行されないことに彼女は傷つき、憤っていた。そして、男としてはもうどうしようもなくなった夫を、少なくとも芸術家としてだけは救おうと考えるようになったのである。彼女は強くなりたかった。自分が主人にならなければならなかったからだ。

一年も経たないうちに、フェルディナンは自分が子どもに戻ったような気がした。アデルが彼を完全に意のままに支配するようになっていたからだ。生活という闘いの中では、アデルの方が男性だった。彼が何か間違いを犯すたびに、アデルは一言も非難せず、厳しさと慈悲の心をもってその世話をした。そのたびに彼は妻からの軽蔑を感じ取り、ますます頭《こうべ》を垂れてへりくだった。二人のあいだに、嘘の入り込む余地はまったくなかった。アデルこそが理であり、誠であり、力だった。その一方で、彼はひたすら弱く、ひたすら落ちぶれていった。彼がもっとも苦しんでいたのは、つまり妻の前で彼をもっとも打ちのめしていたのは、何もかもお見通しの裁判官である彼女のその冷たさだった。彼女の赦しは、むしろ軽蔑しきっていることの表れだった。彼女は罪深い夫を罰しようという気さえ起こさなかった。言い訳でもされれば、かえって家庭の尊厳を傷つけることになりかねないとでもいうかのように。彼女は常に誇り高くあるために、何も話さなかった。自分から低いところに降りていって汚らわしい物で自分を汚したくなかった。もし彼女が、嫉妬に怒り狂った女として、行きずりの女たちとの夫の情事を一つ一つ並べ立てて夫を面罵《めんば》していたら、彼はきっとこんなには苦しまなかったろう。妻としての彼女が貶《おとし》められる分、夫の威厳は高められただろう。しかし、彼は自分がどんなに小さく、どんなに劣っているか、嫌というほど感じさせられることになった。朝日を覚まし、恥ずかしさに打ちひしがれる彼を前に、妻が、何もかも知っているはずの妻が、何一つ不平を言おうとしないのだから！

とはいうものの、彼の絵の出来は上々だった。才能だけが唯一自分が優位に立てる点だと彼は理解していた。仕事をしているかぎり、アデルは彼に対して妻としての優しさを取り戻した。その時だけ、彼女の方がまた小さくなり、尊敬のまなざしをもって夫の後ろに立ち、その作品を眺めてくれた。そして、夫の仕事ぶりが日一日とよくなっていくので、ますます彼にかいがいしく尽くすのだった。フェルディナンは家庭の中で再び男性の位置を取り戻し、主人となった。しかし、どうしようもない怠惰という悪癖が、今では彼にとりついて離れなかった。自分の生活の空虚さに耐えられないかのように、すっかり酔いつぶれて帰ってきたときなど、彼の両手はぐにゃりとして力がなく、もう思い切った線を描くことができなかった。心の底から無力感が襲ってきて、自分の存在そのものが無意味に感じられる朝もあった。そんなとき、フェルディナンは一日中うろうろと歩き回り、自分の絵の前に立ち、パレットを手に持ってはすぐに投げ捨て、何一つできずに不機嫌になった。あるいはまたソファの上で泥のように眠り込んでしまうこともあった。そのまま夜まで目を覚まさず、起きるとひどい頭痛がした。アデルはそんな日々が続くあいだ黙って彼を見ていた。彼をいらいらさせないように、おそらくもうすぐ舞い降りてくるであろうインスピレーションを逃がさないように、そっとつま先立ちで歩いた。彼女はインスピレーションを信じていたのだ。開いた窓から入ってきて、選ばれた芸術家の額にそっと降りてくる日に見えない炎を。だがやがて、度重なる失望に彼女自身もさすがに疲れ果て、不安にとらわれるようになっていた。漠然とではあったが、フェルディナンが不実な共同経営者として、二人の破産のもとになるのではないかと恐れていた。

二月になり、官展《サロン》の時期が近づいていたが、『湖』はいまだ完成していなかった。絵の土台となる部分は大体できていて、キャンバスは完全に覆われていたが、いくつかかなり進んだところをのぞいて、それ以外の部分はまだ不完全で、混乱したままだった。こんな下書きの状態では、官展《サロン》に送るわけにはいかなかった。作品を決定づける最後の仕上げがまだ欠けていた。芸術を芸術たらしめるあの最後の秩序が、あのいくつかの光が、そこにはなかった。けれども、フェルディナンはもうこれ以上どうにも前に進めなかった。細部に迷い込み、朝仕上げたところを夜になると壊してしまった。堂々巡りを繰り返すばかりで、自分の無力さを嚙みしめるばかりだった。ある晩、遠くまで買い物に出かけたアデルが日が落ちてから帰ってくると、真っ暗なアトリエからすすり泣きの声が聞こえてきた。夫が絵の前で動かず、椅子にぐったりと座り込んでいる。

「泣いているのね！」彼女は激しい感情にとらわれて叫んだ。「一体どうしたの！」

「い、いや。何でもないよ」彼は口ごもった。

一時間前から、彼はそこにへたり込み、バカみたいにその絵を眺めていたのだった。眺めながら、彼にはもう何も見えていなかった。濁った目には、何もかもが踊っているように見えた。自分の作品はまったく混沌《こんとん》として、無意味な、嘆かわしいものに思えた。感覚が麻痺《まひ》して動けなくなり、子どもみたいに弱々しくなった気がした。色を塗りたくっただけのこの失敗作にきちんとした秩序を与えることなど、到底不可能に感じられた。やがて、宵闇が少しずつ絵の存在を消していき、華やかな色遣いの部分までがまるで虚無のような暗黒の中に沈んでいったとき、彼はおそろしい哀しみに喉を締めつけられて、窒息しそうになった。そして、またすすり泣き始めた。

「泣いているのね」若い妻は、熱い涙にぬれた夫の頰に手を差し伸べながら、もう一度繰り返した。「苦しいの?」

今度は答えることができなかった。またしても嗚咽《おえつ》が襲ってきて、喉が締めつけられた。すると、アデルはこのどうしようもないかわいそうな男への哀れみから、心に深く抱いていた恨みも忘れ、暗闇の中で彼に母親のようにキスをした。二人の契約は破綻した。

Ⅲ

翌日、フェルディナンは、昼食のあとに出かけなければならなかった。二時間後に戻ってきたとき、いつもの習慣で絵の前にたたずみ、じっと自作を凝視した彼は、軽い驚きの声を上げた。

「あれ、誰かがいじっているじゃないか!」

左の方の空の一角と木々の茂みが完成されていた。アデルは、テーブルの上に身をかがめて自分の水彩画に没頭していたので、すぐには返事をしなかった。

「いったい誰だろう、こんなことをするのは」彼は、怒っているというよりはむしろ驚いたふうに言った。「レヌカンが来たのかい」

「いいえ」アデルはあいかわらず頭を上げないまま、それでもようやく答えた。「私がちょっと気晴らしにやってみたのよ……。背景だもの、大したところじゃないでしょ」

フェルディナンは困惑したような笑みを浮かべると不意に笑い出した。

「つまり君は共同制作者になったってわけかい、これで。色のトーンは完璧だよ。ただここの光は和らげたほうがいいな」

「どこ？」彼女はテーブルを離れ、そばまでやってきて尋ねた。「ああ、ここね、この枝」

彼女は筆をとり、修正した。彼はじっと彼女を見ていた。しばらく黙った後、まるで生徒に教えるようにアデルにアドバイスし始めた。彼女は空を描き続けた。それ以上はっきりしたことは口にされないまま、暗黙のうちに、彼女が背景を仕上げることが合意された。締め切りが迫っていて、急がねばならなかった。そこで彼は嘘をついて、自分は具合が悪いんだ、と言った。彼女もそれをごく自然に受け入れた。

「僕は病気だから」彼は何度も繰り返した。「君が手伝ってくれるととても助かるよ……。背景はあまり大したところじゃないしね」

こうして、彼は自分のイーゼルの前に妻がいるのに慣れた。時々、彼はソファから立ち上がり、あくびをしながら近づいてきて、アデルの仕事ぶりについて短く感想を述べる。たまにやり直しをさせることもあった。教師としてのフェルディナンはとても厳しかった。二日目、ますます具合が悪くなってきたと言って、彼は、自分があとで前景を仕上げるから、まず背景を進めてほしい、とアデルに言った。その方が、彼によれば、仕事がやりやすくなるというのだ。絵の全体像がもっと見やすくなって、もっと早く進むんだよ。こうして一週間、まったく何もしないままソファの上で延々と眠りこけているあいだに、妻の方は黙って一日中絵の前に立って働いていた。それからようやく、フェルディナンは気持ちを奮い立たせ、前景に取りかかった。しかし、あいかわらず妻を自分のそばから離さなかった。アデルは時々いらいらするフェルディナンをなだめ、彼の指示に従って細かいところを仕上げた。リュクサンブール公園に行って新鮮な空気を吸ってきたら、と再三フェルディナンに勧めて外に追い出した。体の具合がよくないんだし、大事にした方がいいわ、そんなふうに頭に血が上ったらよくないわ。そうして一人になると、女性特有の粘り強さで作業を急ぐのだ。前景部分もためらわずに進められるだけ進めた。夫の方は、すっかり無気力になっていたので、自分の留守中に妻がやった仕事にも気づかないほどだった。少なくとも、何も言わなかった。まるで絵がひとりでに進んでいるとでも思っているかのように。二週間で『湖』は完成した。しかしアデル自身は満足していなかった。何かが欠けている気がするのだ。フェルディナンが完成に安堵《あんど》して、絵はとてもよくできているよ、と言っても、彼女は冷たい態度を崩さず、肩をすくめた。

「これ以上どうしたいって言うんだい？」彼は怒って言った。「死ぬまでこれだけに関わっているわけにはいかないじゃないか」

彼女が望んでいたのは、フェルディナンならではのしるしが絵に刻み込まれることだった。そのためのエネルギーを彼に取り戻させるのに、彼女は驚くべき忍耐と善意を発揮した。一週間にわたって夫にしつこくつきまとい、その炎を掻き立てた。彼はもう外出しなくなっていた。アデルはそんな夫をやさしく愛撫して燃え上がらせたり、褒めちぎって自分に酔わせるようにしたりした。そして、ようやく夫の気持ちが高まってきたと感じると、手に筆を持たせ、絵の前に立たせて、さらに何時間も議論を繰り返して、夫を興奮状態に放り込んだ。そのおかげで、彼に力が戻ってきた。こうしてフェルディナンは再び絵にとりかかり、アデルの仕事を引き継いで、絵に力強いタッチを与えた。欠けていた独創的な色調を加えた。それはほんのわずかなことだったが、それがすべてだった。作品は今や生きていた。

若い妻は大喜びした。未来は再び微笑んでいた。彼女は夫を手伝ったかもしれないが、それは長い作業で夫が疲れていたからだ。その秘密の使命を果たしたという喜びで、彼女の心は希望に満たされていた。だが、彼女は、冗談交じりに、自分がこの仕事を手伝ったことは絶対誰にも言わないでね、と彼に誓わせた。そんなことをしても何にもならないし、私が困るだけよ。フェルディナンは驚きながらもそれを約束した。彼はアデルの芸術的才能に対して嫉妬を抱いてはいなかった。彼女の方が絵を描く仕事について自分よりはるかによく知っているとどこに行っても触れまわっていたし、実際それは事実でもあった。

家にやってきて『湖』を見たレヌカンは、長いあいだじっと黙っていた。それから、心の底から、この若い友人に賛辞を贈った。

「これは間違いなく『遠足』よりもさらに完璧だ」彼は言った。「背景は驚くほど軽やかで繊細、そして前景はものすごい力強さで浮き上がってくる……。うむ、すばらしい、きわめて独創的だ……」

レヌカンは明らかに驚いていたが、その驚きの本当の理由は口にしなかった。フェルディナンにこんなことができるのか、と狼狽《ろうばい》していたのだ。フェルディナンがこれほど器用だとは思っていなかったのである。この絵には、レヌカンが予期していなかった何か新しいものがあった。とはいうものの、口には出さなかったが、レヌカンは前の『遠足』の方が好きだった。なるほど『遠足』は、これよりもっと粗削りで、もっと無骨だった。だが、もっとフェルディナンらしさが強く出ていた。この『湖』では、才能は確かにより手堅く、より多彩になっている。それでも、作品自体は、前ほどはそそられない。レヌカンはそこに、ありきたりなバランス感覚を、華美な見せかけや凝った技巧へと向かおうとする兆しのようなものを嗅ぎ取っていた。とはいえ、それでも去り際には何度もこう繰り返した。

「驚いたよ、君……。これはとんでもない成功を収めるだろう」

レヌカンの予言は的中した。『湖』の成功は、『遠足』をさらに上回るものだった。とくに女性たちの陶酔ぶりは際立っていた。それほどに洗練された甘美な絵だった。

車輪をきらきらと輝かせながら、日差しの中へ連なっていく幾台もの馬車、美しく身づくろいをした小さな人物たち、森の緑の真ん中から飛び出してくるいくつもの小さな明るい色彩の斑点。そうしたものが、絵画をまるで宝飾品を見るように見に来る人々を魅了した。芸術作品に力強さや論理を求めるような一番口うるさい連中もまた、その手慣れた腕前に、計算され尽くした効果に、卓越した技術の高さにうならずにはいられなかった。しかしながら、もっとも大衆の心をつかんだのは、この画家個人の人間性が持つ、やや甘ったるい、優雅ともいえる魅力だった。フェルディナン・スルディスは進化している。そのことに、どの批評家も文句はなかった。たった一人だけ、いつもしゃあしゃあと乱暴に本音を吐いて嫌われている男が、こう書いてのけた。もしこの画家が、これからもこんな技巧をひねくり回して、うわべの洗練を求め続けるなら、あの貴重な独創的才能をダメにしてしまうのに五年もかからないだろう、と。

アサス通りのアトリエで、若い夫婦は幸福に浸っていた。もはやまぐれ当たりの一発屋ではない。今や完全に名声が確立され、現代の巨匠の仲間入りをしたのだ。おまけに、金も入ってくるようになった。あちこちから注文が舞い込み、家にある描きかけの絵のきれっぱしのようなものが、大金と引き換えに奪われるように売れていった。そして、仕事に取りかからねばならなくなった。

こうして富に恵まれながらも、アデルは冷静だった。彼女はけちではなかったが、質素倹約をよしとする田舎の気風、いわゆる「金の値打ちを知っている」と言われる質実な気風の中で育ってきていた。そのために、あえて厳格であろうと努め、フェルディナンが引き受けた絵の契約を決して破らないように目を光らせた。注文はすべて台帳に記入し、絵がちゃんと届けられるように監視した。そしてお金は貯金しておいた。彼女の努力は、とくに夫の尻を叩くことに向けられた。

生活のリズムを管理するのもアデルだった。まずは仕事の時間をたっぷりとり、それから息抜きの時間を入れた。彼女は決して怒ることなく、いつも物静かでしとやかだった。しかし、フェルディナンの振る舞いがあまりにひどい時には、恐ろしいほどの威厳を発揮し、今ではフェルディナンが震え上がるほどだった。しかし、そういう時こそ、彼女は間違いなく一番フェルディナンの役に立っていたのだ。というのも、彼を支え続けたこの固い意志がなければ、彼はとっくにやる気をなくし、その後何年かにわたって作り続けた作品も仕上げることができなかっただろうからだ。彼女はフェルディナンの力の最高の源であり、導き手であり、支えであった。とはいえ、どれだけアデルを恐れていても、彼は時々どうしてもかつての自堕落な生活に戻らずにはいられなかった。アデルでは彼の性的満足は得られなかったので、家を飛び出し、下劣な乱行にふけらずにはいられなかったのだ。そしてまた病人のようになって帰ってきては、三、四日は呆然《ぼうぜん》としているのだった。しかし、そのたびに、アデルはいわば新たな武器を手に入れたと言ってよかった。彼女の軽蔑はますます大きくなり、いっそう冷たい視線でフェルディナンを押しつぶしたからである。すると彼は、その後一週間はイーゼルの前から離れなくなるのだった。女としてのアデルの苦しみは、だが計り知れぬほど大きかった。夫は彼女を裏切り続けた。いつも脱出を望み、そしてそのたびに、ひどく後悔し、すっかり従順になって戻ってくる、そんなことが何度も繰り返されるのだ。それでも、夫の発作がまた起こりそうなとき、すなわち夫の目が青白く輝き、動作が熱を帯びて、欲望に駆り立てられているのを感じるたびに、彼女は、外に出た夫がまたすぐにぐったりと生気をなくして戻ってくることを、怒りとともに強く願った。そうすれば、いわば柔らかい生地を好きなようにこねることができるように、彼女の頑丈な、美しさのない寸詰まりの手でも、夫をまた自由にすることができるからだった。彼女は自分に女としての魅力がないことを知っていた。鉛色の顔、がさがさの肌、骨太の体形。しかし、彼女はひそかにこの美しい夫に復讐《ふくしゅう》していたのだ。きれいな女たちに力を吸い取られ腑抜けにされては、この美しい男はまた自分のもとへ帰ってくるしかないのだから。おまけにフェルディナンは急速に老けていた。リューマチにやられた上、無茶をしすぎたせいで、四十にしてすでに老人のようだった。歳とともに、いよいよ彼も落ち着いた生活を送らないわけにはいかなくなっていた。

『湖』の時から、夫婦が一緒に制作することは暗黙の了解になっていた。確かに、そのことを二人ともまだはっきりと口にしたことはない。だが、ひとたび家の戸を閉め切ると、二人は一緒に絵の前に立ち、共同で作業を進めた。フェルディナンは男性的な才能の持ち主として、依然として最初の着想を担い、全体の指揮を務めた。主題を決め、大まかな素描をし、各部分の配置を定めた。それから、実際の制作は、女性的な才能を発揮するアデルに任せた。ただし、力強い筆遣いを要する箇所は、フェルディナンが自ら筆を執った。初めのうち、フェルディナンは大きなパートを自分のために残しておいた。妻が手伝うのは付随的な隅の方だけ、という名誉を守りたかったのだ。だが、だんだんと弱っていき、日に日に筆を振るう勇気をなくしていって、アデルが侵食してくるのにまかせるようになった。新しい作品に取りかかるたびに、自然とアデルの手伝う割合が大きくなった。とはいえ、彼女自身に夫の仕事をすっかり自分の仕事に置き換えてしまおうというはっきりした意図があったわけではない。彼女が望んでいたのは、何よりもまずスルディスという名前、自分のものでもあるこの名前が、栄光の座から転落しないということだ。つまりこの名声の頂点に居続けるということだった。それが少女時代からの、不細工で、家に閉じこもっていた少女の頃からの、彼女の夢だったのだ。それから、次に彼女が望んでいたのは、絵を買ってくれる顧客との約束を破らないということだった。誠実で信用のおける商売人として、約束した期日にちゃんと絵を届けるということである。そのためにも、彼女にはどうしても大急ぎで作品を仕上げる義務があった。フェルディナンは始終無力感にさいなまれていらいらし、指が震えて絵筆も持てないという状態になったので、フェルディナンがやらないで放ってある欠落部分を自分で埋め、絵を完成させないわけにはいかなかった。それに、彼女は決して自分の才能を誇ったりしなかった。常に自分の方が生徒であるように振る舞い、彼の命令に従って、純粋に作業の手伝いをしているだけという姿勢を崩さなかった。彼女はまだフェルディナンを芸術家として尊敬していた。その崇拝は本物だった。落ちぶれたとはいえ、まだ彼が男としての力を持っていることを、本能的に理解していたのだ。フェルディナンがいなかったら、自分にはとてもこんな大きな絵を仕上げる力はないわ、と彼女は思っていた。

レヌカンは、絵描きにはよくあるように、傍目《はため》にはその家庭生活がうかがいしれない人間だったが、フェルディナンの絵の中で、男性的な気質がゆっくりと女性的な気質に置き換わっていくのを見て、そのたびにますます驚きを大きくしながら、さっぱり理解できずに首をひねっていた。レヌカンの見るところ、フェルディナンは決して悪くなっているわけではない。ちゃんと描き続けているし、質も保っている。だが、どうも当初はなかったような種類の技巧へと才能が伸びているように見えるのだった。フェルディナンの最初の絵『遠足』は、生き生きとした個性と才気にあふれた作品だったのに、そうした才気煥発《かんぱつ》の個性が、その後の作品では少しずつ消えていき、今では力のない絵の具の層の中に埋もれてしまっているのだ。その絵の具の線は、確かに流麗で目には心地よいものであったが、だんだんと平凡なものになっていた。それでも、同じ手によるものであることは間違いなかった。少なくともレヌカンはそう信じていた。それほどアデルの腕は夫の作風を見事にとらえていたのだ。彼女には、ほかの画家の描き方を徹底的に解剖し、その中に自分をすべり込ませるという天賦の才があった。また一方で、フェルディナンの絵はどことなく清教徒《ピューリタン》臭くなっていた。つまり厳格な小市民《ブルジョワ》風の堅苦しさがあった。それがレヌカンには気に入らなかったのだ。この画壇の巨匠は、若い仲間のうちにある自由な才能を喜ばしく思っていたのに、いつの間にかその絵には、つんと澄ましたお上品さが表れるようになってしまっている。それが苛立たしかった。ある晩、芸術家同士の集まりの中で、レヌカンはかっとなってこう叫んだ。

「あのスルディスのやつは、すっかり気取り屋になっちまいやがった……。あいつの新しい絵を見たか。血が通ってないんだよ、あの野郎には。女たちに全部抜かれちまったらしい。ああ、そうだ。昔からよくある話だ。女っていう生き物に脳味噌を食われちまうのさ……。俺が一番気に食わないのが何かわかるか。あいつがいつも上手な絵を描くってことだよ。完璧にな！　笑うがいいさ！　俺は想像してたんだ。もしあいつがダメになってしまったら、完璧な失敗作ができるだろうってな。いいかい、完膚なきまでに崩壊した男の惚れ惚れするような失敗作だ。ところが全然そうじゃない。やつはどうやら見つけたらしい。毎日毎日きちんと狂いを調整していく機械仕掛けみたいなコツをな。そのおかげでやつは大変器用に、面白味のない絵を作れるってわけだ……。ひどいもんさ。あいつは終わりだよ。下手な絵を描くことができないんだ」

まわりの者はレヌカンの逆説的な罵倒には慣れていたので、陽気に盛り上がった。しかしレヌカンだけは自分の言ったことをよく理解していた。そして、彼はフェルディナンのことが好きだったので、本当に悲しんでいた。

あくる日、彼はアサス通りに赴いた。ドアに鍵がささったままだったので、ノックもせずに入っていった。そこで仰天のあまり立ちすくんだ。フェルディナンはいなかった。イーゼルの前にはアデルがいて、新聞ではすでに前評判がささやかれている絵をせっせと仕上げているところだった。作業に没頭していたので、アデルにはドアが開いた音が聞こえなかった。ましてや家政婦が帰るときに鍵穴に鍵を差し込んだまま忘れてしまっていたとは知るよしもなかった。レヌカンは立ちすくんだまま、たっぷり一分間アデルを観察することができた。彼女は手慣れた正確な手つきで作業をこなしていた。見事な技術、流れるような、まさにレヌカンが前夜口にしたようなきちんと調整された機械仕掛けの筆さばきだった。突如として、彼は理解した。その衝撃があまりに大きく、その場にいることがどれほど無遠慮だったかに思い至り、もう一度戻って外からノックしようとしたほどだ。ところが、不意にアデルが振り向いた。

「あら！　あなたでしたの」彼女は叫んだ。「そこにいらしたの？　どうやって入って来られたの？」

そう言って彼女は真っ赤になった。レヌカンの方も困惑して、いや、たった今入ってきたばかりでね、と答えた。それから、今この場で目にしていることについて話さないと、事態はよけいにまずくなるということに気がついた。

「ほお、急ぎの仕事なんだね」彼はこれ以上ないほどの無頓着さを装って尋ねた。

「フェルディナンにほんのちょっと手を貸しているわけだ」

彼女は蠟《ろう》のように白くなり、落ち着いて答えた。

「ええ、この絵は月曜には届けるはずだったんです。でもフェルディナンにまた例の痛みが出てしまって……。ああ、でもほんの少しグラッシ[5]を塗っているだけですわ。大したことじゃありませんの」

だが、彼女にはわかっていた。レヌカンのような男をだますことはできない。それでも、彼女はパレットと絵筆を手に、ただじっと動かずにいた。レヌカンは彼女にこう言うしかなかった。

「私のことなら気にすることはない。続けなさい」

彼女は数秒のあいだ、レヌカンをじっと見つめた。そしてとうとう決心した。今や彼はすべてを知ってしまったのだ。これ以上ふりを続けても仕方がない。それに、この絵は今夜までに届けるときっちり約束してしまっている。彼女は仕事を再開し、男っぽい角ばった体つきでずんずんと筆を進めていった。レヌカンは腰を下ろし、その仕事を見守っていた。そこへフェルディナンが帰ってきた。レヌカンの姿を見て、彼は強い衝撃を受けた。絵を描いているアデルの後ろにレヌカンが座って、それをずっと見ていたからだ。けれども、彼はもう何もかもがどうでもよくなっていて、強い感情を持つ能力を失っていた。老画家の隣に来て座り込み、もうただ眠りたいという欲求しか残っていない男のような溜息を一つついた。それから、黙り込んだ。言い訳したいとも思わなかった。こういうことなんだ。別に苦にしちゃいない。しばらくして、フェルディナンはわずかにレヌカンの方に体を傾けた。ちょうどアデルがつま

5　油絵で色調や明暗の微妙な変化を得るために地の絵の具の上に透明絵の具を塗ること。あるいはこの薄い絵の具の膜をさす。

先立ちをして、空に大きな光の筋を、力強い動作で一気に刻みつけたところだった。

フェルディナンは本心から誇らしくレヌカンに言った。

「ほらね、先生、彼女は僕よりうまいんです……。どうです！　この腕前！　この筆づかい！」

レヌカンは、階段を下りて帰る途中、動揺のあまり我を忘れて、静寂の中で大声で独り言を言っていた。

「これでまた一人消えたか！……あの娘は、あいつがどん底まで落ちることは防いだかもしれん。だが、やつがはるかな高みにまで上る道は閉ざしてしまったんだ。あいつはもう終わりだ！」

Ⅳ

何年かがすぎた。スルディス夫妻はメルクールに、遊歩道に面した庭をもつ小さな家を買っていた。初めのうち、二人は夏のあいだの数か月だけ、七月と八月の暑い時期にパリの息苦しさから逃れるために、そこにやってきた。言わば、いつでも準備の出来た隠居生活を、少し早目に過ごしているようなものだった。だがしばらくすると、もっと長い時間をそこで過ごすようになった。そして、滞在する時間が長くなるにつれて、パリに行く必要性をだんだんと感じなくなっていった。家が狭かったので、二人は庭に大きなアトリエを建てさせたが、それはやがて増築されて立派な一個の家に膨れ上がった。今では逆にパリの方が冬の二、三か月を過ごしに行くだけの場所になっていた。住まいはメルクールにあり、パリには仮住まいとしてクリシー通りの家をひとつ所有しているだけになった。

こうして二人は、とくにはっきりとした計画があったわけでもなく、少しずつなし崩しに田舎に隠居したのだった。二人がパリを離れたことに、時々驚く人がいたが、アデルはフェルディナンの健康状態がひどく悪いので、と言い訳した。アデルの話を聞いていると、夫を空気のいい穏やかな場所へ移す必要があって自分が折れたかのような口ぶりだった。だが本当は、自分の最後の夢をかなえるために、彼女自身が昔から抱いていた望みに従っただけだったのである。娘時代、アデルは公立中学校広場のじめじめした舗石を何時間も眺めながら、パリで栄光に包まれる自分の姿を夢想していた。割れんばかりの拍手や、自分の名前に注がれる輝かしい光を夢見ていた。ただ、その夢はいつもメルクールで、小さな町の寂れた一角で、尊敬のまなざしで彼女を見る住人たちに囲まれているところで終わるのが常だった。その場所こそ、彼女の生まれた場所だったからだ。そこで勝利する野望を、彼女はずっと抱き続けてきたのだ。夫の腕をとってしずしずと歩く自分を見て呆然と戸口に立ちつくすメルクールのおかみさんたちの仰天したまなざしの方が、パリのサロンで洗練された褒め言葉を浴びるよりも、もっと彼女の名誉欲を満たしてくれた。実のところ、彼女はずっと田舎者で俗物《ブルジョワ》のままだったのだ。新しい成功を収めるたびに、この小さな町の人々がどう思うかが気になり、心臓を高鳴らせてここに戻ってきていた。そうして、あの暗い無名時代から、現在の輝かしい名声にいたるまで、自分という人間の開花をつぶさに味わってきたのだ。母親が死んでから、もう十年が経っていた。彼女はひたすら自分の青春を、自分が眠り込んだまま過ごしたあの凍りついた日々を、取り戻すためにやってきたのだった。

今となっては、フェルディナン・スルディスの名は、もうこれ以上大きくなりようがないほど大きくなっていた。五十歳になった画家は、すでにありとあらゆる賞や勲章、メダルや称号を手に入れていた。レジオン・ドヌール勲章の受章者であり、何年も前から芸術院会員にも選ばれていた。まだ大きくなり続けているものといえば、その富ぐらいだった。というのも、新聞さえもはや賞賛の言葉を使い尽くしてしまったからだ。フェルディナンを褒め称えるときによく使われる決まり文句がいくつかあった。豊饒の巨匠、あらゆる魂を魅了する甘美な誘惑者、人は彼をそう呼んだ。しかし、そうした呼び名も、もはや彼の心には響かないようだった。すべてに無関心になり、まるで着慣れた服を着るように、フェルディナンは自分の栄光を身にまとっていた。すでに背中が曲がり、どこにも焦点が合っていないうつろな目をした彼が街を歩くのを見て、尊敬していたメルクールの人々はひどく驚いた。こんなに物静かでこんなに疲れ切った老人が、首都であれほどの評判を巻き起こすことができるとは、とても想像できなかったのである。

それに、今では誰もが、スルディス夫人が夫の絵を手伝っていることを知っていた。背が低くて肥満したその外見にもかかわらず、彼女はやり手の女主人だとみんなから認められていた。これほど太った女性が一日中キャンバスの前で立ち通しで作業して、足を痛めないということもまた、この土地の人々にとってはもう一つの驚きであった。慣れの問題だ、と文化人気取りの金持ち《ブルジョワ》たちは言い合った。こうして妻が共作者だとわかっても、フェルディナンへの評価は少しも下がらなかった。むしろ逆だった。アデルは、技術では上回っていても、夫の存在を公然と消し去ってしまうべきではないとわかっていたので、絵にサインするのは依然としてフェルディナンだった。彼はいわば国王、統治はせずとも君臨する立憲君主だった。スルディス夫人の作品には誰も心をつかまれなかったが、フェルディナン・スルディスの作品には、あいかわらず大衆も批評家もすっかり魅了されるのだった。そうしたわけで、彼女はいつも夫に対して最大の尊敬の念を表し続けていた。そして不思議なことに、この尊敬の念は本当に心からの誠実なものだった。フェルディナンが絵筆を握ることはだんだんとなくなっていったにもかかわらず、アデルはあいかわらず作品の真の創造者は彼だと見なしていた。実際には、その絵のほぼ全体を彼女が描いていたというのに。二人の個性は徐々に置き替えられていき、共同作品の主導権を彼女が握るようになっていった。しまいには彼女の気質が作品を支配し、もう一方を追い出してしまった。けれども、彼女はいまだに最初の推進力となったフェルディナンの影響から自由になったとはつゆほども感じていなかった。彼女は夫の力を自分の内に取り込みながら、いわば性別だけを変えて、夫に成り代わったのだ。その結果、恐ろしいことが起きた。アデルは見学者が来るたびに、作品を見せながら、いつもこう言うのだ。「フェルディナンがここをやったの、フェルディナンがそこをやるはずよ」。実際には、フェルディナンはまったく何もしていなかったし、これからも手を付けるはずがなかった。また、彼女はほんの少しでも批判されると腹を立てた。フェルディナンの天才に異議を唱えるなどということは我慢ならなかったのだ。その点に関して、彼女の熱意はすさまじかった。夫の才能をどこまでも信じぬいていた。確かに彼女は、ほかの女と浮気してばかりの夫に怒りや嫌悪や軽蔑を抱いていた。だがそれでも、彼女は夫の中に偉大な芸術家を見出し、愛していたのであり、彼女が自分の中で作り上げた偉大な芸術家としての夫の像は、決して破壊されなかったのだ。たとえその芸術家が落ちぶれ、破産を免れるために自分がその代わりを務めなければならなくなった後でさえ。フェルディナンの心の奥底には、魅力的な無邪気さのようなもの、尊大でありながら優しい無頓着とでもいったものがあって、そのおかげで彼は自分の無力さを内心感じながらも耐えることができたのだった。自分が零落したことを、彼は苦にしていなかった。妻と同じように、彼もまたこう言っていたのである。「僕の絵、僕の作品」と。自分がサインするその絵を、自分はほとんど描いていないということはまったく気にせずに。しかし、彼ら二人のあいだでは、それはごく自然なことだった。フェルディナンは、自分の人格まで占領したこの妻をまるで妬んでいなかった。妻の自慢をせずには二分と話が続かないほどだった。かつてある晩レヌカンに言ったことを、彼はいつも繰り返し言っていた。

「本当ですよ。妻は僕より才能があるんです……。僕はデッサンがからきしダメなのに、妻はなんでもないように、さらっと描いてしまうんですから……。想像もつかないようなうまさですよ！　まったく、そういうのは生まれつき持っているか持っていないかなんです。それが才能というものですよ」

それを聞いて、人々はひそかに微笑んだ。妻を愛する夫の優しさだとしか思わなかったからである。だが、そうした人々が、もしもうっかり、スルディス夫人はたいへんすばらしい人だが、芸術的才能があるとは思わない、などと言おうものなら、フェルディナンは烈火のごとく怒り出し、芸術家の気質や制作のメカニズムについて、壮大な理論を滔々《とうとう》とぶち始めるのだった。そして最後には決まってこう叫んで締めくくるのだ。

「彼女の方が才能があるってこれだけ言っているのに、どうして誰も信じてくれないんだろう！　本当に驚きだよ！」

夫婦の仲はとてもよかった。晩年になって、加齢と健康状態の悪化のために、フェルディナンはずいぶんとおとなしくなった。少しでも胃に刺激を与えるとすぐに痙攣《けいれん》を起こすので、もう酒も飲めなくなっていた。ただ、女だけはやめられず、まだ時おり、二、三日狂ったように遊び続けることがあったが、やがて完全にメルクールに落ち着くようになると、その機会もなくなってしまったので、妻を裏切ることもほぼなくなった。今ではアデルは、家の手伝いをしている家政婦たちに夫が不意に手を出して束の間の浮気を楽しむことだけを心配していればよかった。そのために彼女は醜い女だけを選ぶように気をつけなければならなかった。ただそれでも、相手が同意するかぎり、フェルディナンが彼女らと楽しむのを防ぐことは不可能だった。彼にとって、それはどうしようもない性癖であり、身体的な欲求なのだった。たとえすべてをぶち壊しにする危険があっても、時々何日間か体が興奮してしまうと、その欲望を満たして鎮めずにはいられないのだ。そのため、アデルは、夫との仲があやしいと気づくたびに、家政婦に暇を出し、別の女を雇う羽目になった。すると、フェルディナンはその後一週間は恥じておとなしくなるのである。そんなことが老齢になるまで繰り返され、そのたびに夫婦の愛がまた一段と強くなった。アデルはどんなことがあってもいつも夫を熱愛していた。夫の前では決して爆発させたことのないあの嫉妬の念をぐっと抑え込みながら。一方、夫の方は、家政婦が入れ替わった後、例によって恐ろしく冷たい沈黙の中に入る妻に何とか赦してもらおうと、あの手この手で優しく取り入り、従順な態度を取るのだった。そういうとき、アデルはまるで子どものように彼を自分のものにすることができた。フェルディナンはすっかりやつれ、黄色くなった顔には深いしわが刻まれていた。けれども、その黄金の鬚はかつてのままで、色は少し薄くなったものの、白くなってはいなかった。その鬚のおかげで、彼はまるで年老いた神のように見えた。年老いてもなお、依然として輝かしい魅力と若さに包まれた不思議な神のように。

ある日、メルクールのアトリエで、フェルディナンはとうとう絵というものがまったく嫌になってしまった。それはほとんど肉体的な嫌悪感だった。油の匂い、筆がキャンバスにあたるときのねっとりとした感触、そういったものが神経に障っていらいらし、我慢ならなくなった。手は震え始め、めまいがした。おそらく、何もできないまま長い年月を過ごした結果、ついにこういう状態に至ったのだろう。芸術家としての能力の減退が、いよいよ深刻な段階に到達したのだ。彼はいずれこのような物理的な不能状態に陥るほかなかったのに違いない。アデルはとても優しく接した。彼を慰め、一時的に調子が悪くなっているだけだから、すぐに治るわと励ました。そして無理やりに休息をとらせた。フェルディナンはまったく絵を描くことがなくなってしまったので、不安に駆られ、陰鬱になった。けれども、アデルはうまい方法を見つけ出した。フェルディナンが石墨で構成を描き、それを彼女がキャンバスに拡大して複製し、彼の指示に従って塗るのである。それ以来、そのやり方が当たり前になり、もはや彼は、自分がサインするそれらの絵に、一切絵筆を入れることがなくなった。実際に描く仕事はすべてアデルがやり、フェルディナンは単に着想を与える役割にとどまった。彼がアイデアを考え、鉛筆でスケッチをした。時々、それらのスケッチは不完全だったり、間違っていたりしたので、アデルは口には出さずにそっと修正しなければならなかった。ずいぶん前から、夫婦はもっぱら外国向けに絵を描いて発送する仕事をするようになっていた。フランスで大成功を収めた後、とくにロシアやアメリカから注文が来るようになっていたのである。しかも、これら遠い国の愛好家たちは気難し屋ではなく、絵の箱を送ってお金を受け取るだけで済むし、一度もトラブルになったことがなかったので、スルディス夫妻はだんだんとそうした楽な制作ばかり請け負うようになったのだ。それに、フランスでは絵の売上が落ちていた。もちろん、フェルディナンがたまに官展《サロン》に絵を出品したりすると、批評家は同じような賛辞でその作品を迎えた。いわく、安定した才能、もはや誰も疑うことのない一流の才能、と。だが少しずつ、大衆や批評家を驚かせることのない、平凡な作品を大量に生み出すようになってしまったのではないか、という評も定着し始めた。画家というものは、たいていの人にとっては変わることのない同一の存在であり続ける。ただ単に歳を取り、より目新しい騒々しい才能に華やかな場所を譲るだけだ。だが、絵の購入者たちはやがてその画家の絵を買うことをやめる。同時代の巨匠として、敬意は払われ続けるが、もう絵はほとんど買ってもらえなくなる。そうして外国人が全部持って行くのである。

その年、それでもフェルディナン・スルディスの絵は、官展《サロン》で大々的な注目を集めた。それは最初の絵『遠足』と対をなすかのような作品だった。白っぽい壁に囲まれた寒々とした部屋で、勉強中の生徒たちが飛び交うハエを眺めていたり、くすくすとひそかに笑い合っていたりする。その傍らで、自習監督が、まるで自分以外の世界全体を忘れてしまったかのように、夢中になって小説を読んでいる。この絵は『自習』

と題されていた。人々はこの絵が魅力的だと思った。批評家たちは、三十年の時を隔てて描かれたこの二つの作品を比較しながら、経験不足の『遠足』から完璧な技量に達した『自習』に至るまでの長い道のりについて論じた。批評家のほとんどがこぞって、この新作には驚くべき精巧さと極上の芸術品としての洗練があると言い立て、これはもはや誰も乗り越えることのできない完璧な技巧だとほめそやした。しかしながら、絵描きたちの大半は異議を唱えた。レヌカンもまた最も激しく攻撃する者の一人だった。彼はすでに七十代の半ばで、かなり年老いていたが、あいかわらずかくしゃくとして、真実を求めることに情熱を燃やしていた。

「放っておきたまえ！」彼は叫んだ。「私はフェルディナンを息子のように愛しているよ。しかしだね、若い頃の作品より今の作品の方が好きだなんて、バカを言うにもほどがある！　あんなものにはもう炎もなければ味わいもない。いかなる種類のオリジナリティも見当たらんよ。ああ、確かにきれいではある。わかりやすい。そのことは同意するとも！　しかし、なんだかよくわからない手の込んだ表現法で味付けされた、あんな平凡な技巧をありがたがるなんて、よほど目がくもっているとしか思えんな。あらゆる様式やら様式もどきが混ぜこぜで……。あれはもう私の知っているフェルディナンじゃないよ。ああいうまがい物の絵を描くのはね……」

とはいえ、レヌカンはそこで口をつぐむのだった。彼は黙るべきところをわきまえている男だったし、人々はその苦々しげな口ぶりに、常日ごろ彼が女というものに——彼自身の呼び方を借りれば、あの有害な生き物に——対して、公然と表明している怒りがにじんでいるのを感じ取った。彼は腹立たしげにこう繰り返すにとどめた。

「そうとも、フェルディナンじゃないんだ……。フェルディナンじゃないんだよ……」

レヌカンは、アデルの存在がフェルディナンの絵をゆっくりと侵食していくさまを、観察者として、分析者として、好奇の目で見守っていた。新しい作品が完成するたびに、どんな些細な変化にも気づき、夫の手になる部分と妻の手になる部分とを見てとった。そして、少しずつ確実に夫の部分が減っていき妻の部分が増えていくのを確認していた。その現象があまりにも興味深くて、彼はついつい怒るのも忘れて、この作風の変化を純粋に楽しんでしまうほどだった。レヌカンは現実の人生で起こるドラマに目がない男だった。それゆえ、ほんのちょっとしたニュアンスの変化にも敏感だった。そして近頃、この身体的、心理的交代劇が完全に成し遂げられたことを感じとっていた。その最終結果が、今目の前にある『自習』だったのだ。彼は思った。とうとうアデルがフェルディナンを食ってしまった、もう終わりだ、と。

その頃、ちょうど七月になり、レヌカンは毎年そうしているようにメルクールに何日か過ごしに行こうと思い立った。それに、官展《サロン》以来、あの夫婦に会いたいという欲求もかつてないほど強くなっていた。自分の見立てが正しいか、じかに確かめるまたとない機会でもあった。

ある灼けつくような午後、レヌカンはスルディス家に顔を見せた。木々がつくる陰の下で、庭が眠り込んでいた。家は花壇に至るまで有産階級《ブルジョワ》風の几帳面さできれいに整えられ、落ち着きと秩序がうかがえた。小さな町の喧騒は、この離れた一角までは届いてこず、バラの蔓のまわりを蜂がぶんぶん飛び回る音が聞こえるだけだった。家政婦が現れて、女主人《マダム》はアトリエにいらっしゃいます、と客に告げた。

レヌカンが扉を開けると、アデルが立ったまま絵を描いていた。何年も前に初めて制作中の彼女に出くわした、あの時と同じ姿勢だと彼は思った。だが今日は、彼女は隠れようとはしなかった。軽い喜びの声を上げて、パレットを置こうとした。レヌカンは叫んで押しとどめた。

「いいからそのままで……。友人のつもりでいてくれよ。さあ、さあ、仕事を続けて！」

アデルは言われるがまま従った。女として、時間の大切さはよく知っていたのである。

「よろしいですわ！　そうおっしゃってくださるのでしたら……。本当、私たち、一時間の休みもありませんのよ」

寄る年波にもかかわらず、そしてますます太っていく体にもかかわらず、彼女はあいかわらず見事なまでの正確な手つきで、バリバリと仕事をこなしていた。レヌカンはしばらく彼女を眺めてから、こう尋ねた。

「フェルディナンは？　出かけているのかい？」

「いいえ！　そこにいますわ」アデルは筆の先でアトリエの一角を指しながら答えた。

フェルディナンは確かにそこにいた。ソファに寝そべって、うつらうつらしているのを、レヌカンの声で起こされたところだった。けれども、レヌカンのことがわからないようだった。思考がのろのろとして、ひどく鈍っているのだ。

「ああ！　あなたですか。これは驚きだ」ようやく彼は口にした。

そして、手を差し出して力のない握手をした。まっすぐ座り直すのがひどく大儀そうだった。前の晩も、妻が皿洗いのために連れてきた小さい女の子を見て、びっくりさせられたばかりだったのだ。今のフェルディナンは他人にえらくへりくだり、怯えたような顔つきになり、かつてのあの優美さも消え失せていた。その姿を見て、レヌカンは、想像していた以上に抜け殻になっていると思った。今度こそ、完全に壊れている。かわいそうな男だ。レヌカンは強い憐れみを覚えた。この男の中に昔の炎を少しでも呼び覚ましたいと思って、レヌカンはこの前官展《サロン》で大成功を収めた『自習』の話題を持ち出してみた。

「なあ君！　またしても大衆の心を揺さぶったじゃないか。向こうでは君の話で持ち切りだよ。あのデビューの頃のように」

フェルディナンは呆けたような顔でレヌカンを見返し、やがて返事をするためだけに口を開いた。

「ええ、知っています。アデルが新聞を読んでくれました。僕の絵がすばらしいんですよね。そうでしょう……？　おお！　僕はいつもたくさん仕事をしているんです……。でもね、はっきり言って彼女の方が僕より才能があるんです。ものすごい腕前なんですよ！」

そう言って彼は青白い顔に笑いを浮かべ、妻の方を指しながら目をぱちぱちさせた。彼女はレヌカンに近づいてくると、人の良いおかみさんといった風情で、肩をすくめながらこう言った。

「この人の言うことを真に受けないでくださいね！　この人の気まぐれなのはご存じでいらっしゃるでしょう……。言う通り信じたら、まるで私が大画家みたいじゃありませんか……。私は手伝っているだけですわ。おまけにひどく下手ですし。まあ、それが好きだってこの人が言うものですから！」

レヌカンは黙ってこの二人が目の前で演じるお芝居を見ていた。おそらく二人は心からそう信じているのだ。レヌカンは、フェルディナンがこのアトリエの中から完全に消滅していることをまざまざと感じていた。この男はもうほんのわずかなスケッチさえせず、自尊心を守るために嘘をつく必要すら感じていない。フェルディナンにとって、今はもう夫であるというだけで十分なのだ。作品を作るのはアデルだった。アデルが描き、アデルが色を塗るのだ。夫に何の助言も求めず、今では完璧に芸術家として夫に成り代わっていた。もはやどこまでが自分でどこからが夫かも見分けることができないほどだ。彼女は今や一人きりで仕事をしていた。そして、女性的なその個性の中に、夫の男性的な個性の古い痕跡だけがわずかに残っているばかりだった。

フェルディナンがあくびをした。

「夕食を食べていくでしょう？」彼は言った。「ああ！　僕はへとへとなんですよ……。わかるでしょう？　僕は今日何もしていなくて、そしてへとへとなんです」

「この人は何もしていませんわ。でも朝から晩まで仕事しているんです」アデルが言った。「この人ったら、私の言うことを全然聞いてくれなくって、一度も休んでくれないんですよ」

「それはその通りだ」フェルディナンは言った。「休むとおかしくなるんだ。何かしていないといけないんだよ」

そう言いながら、彼は立ち上がり、少しの間そこらをうろついていたが、やがてまた小さなテーブルの前に座った。かつて妻が水彩画を描くのに使っていたテーブルだった。そして、一枚の紙をしげしげと眺め始めた。そこには、まさに描きかけの水彩画の色の断片がいくつか見えた。練習中の生徒の作の一つらしく、風車を回す小川の流れ、その上にかかるポプラの葉のカーテン、そして古い柳の木が描かれている。

レヌカンは、フェルディナンの後ろからその子どもっぽい絵を見て、微笑んだ。デッサンも色遣いも下手くそで、コミカルと言ってもいいような落書きだった。

「かわいらしいね」レヌカンは言った。

しかし、アデルがこちらをじっと見つめているのに気づき、口をつぐんだ。彼女はたった今、力強い腕で、肘支えの道具も使わず、一息で見事に一つの形を描き出して見せたところだった。驚くべき力技だった。

「これ、きれいでしょう？　この風車」フェルディナンは、あいかわらず水彩画の紙に目を落としながら得意そうに言った。おとなしく自分の席についている小さな男の子のようだった。「ああ！　もちろんまだ修行中ですよ。まだまだこれからです」

それを聞いて、レヌカンは固まったまま動けなくなった。今では、水彩画をやっているのはフェルディナンだったのである。

解説

國分俊宏

本書は、フランスの作家エミール・ゾラ（一八四〇―一九〇二）の短篇五篇を収めた短篇集である。だが、このような文庫の形で「ゾラ短篇集」が出るのは、調べた限り本邦初のようだ。実際、「ゾラ短篇集」と聞くと、意外の感を抱く人も多いのではないだろうか。

エミール・ゾラと言えば、まず何よりも『居酒屋』や『ナナ』を始めとする堂々たる『ルーゴン＝マッカール叢書』全二十巻の作者であり、フランスの自然主義文学を代表する文豪として知られている。あるいは、ドレフュス事件の際に「私は告発する！」という文章を発表して、敢然とドレフュス擁護の論陣を張ったジャーナリスティックな知識人として知っている人もいるかもしれない。いずれにせよ、この小説家の作品をある程度知っている人にとって、ゾラは長篇作家としてイメージされているのが普通だと思う。

しかし、そもそもゾラが初めて作家として刊行した本は短篇集だったのであり（『ニノンへのコント』一八六四年、コントとはフランス語で短い物語、短篇のこと）、実はゾラは短篇もたくさん書いているのである。確かにある時期以降――というのは大体一八八〇年のことだが――、ゾラはほぼ完全に長篇小説に力を注ぐようになり、短篇小説を書かなくなった（唯一の例外は一八九八年に書かれた本書所収の「呪われた家――アンジュリーヌ」）。それでも、ゾラが生涯にかなりの数の短篇小説を残したことには変わりがない。そして、それらの作品は、なるほど長篇のような雄大なスケールには欠けるものの、きっちりとした構成と鮮やかな締めくくりをそなえた、まず何よりも読んで面白い、ひねりのきいた物語群なのである。さらに、これらの短篇は、長篇で展開されるゾラの作品世界のエッセンスをそのまま保ちながら、時にはスリリングに、時にはコミカルに、この作家の想像力のありようを、よりくっきりとわかりやすく差し出すものともなっている。

ゾラをよく知っているという人も、あまりよく知らないという人も、より深くこの短篇集を楽しんでいただくための道案内として、以下の文章では、本書に収めた短篇とのかかわりに注意を払いながら、この作家の生涯や経歴をごく簡単に振り返り、その文学の特質や文学史上の位置づけなどを紹介することにしよう。その後で、個々の短篇について、長篇作品とのテーマ的な類縁性や伝記的な背景事情なども含めて、解説を施すことにしたい。

生い立ち

エミール・ゾラは一八四〇年、パリに生まれた。父フランソワはヴェネツィア生まれのイタリア人技師で、母エミリーはフランス人である。生まれて間もない一八四三年、一家は南フランスの町エクス＝アン＝プロヴァンスに移り住む。その後、十八歳になる年にゾラはパリに出てくるが、日本で言ういわゆる「小中高」を地方で暮らしたということになる。いわば実質的な「地方出身者」である。父のフランソワは優秀で精力的な技師で、自分の名を冠した「ゾラ運河」を残したほどの人であったが、ゾラがまだ幼い一八四七年に亡くなってしまう。そのため一家は貧窮状態に陥ることになる。

本書に収めた五本の短篇のうち、「オリヴィエ・ベカイユの死」、「ナンタス」、「スルディス夫人」の三本が、いずれも地方の貧しい暮らしの中から一旗揚げようとパリに出てくる人物の話だということに（すでに読まれた方なら）お気づきのことだろう。それは多分にゾラの自伝的な境遇や心情を反映したものだと考えていい。そして、そうした自伝的要素の反映は、ある架空の一族の家系を追った壮大な『ルーゴン＝マッカール叢書』のような長篇作品群ではほとんど見られない（少なくとも奥に隠されている）特徴なのである。ゾラの短篇は、そういう意味でも、長篇とはまた別の興味深さを持つものなのである。

食うために書く

ごく簡単に言って、エミール・ゾラという作家を考えるのに指標となるのは、私見によれば、彼が貧しい暮らしを潜り抜けてきていること、そして学業の上でも大学進学に失敗して、いわゆる通常の階段を進む知的エリートとはなりえなかったことである。一八五八年、彼はパリに出てくるが、バカロレア（大学入学資格試験）に二度落ちて、学業を放棄してしまう。そして、パリにとどまりながら、二年間、貧しい中でひたすら読書と詩作にふける日々を過ごしている（つまり「ナンタス」の苦境は大部分そのままゾラの境涯でもあった）。その後、アシェットという出版社に就職し（これは今も存在する一流の出版社である)、宣伝部で働き始める。そこで本を売るための宣伝の仕事に携わったことを足がかりに、彼は作家への道をいわばこじ開けるのである。アシェットの宣伝部に勤務しているあいだ、ゾラは多くの作家やマスコミ関係者の知遇を得、人脈を持つことで、少しずつ新聞等に文章を発表する機会を持つようになる。

ごく大まかに整理すれば、十九世紀のフランス小説、特に一八三〇年代以降の写実主義《リアリズム》小説の黄金時代に巨大な影を落とした作家が、スタンダール、バルザック、フローベール、そしてゾラの四人であることは言を俟《ま》たない。しかし、この四人の中で、若い頃にいわゆる「働かなければ食っていけない」という境遇にいた人間は、ゾラだけである。ほかの三人は一応恒産のあるブルジョワ階級の出身であり、二十歳までは「食うに困る」という体験をしたことがない。

つまり、ゾラはまず何よりも、食うために書かなければならない作家だったのである。文学が食うための道であり、「売れる」ことを考えなければならなかったという意味で、ゾラは今挙げた十九世紀の大作家たちの中で、やや特異な位置を占めている。

アシェットに四年勤めた後の一八六六年、ゾラは筆一本で食べていく決意を固め退社するが（その時点で前述の短篇集一冊と処女長篇小説『クロードの告白』を刊行済みだった)、その年、あちこちの雑誌や新聞に書いた雑文が、なんと一七九本にも上るという。

「民衆の作家」ゾラ

今、十九世紀の文豪四人の名を挙げたが、その中で一番評価が低いのは、残念ながらこれもまたゾラである。その作品の質と量、そしてその重要性にくらべて、ゾラの文名はどうしても一段低く見られる嫌いがある。特に日本では不当に過小評価されているのではないだろうか。フランスでは、ゾラはこの手の古典作家としては、ポケット版などが今もよく売れる作家だが、それと同じように、日本でゾラが読まれるかと言えば、そもそも気軽に手にとれる文庫版の短篇集すらなかった状況なのである。

よく言われるのは、ゾラは下品で俗悪であり、同じような語彙や表現を繰り返し使い、構成も単純だといったようなことだ。確かにゾラには、スタンダールのような繊細さや華やかさもなければ、フローベールのような芸術的完成度もない。しかし、フランスで産業革命が進行し、近代産業と消費文化が人々の生活を大きく変えようとしていた十九世紀中葉から後半の時代に、「民衆」の姿をこれほど多様に、かつ具体的に描き出してくれた作家は、ゾラをおいてほかにない。バルザックやフローベールにも、確かに庶民階級の姿が出てこないことはない。しかしそれは抽象的で、ブルジョワによって上からとらえられた限られた姿である。それに対して、ゾラは、上品な人たちが思わず顔をしかめたくなるような、民衆の日常生活、その心情や生理を、生々しく描き出して見せた。バルザックやフローベールの主役たちは結局のところ知識人や有閑階級の、特別な人種だと言ってよいが、ゾラの主人公は常に貧困にあえぐ民衆である。その点は、はっきりと違う。

ゾラは猥雑で力強い社会の中に潜り込み、その中で呼吸する、優れて社会的な嗅覚と洞察力をそなえた作家だった。それはゾラが、まさに「食うために社会で働いていた」作家であることと無関係ではないだろう。

性格ではなく体質を描く

少し伝記的な事実に戻ると、出版社アシェットを退社したゾラは、一八六七年、『テレーズ・ラカン』を発表する。これはゾラの最初の自然主義的な作品だった。それ以前の短篇集『ニノンへのコント』や長篇『クロードの告白』は、まだ青年時代に読んでいたユゴーやミュッセらロマン派の詩人の影響が強く、ロマン主義的な傾向を濃厚にとどめていた。だが、おそらく出版社で働き現実のジャーナリズムの中で雑文を書き続けた経験が、彼を写実主義《リアリズム》文学へと向かわせるようになったのだろう。もっと乱暴に言えば「社会派」の傾向を持つようにさえなったのだ。

それはもちろんバルザックやフローベールという、写実主義《リアリズム》文学の模範作家たちを読みこみ、その真価を認識したということである。だが、ゾラはそれをもっと推し進めなければならないと考えた。こうして最も過激な写実主義者、すなわち自然主義者ゾラが生まれたのである（「自然主義」とは、ここではごく簡単に、実証主義的な写実主義《リアリズム》をもっと徹底化し、自然科学的な裏付けまで与えようとしたもの、と言っておこう）。それは、ジャーナリスティックな嗅覚を持つ、そして「食うために」早く文名を上げ、売れなければならないゾラにとって、一つの戦略のようなものだったろうと思われる。

かくしてゾラは『テレーズ・ラカン』において、「生理学的人間」を探究するのだと高らかに宣言し、やがて「遺伝法則」を縦軸に、ある一族の家系を描く『ルーゴン＝マッカール叢書』の計画を構想していくのである。

『テレーズ・ラカン』第二版の序文で、ゾラは、「私は性格ではなく体質を探究しようとした。［中略］神経と血液に極端に支配され、自由意志がまったくなく、生涯のどの時期においても、肉体の宿命によって引きずられていく人物を選んだ」という、冷静に読めば驚くべきことを書いている。人間の人生も性格も、すべては生理学的体質（＝遺伝）によって決定されるというのである（それはもちろんある程度はそうであろうが……）。「自由意志がまったくなく」というのがすごいが、つまりゾラは、小説の中で一種の仮想実験、もしそんな人間がいたらどうなるか、という科学的実験に似た一種の思考実験を、文学の形でやろうとしたのである。

『ルーゴン＝マッカール叢書』と『実験小説論』

ゾラの「科学主義」を、今日の目で見て幼稚で馬鹿げたものと笑うのはたやすい。だが、当時、遺伝学や生理学などの科学、もっと一般的に言って実証主義的な思想が最先端のものとして有難がられ、隆盛していたことを考慮しなければならない。そしてそれと同時に、すでに述べたように、ゾラが、何か新しい、斬新なものを提示して話題を呼ぶ必要がある「売り出し中の」作家だったことにも注意するべきだろう。たとえスキャンダルになろうと、批判されようと、話題になれば勝ちという側面が、新進の作家ゾラにとって、確かにあったのである。

ともあれ、ゾラは『テレーズ・ラカン』をさらに進めて、『ルーゴン＝マッカール叢書』の計画を立てる。ルーゴンとマッカールというのはどちらも人名で、この二家系の結合から生まれた一族の子孫が、第二帝政期のフランス社会のさまざまな階層の中で、どのような運命をたどるかを描く、全二十作品の小説のシリーズをまとめてこう呼んだものである（それぞれの作品は小説として別物）。これをゾラは一八七一年から一八九三年まで、二十年以上かけて書きあげた。

これは先輩作家のバルザックが、自身の作品を『人間喜劇』という総タイトルでまとめて呼んだ構想に対抗するもので、「バルザックがルイ＝フィリップの治世［一八三〇―一八四八年］に関しておこなったことを、もっと体系的に第二帝政期に関しておこなう」とゾラ自身が書いている。しかも、ゾラの構想の特徴は、すでに言ったように、そこに遺伝法則や生物学的決定論を取り入れ、より「科学的実証的」方法でやるともくろんでいたことである。

もう一度言うが、このゾラ流の「小説理論」を今日の目で見て批判することはたやすい。しかし、ここで強調しておきたいことは、実際に書かれたゾラの作品を読んでみると、遺伝法則や決定論などは、作品に対してほとんど影響を与えていないように見えるということである。ゾラの小説は、そのような「理論」とはまったく切り離して、それ自体として読むことができる。そして、そう読んだ方が、はるかに面白いのである。

これは多くの人が指摘していることだが、『ルーゴン＝マッカール叢書』を貫く経《たて》糸《いと》としての遺伝の観念は、序文や理論的著作の中でこそゾラが強調しているものの、実際の作品の中ではさほどの効果を発揮しておらず、単に作品と作品をつなぐ便宜的名目にしかすぎないように見えるのだ。

右に述べたような自身の理論を、ゾラは『実験小説論』という評論としてまとめてもいる。しかし、これは残念ながら、今日ほとんど読む意味はない。ゾラが過小評価される原因のおそらく最も大きなものは、こうしたゾラの「小説理論」に、多くの人が抱く違和感であろう。しかし、もう一度強調しておくが、ゾラの実作は、理論をはるかに超え出てしまう力を持っている。今のわれわれにとって大事なことは、ゾラの作品を、その理論とは切り離して読むということだろう。

『居酒屋』（一八七七年）の大成功とメダンの別荘

ともあれ、こうして一八六九年に『ルーゴン＝マッカール叢書』の計画をラクロワ書店に提案して受け入れられたゾラは、一八七一年にその第一巻『ルーゴン家の繁栄』を刊行すると、その後は、ほぼ一年に一作のペースで着々と二十冊の長篇小説を書き続けることになる。この勤勉さというか、計画と実現への意志というのは、驚くべきものである。「一行モ書カヌ日ハ一日モナシ」というラテン語の句を座右の銘にしていたゾラは、朝起きてから午前中の一定時間を必ず小説の執筆に充て、午後は手紙を書いたり、読書や調べものに充てたりするという、非常に規則正しい生活を送っていたという。ここでもまた、いわゆる「勤め人」風の、現代的な職業作家としてのゾラの顔を見ることができるだろう（「スルディス夫人」の中で、アデルがフェルディナンに「才能は、きちんとした生活がなければ伸びないのよ」［257頁］と言うが、これはまさにゾラの仕事のスタイルを思わせるものだと言える）。

『ルーゴン＝マッカール叢書』の最初の六巻は、批評家や作家たちの受けは悪くなかったが（フローベールは第四巻『プラッサンの征服』を絶賛しているし、マラルメは第六巻『ウージェーヌ・ルーゴン閣下』を高く評価している）、ゾラが大衆のあいだで真に多くの読者を獲得し、ベストセラー作家となったのは、一八七七年に刊行する第七巻『居酒屋』においてである。この一作で、ゾラは当代一流の人気作家となり、経済的に安定するようになった。

その翌年、一八七八年にゾラは『居酒屋』で得た印税で、パリの西郊にあるメダンに別荘を買う。ここに、彼を慕う若いグループが集まり、文学サロンが形成されることになる。文学史に言う「メダンのグループ」である。モーパッサンやユイスマンスらが集って、自然主義文学の推進を目指して熱く語り合ったのである。一八八〇年、ゾラの発案で普仏戦争を題材とする短篇を各自が持ちより、『メダンの夕べ』という短篇集が出版される。中でもモーパッサンの「脂肪の塊」は大絶賛され、彼を文壇にデビューさせることになった、というのは、文学史でよく知られているエピソードである。

ゾラの『ルーゴン゠マッカール叢書』としては、その後、これも非難の声が高まり賛否両論渦巻く話題作となった第九巻『ナナ』（一八八〇）、第十三巻『ジェルミナール』（一八八五）、第十四巻『作品』（一八八六、邦訳書のタイトルは『制作』）、第十七巻『獣人』（一八九〇）といったところが主要なものとして知られている。すべて邦訳があるので読まれた方もいるだろうが、いずれもその異様な迫力と豊饒さに圧倒されることは間違いない。

本書所収の短篇小説について

以上、本書で初めてゾラに接するという読者への便宜も考えて、やや文学史的にゾラという作家について一般的な紹介を試みた。だが、ゾラの生涯や文学の全体像を描くことがこの解説の目的ではないので、この辺で本書に収めた短篇小説に話を移そう。

前述のように、ゾラは職業作家としてジャーナリズムの世界で生きていかなければならなかったこともあり、多くの雑文や評論、短篇小説を発表している。ただし、『居酒屋』の成功により、『ルーゴン＝マッカール叢書』が軌道に乗ってきたあとは、長篇の執筆に専念することになり、一八八〇年以降は基本的に短篇を書いていない。

ゾラの短篇は、大体まず新聞・雑誌などのメディアに発表され、その後、いくつかをまとめて単行本として出版するという、現在の日本の作家の場合にもよくある形で公刊されている。ただし、ゾラの生前に刊行された短篇集は、『ニノンへのコント』（一八六四）、『新ニノンへのコント』（一八七四）、『ビュルル大尉』（一八八二）、『ナイス・ミクラン』(一八八三)の四冊だけであり、単行本としてまとめられていない作品も多く存在する。

本書に収めた短篇で言えば、「オリヴィエ・ベカイユの死」、「ナンタス」「シャーブル氏の貝」の三作が『ナイス・ミクラン』に収められたものであり、「スルディス夫人」、「呪われた家——アンジュリーヌ」は、雑誌に発表されただけで、ゾラの生前には書籍化されていない。

やや偏《かたよ》った選択に見えるかもしれないが、どうしてこういうラインナップになったかというと——訳者の個人的な愛着だと言ってしまえばそれまでだが——、一応、本邦初の文庫本「ゾラ短篇集」として、ゾラの短篇の一番面白い、最良の部分を取り出してお見せする、ということを念頭に置いた。面白い、と一口に言っても、面白さは人それぞれだし、いろんな面白さがあるとは思うが、ここでは、あまり前提となる知識がなくても、素直に読んで面白いと思えるもの、物語の発端からして興味を惹かれ、続きが読みたくなるようなもので、なおかつひねりや含蓄のある話、そして長篇の世界観にもつながるような読み応えのあるもの、ということを大体の基準にして選んでみた(読み応えという点ではごく短い「呪われた家」だけはちょっと別だが)。

と言っても、実はゾラの短篇のうち、特に一八七五年以降に書かれたものは、どれも基本的にそのようなものであり、たとえば「ビュルル大尉」も、「一夜の愛のために」も、「洪水」も、「ジャック・ダムール」も、あるいは「風車小屋の攻撃」も、どれも捨てがたいと思ったのだが、今日のフランスで最も人気のある作品が、どうやら「オリヴィエ・ベカイユの死」、「ナンタス」、「シャーブル氏の貝」であるらしいので（というのは、いろんな出版社がポケット版や中高生向けの読本などを出すときにこれらがよく選ばれているからだ）、さらに訳者個人の好みも加味して、このようなラインナップになった。ゾラの短篇として、ここに収めた五本だけが特に際立って面白い、と主張するわけではないことは、くれぐれもご承知いただきたい。

「オリヴィエ・ベカイユの死」

この作品は一八七九年二月に書かれ、翌三月にサンクトペテルブルクの月刊誌「ヨーロッパ通報」にロシア語訳で掲載された。その翌月に「ヴォルテール」というフランスの雑誌にフランス語原文で掲載されている（なお、この「ヨーロッパ通報」というロシアの雑誌に、ゾラは一八七五年から一八八〇年にかけて継続的に寄稿している。仲介したのは友人のツルゲーネフだった。本書に収めた短篇も、「呪われた家」を除き、すべて初出は「ヨーロッパ通報」である)。

主人公で語り手のオリヴィエ・ベカイユは、ある朝突然、意識は完全にはっきりしているのに体がまったく動かなくなってしまったために、死んだと思われて棺桶に入れられ、生き埋めにされてしまう。「ある土曜日の朝六時、僕は死んだ」というぎょっとする書き出しから、一気に幻想小説か恐怖小説を思わせる世界に読者は引き込まれる。

ゾラの短篇としてはフランスで最もよく知られているものの一つだが、物語として強烈なインパクトを持つこのモチーフについては、先行する作品との類似性がいろいろと指摘されている。バルザックの「シャベール大佐」やテオフィル・ゴーチエの「オニュフリユス」、それにフローベールの「激怒と無力」等である(フローベールのこの作品は若いころの習作短篇の一つで、ゾラが読んだはずはないのだが、墓の中で目を覚ました人間が腹這いになって背中を突っ張り、板を破ろうと努力するところや、六ピエ[約二メートル]という墓穴の深さ、そして、もし板を破ってもその上の土が落ちてきてしまうという心配など、細かい点で一致しているのが興味深い)。ほかに、訳者は未読だが、レオ・レスペスという（今ではたぶんほぼ完全に忘れられてしまった）当時の大衆作家が書いた『棺桶の中で――墓から掘り出された男の回想』やアントナン・ミュレの小説『私の死の物語』なども類似したものとして指摘されている。

訳者個人としては、勝手な連想だが、墓地に埋められて棺桶の中で目を覚ますという設定からすぐに思い出したのは、子どものころに読んだ江戸川乱歩の『白髪鬼』だった。『白髪鬼』自体がイギリスの作家マリー・コレリの『ヴェンデッタ』（一八八六）を基にした翻案小説だが、調べてみると、マリー・コレリは子ども時代、パリの寄宿女学校で教育を受けたらしいので、フランス語は当然できたはずで、もしかしたら右に挙げたようなフランスの小説（『ヴェンデッタ』は「オリヴィエ・ベカイユの死」よりも後なので、ゾラも含む）から着想を得て書いたのかもしれない。

ともあれ、直接的な影響関係を主張するのがここでの目的ではないが、エドガー・アラン・ポーの短篇「早すぎた埋葬」（一八四四）を含め、十九世紀の西洋において、生きたまま埋葬されることへの恐怖という主題が広く共有され、文学的想像力を刺激していたことは事実である。ゾラのこの短篇も、そうしたゴシック的想像力の系譜に連なるものだと言っていいだろう。

さらに、ゾラに関して言えば、この短篇にゾラ自身が抱いていた死への恐怖や死の強迫観念《オブセッション》が反映されているという指摘も常になされるものだ。訳注でも書き添えておいたが、ほかに一八八〇年二月一日のゴンクール兄弟の『日記』にも、ゾラが次のように力説していることが記されている。「明かりが消え、四本の柱に囲まれたベッドに横たわると、どうしても自分が棺桶に入っているように思えてならないのです［…］。おまけにそれは誰にとってもそうであって、ただ恥ずかしくて誰もそのことを言わないのです［…］」。

ただし、この一八八〇年という年は「オリヴィエ・ベカイユの死」の執筆（一八七九）よりも後であることには注意する必要がある。おそらくゾラに死の強迫観念《オブセッション》のようなものがあったことは事実なのであろう。しかし、それは作品として定着されたことによってより明確な形と方向性が与えられたのではないだろうか。ゾラは、オリヴィエ・ベカイユという、多分に自身の自伝的要素を投影した人物（ゾラ自身も子ども時代、高熱の出る腸チフスにかかったことがあり、また、「神経性の発作」にも苦しめられていた）を通して、自身の中にあった死へのこだわりを言語化し、作品という形式を与えた。そのことを経て、彼はゴンクールにそれをはっきりと語る言葉を持つようになったのであろう（とはいえもちろん本作品はフィクションなのだから、あまりゾラ自身に引きつけすぎるのも禁物である）。

物語は、『白髪鬼』のような復讐譚という経過をたどるわけではなく、といってハッピーエンドになるわけでもない。いったいどうなるのだろうと読んでいくと、意外な結末が待ち受けている。あるいはこれは一種のハッピーエンドなのかもしれない、とさえ訳者は思ったりしたのだが、果たして読者のみなさんはどう受け取られるだろうか。ここには、死というものによって初めて人生の真実が開示される（ことがある）という苦い皮肉が込められているが、この苦味に、むしろある種の「吹っ切れた感じ」というか、さばさばとした爽快感のようなものを感じるのは訳者だけだろうか。

なお、この作品は前述のように雑誌に掲載された後、短篇集『ナイス・ミクラン』（一八八三）に収められたが、単行本に収める際、ゾラは性的な含意が強すぎるところを弱める修正をしている。雑誌「ヴォルテール」掲載ヴァージョンでは、ベカイユが性的に不能であることがほのめかされ、シモノー（雑誌掲載時の名前はモリソー）がマルグリットを部屋から無理やり連れ出すシーンは、「強姦」になぞらえられている。性的な暗示は、ゾラ作品に頻出するもので、これは特に「シャーブル氏の貝」に顕著だから、後ほどまた触れることにしよう。

「ナンタス」

一八七八年九月に執筆され、翌十月、ロシア語で「ヨーロッパ通報」に掲載。その時のタイトルは「現代の生活」だった。翌一八七九年七月、「ナンタス」のタイトルで「ヴォルテール」誌に掲載され、その後、短篇集『ナイス・ミクラン』所収。

オリヴィエ・ベカイユと同じく、野心に満ち、田舎からパリに上京してきた青年の話だが、ナンタスはベカイユと違って、活力にあふれた青年として描かれている。しかし、一見矛盾するようだが、ベカイユと同様、ナンタスにもゾラ自身が投影されている。ナンタスは「力への信仰」とでもいうべきものを持っていて、この世は力がすべてだと考える青年だが、そのモデルは、南仏エクスからパリに出て文筆の世界で身を立てようとしていたゾラ自身である。『実験小説論』に収められた「文学における金」という評論で、ゾラはこんなことを書いている。「このことを肝に銘じたまえ。もしあなたに才能があり、力があれば、あなたはいずれどうやってでも栄光と富にたどり着くことになる」。力のみを信じる若きナンタスのモデルは、若きゾラ自身でもあるのだ。

また、ナンタスが、田舎から出てくるときに「紹介状」をもらってきていて、その住所を訪ねる、というくだりがあるが、ゾラもまた、有名な土木技師でパリに知り合いも多かった亡父のつてで職を探し、アシェットに就職できたのはそのおかげだったという。ナンタスはどこにも職が見つからず、絶望して死を選ぼうとする点が違っているのだが。

死ぬことを決意した青年の前に、突然見知らぬ女性が現れて、途方もない「契約」を持ちかける、という出だしから、この短篇もまた読者の興味を掻き立てて、一気に読ませる。章が変わるところで歳月を飛ばすという手法が二度使われて、展開は早い。ナンタスの立身出世の野望はあっさりとかなえられて、興味の中心は、むしろナンタスとフラヴィの関係に移る。皇帝の意向をも左右するほどの力を手に入れたナンタスが、フラヴィ一人のために破滅するのだろうか。終章に至って、事態は急転直下、物語の結びは、驚くほどあっけない。えっこれで終わるの？　という思いもあるが、鮮やかと言えば鮮やかだ。

この短篇、もう一つ気になるのは、ナンタスに女の影が見られないことで、ひどく純情な青年であるかのように描かれている（もっとはっきり言えば童貞としか思えない。年齢と立場から言って考えにくいが）。その点で、ゾラ流の、純情青年のおとぎ話のような一篇だとも言える。

なお、長篇との関係について付言しておくと、内容とテーマから言って、類似性がはっきりしているのは、『ルーゴン＝マッカール叢書』の第二巻『獲物の分け前』である。この解説の前半部でも触れたが、ゾラの小説の価値の一つは、産業革命が進行し急速に近代化を遂げたフランスの産業社会を、そのダイナミックな相の下に描き出したことにある。ここでナンタスが一気に出世するのは、その産業の急速な発展の波にうまく乗ったからだ。第二帝政期という時代のある種の熱狂がこの作品にもよく現れていると言えるだろう（たとえば、これより約五十年早い一八三〇年のスタンダール『赤と黒』で、主人公ジュリヤン・ソレルが貧しい階級から出世するのに、聖職者を目指しかなかった、ということを思い出すとよいだろう）。ここでは短篇であるため、ナンタスの出世の背景はごく簡単にしか素描されていないが、こうした第二帝政期の産業の発展と、野心と金の渦巻く物語をたっぷり楽しみたい方は、『獲物の分け前』を読まれることをお勧めする。

「呪われた家――アンジュリーヌ」

この幻想小説風の短篇は一つだけちょっと毛色が変わっている。それもそのはず、一八八〇年以降短篇を書かなくなったゾラが、約二十年近いブランクを経て、イギリス亡命中の一八九八年に、十月十七日から十九日の三日間で書き上げたものだからだ（そしてこれがゾラ最後の短篇となる）。

まず一八九九年一月十六日、イギリスの新聞「スター」に英語で掲載され、次いで二月四日、それを仏訳する形で「プチ・ブルー・ド・パリ」に掲載された。「スター」では登場人物の名前がイニシャルでしか示されていなかったが、「プチ・ブルー・ド・パリ」版ではそれぞれちゃんとした名前になっていた（G氏はグーラン氏、詩人Vはヴァロワーズ、画家Bはボナ。このボナはゾラと同時代の実在の画家の名であるが、実際のボナのことをゾラはあまり高く評価していなかったので、作中の画家との関係はよくわからない）。その後、ゾラの死後、一九二八年に、ゾラの娘婿で作家のモーリス・ル・ブロンによってまとめられた『ゾラ中短篇集』で、ゾラ自身の自筆原稿に基づく版が初めて刊行された（この自筆原稿は今では失われてしまった。どういう理由でかはわからないが、一九〇三年にゾラの妻アレクサンドリーヌが国立図書館等に寄贈した自筆原稿類の中には含まれていなかった。おそらく出版社にあったものと思われるが、のちにこの出版社シャルパンチエが入っていた建物が取り壊されたときに誤って廃棄してしまったものと考えられている）。本書の翻訳は、この一九二八年のヴァージョンに基づいているが、ただし訳題は、メインタイトルとサブタイトルを入れ替えてある。もともとゾラの自筆原稿では、この短篇は「呪われた家」と題されていた。それをゾラ自身が線で消して、「アンジュリーヌ」と書き換えてあり、初出の雑誌等掲載時には結局「アンジュリーヌ」に落ち着いている。しかしゾラの死後、二十世紀になってから出た短篇集では、この作品はたいてい「アンジュリーヌ——呪われた家」と両方を並べたタイトルにされることが多い。今回、本書では、編集部の意向もあり、むしろインパクトのある「呪われた家」の方をメインタイトルにして、「アンジュリーヌ」を下に添える形にした。

ゾラがロンドンに亡命するきっかけとなったドレフュス事件について、簡単に説明しておこう。一八九四年、ユダヤ人のフランス陸軍大尉ドレフュスが、ドイツと通じていたというスパイ容疑で逮捕され、終身流刑に処せられる。軍部内では、その後の調査で別に真犯人のいることがわかったが、軍の威信を守るためや、反ユダヤ主義感情のために、そのままドレフュスに罪を着せて、事件を覆い隠そうとした。しかし、ドレフュスの無実を知る人々が次第に増え始め、やがて政界まで巻き込んで大きな問題となり、フランスの国論を二分するような社会的危機をもたらした。ゾラは、一八九七年の末頃からドレフュスの無実を確信し、新聞にドレフュス擁護の記事を発表するようになった。そして一八九八年一月、「オーロール」紙に、有名な「私は告発する！」という文章を発表する。この記事のために、ゾラはパリ重罪裁判所で懲役一年、罰金三千フランの有罪判決を言い渡されることになるのである。ヴェルサイユ控訴院で刑が確定した七月、ゾラはただちにロンドンに亡命し、一八九九年六月初めまで、約十カ月を過ごすことになる。

この物語は最初、ゾラが滞在していたロンドン近郊、サマーフィールドの近くで、打ち捨てられた家を見たことから着想されたという。それをゾラは自分がよく知っているメダンの近くに舞台を移し替えたわけだ。冒頭や最後の方で、語り手が自転車に乗って走る場面が出てくるが、これもゾラ自身が投影されたもので、一八九三年に自転車の魅力にとり憑かれて以来、彼はほぼ毎日のようにサイクリングを楽しんでいた。

作品としてはごく短く、亡命中の手慰みと言えば手慰みのようなものだが、冒頭の寂れた陰気な館の描写や、痛ましい過去の出来事を語るときの雰囲気の盛り上げ方など、さらっと書いても上手いという、円熟した作家の技を感じさせる作だと思う。前半部とは打って変わって明るく、生命の充実と喜びを爆発させるかのような終幕部分とのコントラストも印象的だ。ゴシック風の恐怖小説のような雰囲気から始まって、まったく違うラストに至るまで、作家自身が筆の力を楽しんでいるかのような、趣《おもむき》のある佳品である。

「シャーブル氏の貝」

一八七六年の夏、ゾラは妻アレクサンドリーヌとともに、この作品の舞台であるピリアックに滞在していた。本作はその滞在中の八月に書かれたものである。翌九月に「ヨーロッパ通報」に「フランスの海水浴」のタイトルで掲載。フランス語では、第四章だけが切り離されて、「小エビ獲り」のタイトルで、一八八一年七月四日の「フィガロ」紙に掲載された。その後、短篇集『ナイス・ミクラン』に、現在のタイトルで収められている。

強烈な皮肉の効いた一篇で、戯画化されかなりデフォルメされたブルジョワのシャーブル氏が徹底的に虚仮《こけ》にされている。ゾラにはめずらしく軽いタッチの、コミカルに仕立てた作品である。ちょうどこの年、ゾラは『居酒屋』の新聞連載を始めていたが、連載中止と掲載紙の変更などの騒ぎがあり（「年譜」の一八七六年の項参照）、身辺がかなり騒がしく落ち着かないところだったろう。そのために、海辺の町での保養をのんびりと楽しんだのだろうと思われるが（ゾラがゲランドやピリアックをたいへん気に入ったことは友人たちへの手紙からもうかがえる）、この作品の軽い調子には、そうした保養地でののんびりとした気分が反映しているのかもしれない。

子どもができないことを悩んでいるシャーブル氏は、四十五歳にしてもう老人のように足も重たく、元気がない。一方、若い妻のエステルは背も高く、美しく、溌剌《はつらつ》としている（作品のテーマや雰囲気は全く違うが、オリヴィエ・ベカイユと同じく、かわいい妻を持つ「不能」の夫という構図がここでも顔を見せている。これは初期の『テレーズ・ラカン』とも同じだ）。子どもをつくるには貝類を食べるのが一番だという医師の怪しげな助言に従って、夫婦は海辺の町ピリアックにやってくるが、そこで、筋肉の盛り上がったがっしりとした体つきの、大柄でさわやかな青年エクトールに出会う。と、こう来ればもう筋書きは読めたようなものだが、その筋書きを、ゾラは中世の遺跡が残るゲランドの街並み、ピリアックの海、そしてカステッリの岩礁という詩的な舞台に埋め込んで展開してみせる。実際、ゲランドの街並みや、岩礁の中の洞窟といった奇怪で情趣あふれる場所を描き出すゾラの筆致は、コミカルで笑劇風の出だしとは似つかわしくないほど、にわかに詩的な色彩を帯び始める。ここでゾラは、あえて暗示や象徴を多用する書き方をしているようだ。それが目につきすぎてややわざとらしく感じられる部分もあるが（たとえば不自然なほど多い「バラ色」という言葉など）、ラストの潮が満ちていく洞窟の中のシーンは、掛け値なしに美しく、象徴的な手法も成功している見事な場面だと思う。この洞窟のシーンや、その前の小エビ獲りのシーンに、ゾラは性的な暗示をたくさん盛り込んでいる（そもそも「洞窟」がそうである）。いちいち注にはしなかったが、読者の方も気づかれただろうか。

なお、この岩礁の地形は、日本の読者にはかなりわかりにくいかもしれない。ゾラも、知らない人に説明するような書き方はしていないため、少しイメージをつかみたいという人は、インターネット上で、pointe du Castelli（カステッリ岬）で画像検索してみると写真が出てくるはずだ（なお、小説中ではゾラは岬 pointe という語は使っていない。rochers 岩礁とか falaise 断崖という言葉しか出てこないが、景勝地としては、pointe と呼ばれているようである)。写真を見てもわかりにくいかもしれないが、要は断崖絶壁のような岩でできた地形があり、その岩の横っ腹に穴が開いて洞窟のようになっていたり、岩と岩のあいだが谷底のようになっていて、そこに入っていくことができるというような地形である。シャーブル氏はそういう所には降りて行かず、断崖の上の方を歩き、エクトールとエステルは下の、海や浜辺と同じ高さのところにいる、ということを大体イメージすればよいと思う。脇穴の洞窟に入ってしまえば、シャーブル氏からは見えないが、入り口の方へ出てくれば、崖(=岩)の上にいるシャーブル氏と話すことができる。

ついでに、ゲランドの町のシーンで出てくる民族衣装は、costume traditionnel breton などの語で検索すれば大体のイメージがつかめると思うが、ゾラが描き出しているのが具体的にどんなものかは、残念ながら不明。

「スルディス夫人」

この短篇は、ゾラの存命中に出た短篇集には収められていない。一八八〇年三月に書かれ、四月、「ヨーロッパ通報」にロシア語訳で掲載された。フランス語でこの作品が公表されるのは、ようやく一九〇〇年の五月になってからである（「グランド・ルヴュ」誌）。つまり二十年もの間、この作品はロシア語でしか読めなかったということになる。単行本としては、ゾラの死から二十六年後、一九二八年にモーリス・ル・ブロンの手によってまとめられた『ゾラ中短篇集』に収録された。

ゾラが美術批評家でもあり、多くの若い画家たちと親しく交流していたことはよく知られている。エクスの中学時代からセザンヌの親友だったゾラは、パリでは革新的な絵画の潮流に興味を持ち、マネや印象派を擁護する美術評を書いて名を上げた。小説家として売れる前に、まず美術批評家としてデビューしたという言い方もできる。それゆえ、美術の世界を題材にした作品も多い。作中人物として画家を登場させるのは『テレーズ・ラカン』（一八六七）、『パリの胃袋』（『ルーゴン＝マッカール叢書』第三巻、一八七三）に続いてのことだが、この「スルディス夫人」を思わせるような主題――つまり天才的な芸術家の悲劇――を真正面から、より本格的に展開させたのは、六年後の『作品』（『ルーゴン＝マッカール叢書』第十四巻、一八八六）である。その悲劇的な結末にセザンヌが憤り（主人公の画家にはセザンヌが強く投影されていた）、訣別することになったといういわくつきの長篇だが、ここでの短篇はそれとはまた違う筋書きである。

この物語の興味は、何と言っても、それぞれに才能を持ちながら、芸術家としてまったくタイプの違う夫婦二人が、貧しい地方の暮らしからパリに出てどのように成功をつかんでいくのか、そして二人の関係がどうなっていくのか、というところにあるだろう。

夫フェルディナン・スルディスは、画家として天才的な才能を持つが、人間としては自堕落で、特に女遊びがやめられない性的に過剰な気質を持っている（この性的欲望が過剰という設定は、遺伝的体質という説明理論を軸に据えるゾラ作品にはおなじみである）。妻アデルは、天才的なセンスはないものの、絵の技術は確かで、献身的に夫を支えるしっかり者だ。フェルディナンのデビュー作は、そのきらめくようなセンスとオリジナリティーで注目を集め、一躍人気画家となる。だが有名になったために遊びほうけ、次の作品をなかなか完成させることができない。よその女と遊び続ける夫に深く傷つきながらも、アデルは画家としてのフェルディナンの才能を崇拝し、ひたすら耐えて夫を支え続ける。フェルディナンもまた、アデルに負い目を感じているのだが、自分の弱さをどうすることもできない。二人の関係は、次第に鬼気迫るものになっていく。

芸術における才能とは何なのか。何が芸術家にとって必要なのか。この短篇を読んでいると、そんな問いに誘われる。センスとか才能とか、あるいはオリジナリティーとか技術とか、そんな言葉でわれわれは芸術を語ることがあるが、そうした芸術作品の創造の機微とでもいったものを、この作品は描き出そうとしている。ゾラの芸術観が垣間見えるという意味でも興味深い一篇である。

特にゾラはこの作品の中で、芸術家としての「男性的才能」と「女性的才能」にひどくこだわった書き方をしている。作中の有名画家レヌカンは、はっきりと女性蔑視（少なくとも芸術に関しては）であり、さらにうがった見方をすれば「女性嫌悪」とでも言うべき傾向を示しているが、面白いのは、この物語が、初めは控えめでぱっとしない才能に見えたアデルが、華々しい才能を持つフェルディナンを、結局は「食って」しまう構図になっていることだ。その展開の上で重要なステップとなっている小さな言葉の上でのポイントがある。翻訳ではうまく表せなかったこのポイントについて、説明しておこう。

物語が始まってすぐ、三ページほど進んだところで、幼いアデルの水彩画を見て、レヌカンが、上から見下ろす言い方で「織物《タピスリー》もいいが、こういうの［水彩画］もやるといい」と励ます。この「タピスリー」の比喩がわかりにくいのだが、これは、「手で織るもの」＝「女性の仕事」というぐらいの暗示として、ここで引き合いに出されているのだろう。この時、レヌカンはアデルの耳を「つねって」(en lui pinçant l'oreille) そう言うのである。あくまで見下しながらアデルを女性性に結び付けていると言っていい（そのために翻訳では原文にない言葉を足してレヌカンが女性を見下す感じを強く出すようにした）。それから十数ページ後の第二章に、遊び歩いて帰ってこないフェルディナンを待ちながら、アデルがひたすら自分の絵を精巧に仕上げる作業に熱中する場面がある。その時彼女は、「つんと取り澄ました笑みを浮かべ」「これが私の織物《タピスリー》よ」と言うのだが、この言い方には、はっきりとアデルの自尊心、誇りのようなものが含まれている。実は、ここで「つんと取り澄ました笑み」と訳した言葉は、フランス語では「sourire pincé」という（直訳すれば「つねられた笑み」だが、これは定型的表現）。つまり、この二つの場面は、「タピスリー」という言葉だけでなく、pincer（つねる）という動詞によっても結び付けられているわけだ（翻訳では「つんと」

という言葉を両方に使ってみた）。ここで大事なのは、レヌカンに「タピスリー」（＝「女の仕事」）とバカにされ、つねられたアデルが、まさに「つねられた笑み」を浮かべながら、「これが私のタピスリーよ」と対抗しているかのように見えることである。その後の物語の展開を予告し、作品のテーマをも暗示する、些細だけれども重要なシーン、そして言葉の使い方だと言ってよいだろう。

いずれにしても、この作品において、スルディス夫人すなわちアデルという女性キャラクターの造形が、特筆すべきものの一つであることは間違いない。ゾラの特徴の一つは、社会の下層で生きるたくましい女の作中人物を、執拗とも言える迫力で描き出したことにある。代表作『ナナ』のヒロイン、女優にして娼婦のナナは別格と言えるほどの風格と個性を持っているが、もう一つの代表作『居酒屋』もまた女主人公ジェルヴェーズの哀歓を謳い上げたものであり、初期の傑作『テレーズ・ラカン』からして、多情な女テレーズの悲劇を描いていた。確かにフローベールの『ボヴァリー夫人』も女の悲劇を描いているが、ゾラの描く女は、もっと猥雑で、もっと抜き差しならない下層の環境で生きており、そして、体の奥底から湧き上がってくるどうしようもない欲動に突き動かされて行動しているという意味で、より「不気味」である。

こうした欲動に駆動される女キャラクターの造形という特徴が、ゾラをきわめて現代的な作家にしていることは、認めておかなければならない。アデルには、人を圧倒するような力強さはないが、彼女もまたたくましく、深い欲望を内に秘めている女である。彼女はただ献身的に仕え、耐えるだけだが、言わばその忍従の力で男を従わせるのである。作中では、彼女の身体的特徴が何度も書き込まれている。背が低くがっしりとした体形で（男っぽい、とも形容されている）、指も丸くて短い。その身体的特徴がしつこく喚起されることで、その内に秘めた欲望の「満たされなさ」がより強く浮き上がってくる仕掛けになっている。女性の身体のセクシュアリティーを、その内に秘めた欲望と一体化させた形で描き出したことが、ゾラという作家の新しさでもあった。

なお、この作品がどうしてフランスでは長らく発表されることがなかったのか、という点については、友人のドーデ夫妻に配慮したのだ、という説がある。アルフォンス・ドーデは、『風車小屋だより』や短篇「最後の授業」などで知られるフランスの作家だが、実はその作品の執筆に妻ジュリアが協力していたことは、いわば公然の秘密だった（そしてドーデも、元「自習監督」だった）。やがて、ドレフュス事件の時、ドーデは反ドレフュス派となり、反ユダヤ主義者でもあったため、ゾラとは反目する関係になった。さらに、ドーデ自身が一八九七年に亡くなってしまった。そうした経緯もあって、ようやく一九〇〇年にフランス語で刊行されたということであろう。ただし、ゾラ研究の大家アンリ・ミットランは、その説明は確かにある程度当たっているだろうが、それだけでは十分でないとして、この美術小説の着想の源として、ゾラが交流していた多くの若い画家たちの影があることを強調している。

日本におけるゾラ

ゾラは明治年間の早い時期に紹介され、盛んに論じられた作家の一人だった。日本の自然主義文学に与えた影響も大きい。だが、その真価が理解されていたかというと、これは「日本におけるゾラ受容」について書いている日本人研究者の誰もが口をそろえて「否」と言っている。不幸な誤解と偏見が、日本では長らくゾラを取り巻いていた。

ゾラの名が初めて日本に伝えられたのは、中江兆民が訳したウージェーヌ・ヴェロンの芸術哲学書『維氏美学《いしびがく》』（一八八三、明治十六年）においてだという。明治二十一年には、尾崎咢堂《おざきがくどう》（行雄《ゆきお》）が「朝野《ちょうや》新聞」で、流行作家としてのゾラの評判を伝えている。しかし、多少なりともゾラの作家としての方法や作品を論じたのは、森鷗外が最初である。

鷗外は、明治二十二年、「読売新聞」に「医家の説より出でたる小説論」と題する一文を草している。しかし、ここで鷗外は、ゾラが医学（具体的にはクロード・ベルナールの『実験医学序説』）の理論に依拠して小説理論を組み立てたことに否定的な見方を表明しているのである。多くの人が引く次の言を、ここでも一応引いておこう。「小説を作るもの若《も》し事実を得て満足せば、いづれの処にか天来の妙想を着けむ。事実は良材なり。されどこれを役することは、空想の力によりて做《な》し得べきのみ」。つまり、事実に基づくのはよいが、それだけで小説になるわけではなく、その素材を活用するには想像力がいるというのである。医者である鷗外には、医学の知見をそのまま文学に当てはめようとするゾラの理論はいっそう馬鹿げたものに思えたであろう。しかし、鷗外はどうもゾラの作品を実際に読んだわけではなく、当時の反自然主義のドイツの批評家の著作をそのまま受け売りしたらしい。

ところが不幸にも、こうした鷗外のような見方が、その後の日本でのゾラ受容をそのまま象徴しているかの感がある。日本でゾラを積極的に評価した作家と言えば、『女優ナナ』の翻訳がある永井荷風が筆頭であり、ほかに島崎藤村や田山花袋、尾崎紅葉なども、もちろんゾラを読み、影響を受けたり反発したりした。しかし、日本の自然主義が、やがて自身の私生活を赤裸々に描けば描くほどすぐれているかのような「私小説」へと変質し（あるいは「曲解」され）ていったことと符節を合わせるようにして、ゾラ本来の自然主義、つまり社会の中の個人の運命を描こうとする自然主義もまた閑却《かんきゃく》されてしまった。日本でのゾラの翻訳紹介という面でも、大体『居酒屋』、『ナナ』、『ジェルミナール』の代表作三作に偏ってなされてきたことで、フランスでの人気作家たるゾラの「面白い」側面をあまり伝えていないということもあったかもしれない。

今ここで日本におけるゾラ受容の歴史をこれ以上追うことは訳者の手に余る。ただ、一気に話を現代に移せば、ここ数年、日本でゾラの翻訳や研究をめぐる状況が劇的に変化していることだけは、最後に書いておきたい。

一番大きいのは、ゾラ没後百年を記念して刊行された『ゾラ・セレクション』（全十一巻、別巻一、藤原書店、二〇〇二年―）である。ここには、従来あまり注目されてこなかった作品群が特に選ばれて収められている。何より、責任編集の宮下志朗、小倉孝誠両氏の意気込みと配慮が隅々まで行きわたっていて、セレクトの方針も解説もすばらしい。さらに、ほぼ同時に論創社から『ルーゴン＝マッカール叢書』の新訳の刊行が始まっており、十二冊が出ている。これで『ルーゴン＝マッカール叢書』はすべて日本語で読めるようになった。一九九九年に岩波文庫から『制作』（清水正和訳）が、二〇〇四年にちくま文庫から『獲物の分け前』（中井敦子訳）が、それぞれ出たことも画期的である。そして、格好の「ゾラ入門」として、宮下志朗、小倉孝誠両氏による『いま、なぜゾラか』（藤原書店、二〇〇二年）があることも、付け加えておこう。もしゾラに興味を持って、もう少し知りたいという人がいれば、これはお勧めである。ゾラのあらゆる面が非常にバランスよく、詳細に、そしてわかりやすく解説されている。ここでは十分に展開できなかった「ゾラと日本」についても一章を割いて詳しく書かれている。

最後に――ゾラのアクチュアリティー

この短篇集をお読みになっておわかりのように、ゾラの短篇は構造がはっきりしている。本書に収めたものは、ごく短い「呪われた家」を除き、だいたい四章か五章構成になっているが（「シャーブル氏の貝」にはほんの短いエピローグがついているものの）、その章の組み立ても、まとまりのある話ごとに章が切り替わっていて、きわめて明快な構造を持っている。

これは短篇に限らず、長篇でも実は同じで、ゾラの長篇はどれも長いために一見圧倒されるが、章の切り替わり方などの構造は非常に明快で、話の進め方は、言ってしまえば「単純」である。文体に関しても、ゾラの文体はよく簡潔で即物的などと言われるが、悪く言う人にとっては、それは単調だということになる。比喩や表現の仕方なども大げさでくどく感じられるところがあり、無骨な印象を与える。つまり構造にしても文体にしても、言ってみればゾラは素朴で「直線的」な作家なのだ。ふくらみとか曖昧さ、屈折というものがなく、ストレートでわかりやすい。

その判断の是非はさておくとして、ともかくそうした点のために、ゾラには「低級」だとの評価がつきまとう。しかし、それでもなお、実際にゾラを読んでみれば、そうした欠点を補って余りあるほどに、圧倒的に面白く、心をとらえてくれるものがあることは、読んだ方にはおわかりだと思う。その力の理由は、たとえばすでに「スルディス夫人」のところで少し書いたように、女性を描くその描き方の新しさなどにもあるが、ここで最後にその文学の価値の源泉を大きく一つだけ言うならば、それは何よりもそのアクチュアリティー、つまり今日性や時事性にあると言えるだろう。初めの方でも触れたように、第二帝政期という、産業機構や消費社会としての形態が、急速に今のわれわれの社会と同じようなものになっていき、ブルジョワ社会が成立した時代に、その社会をアクチュアルにとらえて作品化した作家は、少なくともその執拗さと規模においては、ゾラをおいてほかにない。

たとえば、ユゴーやボードレールのような前の世代にとっては、誕生したばかりの鉄道は醜く、否定さるべきものだったが、ゾラは『獣人』という鉄道小説(にして狂気と欲望の渦巻く犯罪小説)を書いている。ゾラは自分の生きているアクチュアルな社会を描くことに躊躇しなかった。そしてその社会は、個人の天才が際立つ社会であるよりも、個人を押し流す群衆《マス》としてのダイナミックな社会であった。それは、現代の日本にもそのままダイレクトにつながるような、近代社会そのものの特質ではないだろうか。

ゾラは群衆や欲望を描こうとした作家である。ストレートに欲望を映し出すようなその簡潔な文体とも相まって、ゾラの直截さが、その試みの中では、むしろ強烈なダイナミズムを生み出すことにつながっている。あえてこういう言い方をすれば、ゾラの「低級さ」が、そこでは微妙なバランスの中で、ゾラの描こうとした社会やテーマのダイナミズムと共振しているのである。むしろそれこそが、ゾラ作品の力になっている。そのことは、ゾラが遺伝法則や決定論などに基づく小説理論を揚言し、それに基づく作品を書くと言いながら、結局はそれを超えてしまう、異様な強度の欲望と狂気が際立つ傑作を書いてしまったことと、一見違うようでありながら、どこか似ているところがあるように思う。つまり、ゾラは、やっていることやその文体の特徴をそれ自体として聞いていると、やや首をかしげるところがあるように思えるけれど、実際に作品自体を読めば、そのことがむしろ異様な力の源となっている、不思議に熱い魅力を持つ作家なのである。その力に触れるには、何よりもその作品を読んでみなければならない。

エミール・ゾラ年譜

一八四〇年

四月二日、エミール＝エドゥアール＝シャルル＝アントワーヌ・ゾラ、パリ2区サン＝ジョゼフ通り10番地に生まれる。父は一七九五年ヴェネツィア生まれのイタリア人で、土木技師フランソワ（フランチェスコ）・ゾラ。母は一八一九年北仏セーヌ＝エ＝オワーズ県生まれのフランス人エミリー＝オーレリー・ゾラ（旧姓オベール）。

一八四三年　三歳

父フランソワ、南仏プロヴァンス地方エクス＝アン＝プロヴァンスの運河工事を契約。ゾラ一家、同地に移住。

一八四七年　七歳

三月、父死亡（五一歳）。残された母エミリーとエミールは困窮状態に陥る。エミール、エクスにあるノートル＝ダム寄宿学校に入学。

一八五二年　一二歳

エクスのブルボン高等中学校に入学。後に画家となるポール・セザンヌ、科学者にして工場経営者となるジャン＝バチスタン・バイユと親しくなる。ゾラはまじめで思慮深く、何度も賞をとる優秀な生徒で、高等部に進学すると理系を選択した。在学中は読書に没頭し、まずアレクサンドル・デュマ、ウージェーヌ・シューらの大衆小説に親しんだが、やがてユゴー、ミュッセらロマン派詩人を耽読した。少年時代からすでに詩や小説を書いていた。

一八五八年　一八歳

二月、先行した母を追ってパリへ行く。サン＝ルイ高校の給費生となる。夏エクスを訪れ、大学入学資格試験《バカロレア》に合格していたセザンヌと再会。パリに戻ると、腸チフスにやられ、翌年一月まで休学する。

一八五九年　一九歳

大学入学資格試験《バカロレア》に失敗し、学業を放棄するが、創作は続ける。エクスの新聞「ラ・プロヴァンス」に詩三篇と短い物語「恋する妖精」を発表。

一八六〇年　二〇歳

学校にも行かず、定職もないまま、二年間にわたりパリで貧しい暮らしをする。この間、読書と詩作に没頭し、ミシュレ、ジョルジュ・サンド、サント＝ブーヴ、モンテーニュなどを読む。この頃すでに「五月のコント」と題する予定の短篇集の計画を構想していた。

一八六一年　二一歳

パリに出てきたセザンヌと再会。サロン展やアトリエを訪れるうちに若い画家たちと知り合う。

一八六二年　二二歳
三月一日、出版社アシェットの社員となる。発送部員からまもなく宣伝部に異動、やがて宣伝部主任となる。本の宣伝文の執筆や出版目録の作成、マスメディアに本の書評を載せてもらえるよう交渉するといった業務に従事。その仕事を通じて、ゾラは新聞雑誌の編集者や作家たちとの交友を持つことになり、やがて自分も記事を書くようになる。一〇月、フランス国籍を取得。

一八六四年　二四歳
初の著書である短篇集『ニノンへのコント』出版。批評家からは好意的に迎えられ、売れ行きもまずまずだった。後に妻となるガブリエル・アレクサンドリーヌ・ムレと出会う。

一八六五年　二五歳
「プティ・ジュルナル」等の新聞雑誌に「ジェルミニー・ラセルトゥー論」「芸術家テーヌ氏論」などを寄稿。処女長篇小説『クロードの告白』出版。

一八六六年　二六歳
出版社アシェットを退社。アレクサンドリーヌと同棲生活を始める。「サリュ・ピュブリック」「フィガロ」等の新聞雑誌に寄稿。五月、エドゥアール・マネの知遇を得る。六月、文学・美術論集『わが憎しみ』『わがサロン評』、一一月、『死せる女の願い』刊行。

一八六七年　二七歳

六月、評論『エドゥアール・マネ』、長篇小説『マルセイユの神秘』第一巻を出版。マネ、セザンヌ、ピサロら多くの青年画家と親交を結ぶ。一一月、最初の自然主義小説『テレーズ・ラカン』出版。

一八六八年　二八歳

六月、『テレーズ・ラカン』第二版に重要な序文を増補。一二月、『マドレーヌ・フェラ』出版。同月、ゴンクール兄弟の家で、一〇巻からなる『一家族の歴史』の計画を話す。

一八六九年　二九歳

『ルーゴン＝マッカール叢書』のプランをラクロワ書店に提示し、契約を結ぶ。一一月、フローベールの『感情教育』を絶賛する評論を発表。

一八七〇年　三〇歳

五月、アレクサンドリーヌと結婚。六月、「シエークル」紙に『ルーゴン家の繁栄』の連載を開始。七月、普仏戦争が始まり、九月、ゾラは母、妻とマルセイユに移住。その後さらに、国防政府内に職を求めてボルドーへ移る。

一八七一年　三一歳

議会通信を新聞に連載して、当時の政界を批判。三月、パリに戻る。一〇月、『ルーゴン家の繁栄』出版。フローベールが「あなたは大変な才能の持ち主だ」とゾラに書き送る。

一八七二年　三二歳

一月、『獲物の分け前』出版。七月、

ラクロワ書店が倒産したため、以後シャルパンチエ社と契約を結ぶ。フローベール、ドーデ、モーパッサン、ツルゲーネフらとの親交が始まる。

一八七三年　三三歳

四月、『パリの胃袋』出版。七月、『テレーズ・ラカン』の戯曲化、ルネッサンス座で上演される。

一八七四年　三四歳

五月、『プラッサンの征服』出版。一一月、『新ニノンへのコント』出版。マラルメとの交流が始まる。

一八七五年　三五歳

ツルゲーネフの仲介でサンクトペテルブルクの雑誌「ヨーロッパ通報」への定期的な寄稿が始まる。三月、『ムーレ神父のあやまち』を「ヨーロッパ通報」に掲載。四月、同書をシャルパンチエ社から出版。

一八七六年　三六歳

二月、『ウージェーヌ・ルーゴン閣下』を「ヨーロッパ通報」に掲載。四月、「ビヤン・ピュブリック」紙に『居酒屋』の連載を開始するも、庶民生活の誹謗だとの非難の声が高まり、六月に中止。続きを「レピュブリック・デ・レットル」誌に連載。一躍人気作家となる。七月末から九月初めまでピリアックに滞在。

一八七七年　三七歳

二月、『居酒屋』出版。ベストセラーとなり、経済的に安定する。五月から一〇月にかけて南仏レスタックに滞在。

一八七八年　三八歳

四月、『愛の一ページ』出版。五月、パリの西郊メダンに別荘を買う。これ以降、年に数カ月はメダンで過ごす。ユイスマンスら若い作家たちとの交流が始まる。

一八七九年　三九歳

一月、『居酒屋』の戯曲化、アンビギュ座で上演され、大成功を収める。一〇月、「ヴォルテール」誌に『ナナ』の連載が始まり、轟々たる非難が巻き起こる。

一八八〇年　四〇歳

三月、『ナナ』出版、ベストセラーとなる。四月、メダンに集う若い作家たちとの競作短篇集『メダンの夕べ』出版。一〇月、母エミリー死去。ゾラは神経障害に悩む。一一月、『実験小説論』出版。

一八八一年　四一歳

評論集『演劇における自然主義』（三月）、『わが国の劇作家たち』（四月）、『自然主義の小説家たち』（九月）、『文学資料』（一二月）を次々と出版。

一八八二年　四二歳

一月、評論集『論戦』、四月、『ごった煮』、一一月、短篇集『ビュルル大尉』出版。

一八八三年　四三歳

三月、『ボヌール・デ・ダム百貨店』、一一月、短篇集『ナイス・ミクラン』

出版。

一八八四年　四四歳
二月下旬から、『ジェルミナール』の取材のため、北仏の炭鉱町アンザンを訪れる。三月、『生きる歓び』出版。

一八八五年　四五歳
三月、『ジェルミナール』出版。一〇月、『ジェルミナール』の戯曲化が検閲によって禁止され、ゾラは「フィガロ」紙で抗議。

一八八六年　四六歳
四月、『作品』（邦題『制作』）出版、セザンヌと訣別。『大地』の取材のため、シャトーダンに旅行。

一八八七年　四七歳
『大地』を「ジル・ブラス」紙に連載中の八月、五人の青年作家が「フィガロ」紙にゾラに反対する宣言を発表、反自然主義の運動を展開する。一一月、『大地』出版。

一八八八年　四八歳
七月、レジオン・ドヌール・シュヴァリエ章受章。一〇月、『夢』出版。一二月、メダンの若い家政婦ジャンヌ・ロズロとの関係始まる。

一八八九年　四九歳
鉄道小説『獣人』の取材のため、ルーアンやル・アーヴルに旅行。九月、ジャンヌとの間に長女ドゥニーズ生まれる。

一八九〇年　五〇歳
三月、『獣人』出版。

一八九一年　五一歳
三月、『金』出版。四月、文芸家協会長に選出される。戦争小説『壊滅』の取材のため、スダンに旅行。九月、ジャンヌとの間に長男ジャック生まれる。

一八九二年　五二歳
六月、『壊滅』出版。八月、妻アレクサンドリーヌ、ゾラとジャンヌの関係に気づく。八月から九月にかけて、ルルドやミディ地方に滞在。

一八九三年　五三歳
六月、『ルーゴン＝マッカール叢書』最終巻『パスカル博士』出版。全二〇巻の完成を祝う盛大な祝賀会がブーローニュの森のレストランで開かれる。

『三都市叢書』の準備に着手。

一八九四年　五四歳
八月、『三都市叢書』の第一巻『ルルド』出版。一〇月、ドレフュス事件起こる。

一八九五年　五五歳
四月、文芸家協会長に再び選出される。夏、ジャンヌと二人の子どものためにヴェルヌイユに家を借りる。

一八九六年　五六歳
五月、『ローマ』出版。

一八九七年　五七歳
三月、評論集『新・論戦』出版。一一月から一二月にかけ、ドレフュス擁護の記事を発表し始める。

一八九八年　五八歳

一月、「オーロール」紙に「私は告発する！」を発表。この記事がもとでパリ重罪裁判所で懲役一年、罰金三〇〇〇フランの判決を下される。七月、ヴェルサイユ控訴院でも有罪となり、ただちにロンドンに亡命。三月、『パリ』出版。

一八九九年　五九歳
ドレフュスの再審が決定し、六月、イギリスから帰国。一〇月、『四福音書叢書』の第一巻『豊饒』出版。

一九〇〇年　六〇歳
「オーロール」紙にドレフュス事件に関する記事を寄稿。次第に社会主義に傾き、政治家ジャン・ジョレス（のちにフランス社会党を創設）らと交わる。

パリ万博を見物し、多くの写真をとる。

一九〇一年　六一歳
二月、評論集『真実は前進する』、五月、『四福音書叢書』第二巻『労働』出版。

一九〇二年　六二歳
九月二九日、一酸化炭素中毒のため急死。反ドレフュス派の人間がわざとゾラの家の煙突を詰まらせておいたためとの説がある。一〇月五日、群衆の「ジェルミナール！」の叫びに送られ、モンマルトル墓地に埋葬される。

一九〇三年
三月、『四福音書叢書』第三巻『真理』出版。第四巻として計画されていた『正義』は執筆されずに終わった。

一九〇六年
ドレフュス無罪となる。
一九〇八年
ゾラの遺骸がパンテオンに移される。

訳者あとがき

ゾラは面白い。本書に収めた五本の短篇を読み返してみて、あらためてそう思いました。手前味噌だと言われるかもしれませんが、この本を作るために初校の校正刷りを一通り読み終えた今、それが偽らざる気持ちです。

本書の企画は、ちょうど私が一年間の予定でパリに滞在していたときに、光文社古典新訳文庫の仕事に携わっている編集者の今野哲男さんから、何か訳したい本はありませんか、とご連絡をいただいたことから始まりました。早速こちらからいくつか提案した中で、エミール・ゾラの短篇を何本かまとめて一冊にしたらどうでしょう、という企画に目を留めていただき、作業がスタートしました。

申し訳ないことに、私はゾラの専門家ではありません。ただほんの少し、日本ではまだ紹介されていないゾラの小説のいくつかをフランス語で読んだことがある、というだけの人間です。しかし、フランスで暮らし、フランスの本屋に通っていると、実際ゾラが向こうでは非常に人気の高い作家であることがよく実感できます。常に繰り返し新しいポケット版が出ていたり、書店では目を引く表紙で平積みになっていたり、占めるスペースが大きかったりするからです。そういう状況の中で、日本では長篇作家という認識の強いゾラの短篇をもっと気軽に読める形で出したらいいのに、という思いがふと浮かんだのでした。

どの作品を入れるか、という選定の作業は楽しいものでした。それは、ゾラの短篇が大体どれも粒ぞろいで面白いからです。モーパッサンのように、短篇にその真価が表れているという作家とは違って、ゾラの文名はやはりその長篇に由来するものですが、それでも、短篇を読んでゾラにはまる、という人がいてもおかしくないと思います。初めは七本か八本の作品を収めるつもりで選び、翻訳を始めましたが、最終的に一冊の本としての長さの関係で五本になりました。振り返ってみると、タイトルはすべて人名ばかりで、「ゾラ人名短篇集」とでも言うべきものになりましたが、単なる偶然です（ただしそう思って見ると、ゾラの短篇には人名がついているものが多いと気がつきました）。

収録した作品のうち、表題作の「オリヴィエ・ベカイユの死」には、宮下志朗氏による既訳があります（『ゾラ・セレクション1　初期名作集　テレーズ・ラカン、引き立て役ほか』藤原書店、二〇〇四年。タイトルの表記は「オリヴィエ・ベカーユの死」）。

ちょうど本書の翻訳を始めた頃、パリに住んでいて日本語の本が手に入りにくいこともあって、宮下氏の訳書は見ないまま翻訳作業を終えました。宮下氏の訳はきっと優れたものだろうと思っていましたし、見たら引きずられてしまうだろうとも思いました（あるいは絶望してやる気がなくなるかも、とも）。ようやく怖々《こわごわ》参考にしたのは、最初の校正刷りを読む段になってです。自分で恥ずかしくなるような読み違いをしていたことにも気づかされ、ああ、うまいなあ、と感嘆もさせられ、何か所か大いに参考にさせていただきました。ここに記し、宮下氏に感謝します。

ただ、面白かったのは、訳文の調子がだいぶ違っていたことで、これはわりと自分の狙い通りでした。というのは、本書の訳では、ベカイユの一人称を「僕」にし、あえて若い頼りなさを前面に出すようにしてみたからです。既訳は見ないままに、この語り口が自分にとってのこの作品の解釈、と思ってそうしたのですが、結果として、「わたし」という一人称を使い、「わが妻は」とか「わが左目だけは」といった調子をもつ宮下訳とは違う形になったので、少しほっとしています。もちろんどちらがいいとか、そういう話ではありません。ただ既訳のあるものをあえて新訳で出すからには、違っていなければ意味がないので、それだけはせめて叶えられた、というぐらいの意味です。読者のみなさんも、両方読みくらべてみたら面白いのではないでしょうか。同じ戯曲を違う演出家が演出したらどうなるか、という興味にも通じるものがあると思います。

解説の執筆には、フランス語の種々の本を参考にしたほか（これは煩雑になるので挙げません）、特に日本語の著作として、宮下志朗、小倉孝誠編著『いま、なぜゾラか――ゾラ入門』（藤原書店、二〇〇二）と、『新装　世界の文学セレクション36　ゾラ』（平岡篤頼訳、中央公論社、一九九五）巻末の平岡篤頼氏による解説を参考にさせていただいたことを明記しておきます。学術書のようになってしまうことを避けるために、いちいちどこをどう参考にしたとの注は付けませんでしたが、もとよりゾラの専門家ではない訳者なので、こうした先達の仕事がなければ、ゾラの全般にわたる解説など書けるはずもありませんでした。深く感謝申し上げる次第です。

また、年譜の作成は、プレイヤード版のロジェ・リポル校訂『中短篇集』（Émile

Zola, *Contes et Nouvelles*, texte établi, présenté et annoté par Roger Ripoll, Gallimard, « Bibliothèque de la Pléiade », 1976）の巻頭に付けられている「年譜」に基本的に依拠し、今右に挙げた二冊の日本語著作の巻末の年譜等で補いました。

それから、日本の若いゾラ研究者である獨協大学専任講師の福田美雪さんには、翻訳の際の不明点について尋ねたり、年譜の作成に協力してもらったりして、大変助けていただきました。ここに感謝いたします。また、フランス語の不明点については、パリにいる友人で、詩人にして画家でもあるアンヌ・ムニック（Anne Mounic）さんに、メールで多くの有益な助言をもらいました。彼女は日本語が読めませんが、この場を借りてお礼を記します。Merci Anne!

翻訳の底本としては、アンリ・ミットラン編によるリーヴル・ド・ポッシュ版の二冊の短篇集（Émile Zola, *Nouvelles noires*, édition d'Henri Mitterand, Le Livre de Poche, 2013 ; *Nouvelles roses*, édition d'Henri Mitterand, Le Livre de Poche, 2013）を使用しました。タイトルを日本語に訳せば、『黒色の短篇集』と『バラ色の短篇集』となる、ゾラの短篇を二冊に編集した粋な企画の本です。

最後になりましたが、光文社翻訳編集部の駒井稔編集長と担当編集者の小都一郎さん、それから校閲部の方に、大変お世話になったことを記して感謝いたします。校正刷りに鉛筆で書き入れられた直しや指摘の量が半端ではなく、そのほとんどがもっともと言うしかないもので、そのたびに呻吟して訳文を練り直しました。すべては自分の未熟さのゆえですが、この翻訳が少しでもましなものになっているとしたら、編集部と校閲部の方々のおかげです。もちろんそれでも残る至らなさは訳者の責任ですが、光文社翻訳編集部のすばらしい熱量には感銘を受けました。どうもありがとうございました。こういう小さな一冊の本を作るのにも、大勢の人が（もちろん訳者の私も含めて）かなりの労力と時間と情熱を注いでいるのだということを、あらためて感じました。

この本を読者の方々が楽しんでくださることを心から願っています。

二〇一五年五月一日

kobunsha classics
光文社古典新訳文庫

オリヴィエ・ベカイユの死《し》／呪《のろ》われた家《いえ》
ゾラ傑作短篇集《けっさくたんぺんしゅう》

著者 ゾラ
訳者 國分俊宏《こくぶとしひろ》

2015年6月20日 初版第1刷発行

発行者 駒井 稔
印刷 慶昌堂印刷
製本 ナショナル製本

発行所 株式会社光文社
〒112-8011東京都文京区音羽1-16-6
電話 03（5395）8162（編集部）
03（5395）8116（書籍販売部）
03（5395）8125（業務部）
www.kobunsha.com

ISBN978-4-334-75312-2 Printed in Japan

いま、息をしている言葉で、もういちど古典を

長い年月をかけて世界中で読み継がれてきたのが古典です。奥の深い味わいある作品ばかりがそろっており、この「古典の森」に分け入ることは人生のもっとも大きな喜びであることに異論のある人はいないはずです。しかしながら、こんなに豊饒で魅力に満ちた古典を、なぜわたしたちはこれほどまで疎んじてきたのでしょうか。

ひとつには古臭い教養主義からの逃走だったのかもしれません。真面目に文学や思想を論じることは、ある種の権威化であるという思いから、その呪縛から逃れるために、教養そのものを否定しすぎてしまったのではないでしょうか。

いま、時代は大きな転換期を迎えています。まれに見るスピードで歴史が動いていくのを多くの人々が実感していると思います。

こんな時わたしたちを支え、導いてくれるものが古典なのです。「いま、息をしている言葉で」――光文社の古典新訳文庫は、さまよえる現代人の心の奥底まで届くような言葉で、古典を現代に蘇らせることを意図して創刊されました。気取らず、自由に、心の赴くままに、気軽に手に取って楽しめる古典作品を、新訳という光のもとに読者に届けていくこと。それがこの文庫の使命だとわたしたちは考えています。

このシリーズについてのご意見、ご感想、ご要望をハガキ、手紙、メール等で翻訳編集部までお寄せください。今後の企画の参考にさせていただきます。
メール　info@kotensinyaku.jp

★続刊

書記バートルビー／ベニート・セレーノ　メルヴィル／牧野有通・訳

法律事務所で書記として雇った青年バートルビー。寡黙で勤勉だが、決まった仕事以外の用事を頼むと、やんわりと、しかし頑なに拒絶するのだった。やがて雇い主の一切の頼み事を聞かなくなり……人間存在の不可解さ、奥深さに迫る名作二篇。

資本論第一巻草稿——直接的生産過程の諸結果　マルクス／森田成也・訳

『資本論』入門シリーズ第二弾。経済学史上もっとも革新的な理論を確立したマルクスが自らの剰余価値論を総括し、資本の再生産と蓄積、資本の生産物としての商品生産について考察する。『資本論』を理解するうえでの重要論考。詳細な解説付き。

あしながおじさん　ウェブスター／土屋京子・訳

ある匿名の人物の援助を得て大学に進学した孤児ジェルーシャ。その条件として、月に一度、学業の進捗や日々の生活について報告する手紙を書くうち、謎の人物への興味は募り……世界中の少女たちが愛読する名作を、大人も楽しめる新訳で。